청평조
清平調詞

구름 닮은 옷차림 꽃과 같은 생김새

봄바람 난간을 스쳐 가고 이슬 맺힌 꽃 짙어만 가네

만약 군옥산 머리에서 만나지 않았다면

청령 요대의 달빛 아래서 만날 수 있으리

雲想衣裳花想容

春風拂檻露華濃

若非群玉山頭見

會向瑤臺月下逢

金剛不動身法

금강부동신법

금강부동신법 5

김대산 新무협 판타지 소설

초판 1쇄 찍은 날 § 2006년 3월 31일
초판 1쇄 펴낸 날 § 2006년 4월 10일

지은이 § 김대산
펴낸이 § 서경석

편집장 § 문혜영
편집책임 § 유경화
편집 § 심재영

펴낸곳 § 도서출판 청어람
등록번호 § 제1081-1-89호
등록일자 § 1999. 5. 31
어람번호 § 제2-0876호

주소 § 경기도 부천시 원미구 심곡1동 350-1 남성B/D 3F (우) 420-011
전화 § 032-656-4452 팩스 § 032-656-4453
http://www.chungeoram.com
E-mail § eoram99@chollian.net

ⓒ 김대산, 2005

ISBN 89-251-0060-6 04810
ISBN 89-5831-763-9 (세트)

金剛不動身法

금강부동신법

5

김대산 신무협 판타지 소설
Fantastic Oriental Heroes

도서출판 청어람

목차

◉ 第一章 ◉

제왕무적공(帝王無敵功)

형당 당주 냉협(冷俠) 모지평(毛志平)은 육십대 초반의 노인이었다.

그는 별호에 냉(冷) 자를 달고 있는 것과는 달리 그다지 차가워 보이지는 않는 인상을 지녀서, 오히려 그 나이대의 노인으로는 평범하여 어디에서나 흔히 볼 수 있는 그런 노인으로 보였다.

그러나 사실 그는 일 처리에 있어서만큼은 그 맺고 끊음이 칼날과도 같이 정확하고 틈이 없었는데, 때로는 조그만 사정(私情)까지도 돌보지 않았기에 그런 별호를 얻게 되었다.

그리고 그가 무황성의 창설 초기에 사십대 초반의 나이로 형당을 맡은 이래로, 이십여 년이 지난 지금까지도 여전히 형당을 맡고 있는 것은 그의 그런 성격에 대한 세간의 평이 그다지 나쁘지 않았던 덕분이라고 할 수 있었다.

모지평은 오늘 일전에 벌어진 비룡단과 잠룡단의 충돌에 대한 양측의 책임을 따지기 위해 당일 사태의 핵심에 있었던 인물들과 양측의 관련 인사들을 소집하였다.

사실 비룡단과 잠룡단의 갈등이야 어제오늘의 일이 아니었고, 또한 일일이 따져 봤자 어느 한쪽의 잘못으로 결론내기 애매한 경우가 대부분이었으므로, 형당이 그들 간의 분쟁에 관여하는 일은 지금까지 거의 없었다.

그러나 이번의 경우에는 비룡단 측에서 굳이 시시비비를 가려주기를 청해왔기에, 모지평으로서는 썩 내키진 않았지만 어쩔 수 없이 이와 같은 자리를 만든 것이었다.

공손도중의 얼굴이 보였다.

그는 비룡단의 대표 자격으로 이곳에 왔다.

오랜만에 보는 그는 여전히 오만하고 차갑게 보이는 얼굴이었는데, 한 달여 만에 보아서 그런지 고대룡은 다소 낯설고 어렵기까지 한 느낌을 받았다.

고대룡이 얼굴에 어색한 미소를 떠올려 인사를 대신하였다.

그에 대해 공손도중은 그저 담담한 표정으로 고대룡과 눈빛을 마주쳤는데, 그 눈빛에 문득 떠올린 엷은 미소가 차갑기만 하였다.

그때 석여령이 모지평을 향해 물었다.

"잠룡단에서는 아무도 오지 않았습니까?"

모지평이 사람 좋아 보이는 미소를 보이며 대답했다.

"잠룡단에서는 굳이 올 필요가 없겠다고 하더군."

"예? 그게 무슨……?"

"그날의 일은 여기 고 공자가 잘 알고 있으니, 고 공자가 자신들의 입장까지 대변할 것이라고 했네. 그리고 고 공자가 자신들에 대해 어떠한 입장을 취하든 자신들은 그에 대해 전혀 이의를 달지 않겠다고 하였네."

석여령의 고운 얼굴이 살포시 찡그려지는 것을 보고 있던 공손도중이 문득 소리 내어 웃으며 고대릉을 향해 말했다.

"하하하! 자네는 그사이 새로운 친구를 얻은 모양이군."

고대릉이 달리 대답할 말이 없기도 하여 묵묵히 있자, 석여령이 대신 입을 열었다.

"그날의 일은 서로 간의 작은 오해에서 비롯된 것이더군요. 그리고 대릉 동생은 우연히 그 오해에 휩쓸려 들어갔던 것뿐이고요. 또한 비룡단의 대응에도 분명 거친 면이 없지는 않았던 듯하니……."

그때 공손도중이 석여령의 말을 자르고 나섰다.

"그 말씀에는 문제가 있습니다. 비룡단은 외성의 경비와 치안 임무를 수행하고 있는데, 소란을 일으킨 자들을 제지하고 필요에 따라서 체포하는 일은 본연의 임무입니다. 그런 만큼 처음부터 오해 같은 것이 있을 리 없고, 또한 소란을 일으키고도 오히려 저항하는 자들을 제압하는 행위를 거칠다고 할 수는 더 더욱 없는 일입니다."

석여령이 다소간 매서워진 어조로 그 말을 받았다.

"그렇다면 소란을 일으킨 사람만 제지를 할 일이지, 왜 애꿎은 대릉 동생까지 싸잡아서 억압하려 했던 것인가요?"

"그거야 그가 처음부터 자신의 신분과 입장을 명확히 하지 않았기에……."

"내가 듣기에 대릉 동생은 분명히 자신의 이름을 말했고 또한 오해라는 사실을 밝히려 했으나, 비룡단에서는 의도적으로 대릉 동생에게 말할 기회조차 주지 않았다고 하던데요?"

석여령의 어조가 한층 매서워지는 것을 보고 공손도중은 슬쩍 한발을 물러서며 논점의 방향을 바꾸었다.

"그렇군요. 소저의 말씀을 듣고 보니 오해의 소지가 아주 없었다고는 하지 못하겠군요. 으음! 하지만 제가 생각하기에 이 일에는 잠룡단의 농간이 개입된 것이 분명합니다. 본 비룡단과 고대룡이 모두 어리석게도 그 농간에 놀아난 꼴이지요. 지금 그들이 고대룡을 마치 자신들의 대변자라도 되는 양 내세우고 발을 빼는 것만 봐도 그 의도가 명확하다고 할 수 있지 않겠습니까?"

그러자 묵묵히 있던 독고자강이 묵직한 목소리로 입을 열었다.

"그러나 일을 키웠던 것은 바로 비룡단이오. 이유야 어찌 되었든 검을 먼저 뽑은 것은 바로 비룡단이 아니오? 그나마 잠룡단의 좌룡이 임기응변을 발휘하여 만약의 불상사를 막았기에 다행이지, 그렇지 못하여 사상자라도 발생했다면 아마도 비룡단은 상당한 책임을 져야만 했을 것이오."

독고자강의 참견에 대해 불쾌하다는 빛을 노골적으로 드러내며 공손도중의 얼굴이 한껏 일그러졌다.

"으음! 비룡단이 검을 뽑은 것은 단체로 저항하는 소란자들을 제압하기 위한 불가피한 조치였소."

그때 양쪽의 언쟁이 너무 가열될 조짐이 있다고 판단했던지 모지평이 빙긋이 웃는 얼굴로 끼어들었다.

"허허허! 그만들 두시게. 더 이상 말을 들을 것도 없이 본 당주가 보기에 양쪽이 모두 책임을 져야 할 부분이 있는 것 같은데… 그렇다면 경중(輕重)의 차이는 있겠지만 결국 양쪽 모두가 처벌을 면하기 어렵겠고… 만약 양쪽 모두 끝까지 처벌을 원한다면 본 당주로서는 그렇게 조치를 해줄 수밖에 다른 도리가 없겠네. 어떠신가? 석 소저 쪽부터 말씀을 해보시게."

은근히 의도를 깔고서 하는 모지평의 말에 석여령이 공손도중을 힐 끗 보고 나서 대답했다.

"그 과정이야 어찌 되었든 결과적으로 무슨 큰일이 생긴 것도 아니고 더구나 성내에서 벌어진 일인데, 군이 처벌까지 받는대서야 서로가 창피하고 또한 성의 여러 어른들께서도 난감해하실 일이 아니겠습니까?"

모지평이 빙그레 웃으며 이번에는 공손도중을 향했다.

"공손 공자는……?"

공손도중이 고대릉을 향해 차가운 눈길을 한번 보낸 다음 마지못한 기색으로 대답했다.

"비록 저희 쪽에 억울한 점이 있고 또한 피해까지 있긴 하였으나, 석 소저의 말씀대로 다행히 크게 다친 사람은 없었으니 저 또한 군이 누구의 처벌을 원하는 것은 아닙니다. 다만 다음에는 이번과 같은 일이 재발되지 않도록 해당자들에게 엄중한 주의와 경고가 있어야 할 것이기에 형당의 중재를 요청했던 것입니다."

모지평이 크게 웃으며 흔쾌한 어조로 말했다.

"하하하! 좋네, 좋아! 역시 젊은 사람들답게 이야기들이 시원시원하구만. 그럼 더 이상 말할 필요 없이 이번 일은 그냥 없던 일로 하도록 하세. 공손 공자가 말한 바, 재발 방지를 위한 조치는 노부가 따로 강구를 해보도록 하겠네."

그날 저녁 석여령과 독고자강, 그리고 고대룡이 무황의 연공실로 통하는 지하 석실로 갔을 때 호천단주 마초홍이 그들을 기다리고 있었다.

말없이 담담한 미소로 그들을 맞은 마초홍이 석벽의 돌출부에 장심을 대고 잠시 누르자 돌연 무거운 기계음이 울리며 벽면의 한쪽이 옆으로 밀려나는 것이었다.

그르릉!

기관에 대해서는 문외한으로 오늘 처음으로 그 같은 광경을 접하는 고대룡으로서는 참으로 신기한 광경이 아닐 수 없었다.

벽 자체가 하나의 문을 이루고 있었던 것인데, 석벽의 두께는 자그마치 석 자(尺)에 이르고 있었다.

열린 석문 안에는 또다시 하나의 벽이 있었다.

마초홍이 다시금 한곳을 지그시 누르자 다시 '그르릉!' 하는 웅장한 소리가 나며 그 석벽이 다시 한쪽으로 열렸다.

그리고 그 안에는 또다시 하나의 새로운 석벽이 나타났다.

그런데 이전과 다른 것이 있다면, 이번에는 제대로 된 월동문의 형상을 갖춘 문이 나왔다는 것이다.

물론 그것도 두꺼운 돌로 만든 문이기는 매한가지였다.

"여기서 기다리시게."

그렇게 짤막한 한마디를 남기고 마초홍은 묵묵히 뒤돌아서 나갔다.

그리고 고대룡 등이 그 자리에서 잠시를 더 기다리고 있자, 예의 그 월동문 형태의 석벽이 가벼운 마찰음을 내며 아래에서부터 위로 스르르 밀려 올라갔다.

천하제일인의 연공실은 생각 외로 조금의 화려함도 없이 소박하기만 하였다.

　석실 한쪽으로 돌 침상과 석탁, 그리고 돌 의자 몇 개가 덩그러니 놓여 있고, 또 다른 한쪽에는 역시 돌로 된 좌선대(坐禪臺)가 있었다.

　무황은 바로 그 좌선대 위에 앉아 있다가 일어서며 일행을 반겼다.

　"어서들 오너라."

　일행이 석탁으로 안내되어 둘러앉은 다음에 석여령은 곧바로 애교 섞인 투정을 내놓았다.

　"초대라고 해서 조금은 기대를 하고 왔는데, 이렇게 아무것도 없으리라고는 예상하지 못했어요."

　짐짓 애교스러운 표정으로 하는 말이었으나, 사실 석탁 위에는 그 흔한 차 한잔조차 없기도 하였다.

　무황이 석여령을 향해 빙그레 웃어 보이다가 문득 고대룡을 향해 시선을 주었다.

　고대룡이 잠깐 그 시선을 받고 있다가 이내 가만히 눈길을 아래로 향하였다.

　그러자 무황은 좀 더 짙은 미소를 떠올리며 다시 한참 동안 더 고대룡을 바라보고만 있었다.

　그런데 그와 같은 무황의 모습에는 온화하면서도 은은한 위엄이 서려 있어서, 석여령과 독고자강은 다소 어색한 침묵에도 불구하고 선뜻 끼어들 생각을 하지 못하였다.

　이윽고 무황이 입을 열었다.

　"네가 가장 자신있는 무공이 무엇이냐?"

　질문을 받은 고대룡이 다소간 당황스러운 표정으로 무황을 바라보았다. 질문의 내용을 떠나 갑작스럽고도 단도직입적인 질문이었기 때문이다.

하지만 어쨌든 뻔하다고 할 만큼 대답이 이미 정해져 있는 질문이기도 했다.

고대릉은 무황성에 들어온 첫날, 무황을 포함한 무황성의 수뇌들 앞에서 자신의 무공이 제왕백타련과 제왕만상검결 두 가지라고 이미 말한 바 있었다.

그렇다면 무황의 질문은 고대릉이 그 두 가지 중 어느 쪽에 더 자신이 있는지를 묻는 것이 아니겠는가.

고대릉은 잠시 대답을 망설였지만, 곧 자신의 솔직한 마음과 느낌 그대로를 대답하기로 했다.

"모르겠습니다."

고대릉의 대답은 석여령과 독고자강마저도 어리둥절하게 만들고 말았다.

그렇지 않아도 그들은 방금의 무황의 질문에 과연 어떤 진의(眞意)가 담겨 있을까 하고 내심으로 골몰히 생각을 하고 있는 중이었는데, 고대릉의 그같이 단순하기 짝이 없는 대답은 너무나 의외였기에 그만 어안이 다 벙벙해질 지경이었다.

그러나 정작 무황은 크게 웃음을 터뜨렸다.

"허허허! 모르겠다……? 무인이 자기가 가장 자신있는 무공을 모른다?"

무황의 말에 약간의 나무람과 질타가 녹아 있는 것 같았기에 석여령의 얼굴에는 자신도 모르게 긴장의 기색이 떠오르고 있었다.

그때 무황이 정색을 하며 다시 물었다.

"흐흠! 그럼 네가 익히고 있는 무공 중에서 가장 이루고 싶은 무공이 무엇이냐?"

그 질문에 석여령과 독고자강의 눈길이 동시에 고대릉에게로 향했다.

그들로서도 고대릉에게 혹시 그들이 알지 못하는 본래의 어떤 무공이 있지 않나 하는 것은 대단한 관심과 호기심의 대상이었던 것이다.

이번에 고대릉은 조금의 주저함이나 고민도 없이 즉시 대답을 내놓았다.

"금강부동신법입니다."

그러나 그 대답에 대해 석여령과 독고자강은 다시금 어이가 없어지고 말았다.

'도대체 금강부동신법이라니……?'

강호인치고 금강부동신법을 모르는 사람이 하나라도 있겠는가.

소림의 대표적 무공 중의 하나이자, 신법의 최고봉으로 숭상받는 절대절고(絶對絶高)의 절학.

그러나 역대 소림의 그 숱한 고승, 무승들 중에서 실제로 대성하였다는 사람은커녕, 어느 정도 경지에 이르도록 익혀 실전에서 사용을 하였다는 사람조차 없는 말 그대로 전설의 무공이기도 했다.

하여 무림에서는 금강부동신법을 하나의 불경(佛經) 내지는 불리(佛理) 정도로 생각하는 사람들이 대다수였고, 그것은 소림 자체에서도 마찬가지인 것 같았다.

그런데 지금 고대릉이 난데없이 금강부동신법이 바로 자신의 무공이라고 실토(?)를 하였고 또한 가장 이루고 싶은 무공이라고 하였으니, 그 아니 황당무계한 일이 아니겠는가?

더군다나 다른 사람도 아닌 무황의 앞에서 말이다.

그러나 정작으로 무황은 당혹스러워하거나 혹은 노하기보다는 오히려 침중한 안색이 되어 가만히 고대릉을 쳐다보고 있었다.

석여령과 독고자강은 도무지 종을 잡을 수 없는 심정이 되어버렸다.

그러나 구체적으로 무엇인지는 알 수 없었으나, 무황과 고대릉 사이에 그들이 알지 못하는 어떤 교감이 이루어져 가고 있다는 것만은 점차로 느낄 수 있었다.

그때 무황이 빙그레 미소를 떠올리며 고대릉에게 물었다.

"금강부동신법이라… 소림의 금강부동신법이란 말이냐?"

사뭇 진지하기까지 한 무황의 물음에 고대릉 또한 진지하게 대답했다.

"소림의 것인지는 알 수 없으나, 저희 조부님으로부터 가르침을 받았습니다."

무황이 잠시 동안 유심히 고대릉의 눈빛과 표정을 살폈으나, 그는 고대릉에게서 한 점의 거짓이나 가식의 기색도 발견해 낼 수 없었다.

"허허허! 하긴 천하는 크고 넓으니 같은 이름의 무공이 존재하지 말란 법도 없겠지. 그래, 너의 그 금강부동신법이란 것에 대해 노부에게 말해줄 수 있겠느냐?"

고대릉이 잠시 곰곰이 생각하는 듯하다가 곧 찬찬한 목소리로 대답했다.

"저의 배움이 아직까지 깊지 못한지라 자세히 알지 못합니다만, 몸과 마음을 아울러 수련하고 쓰는 방법입니다. 궁극적으로 금강부동이란 어디에나 존재하면서도 또한 그 어디에도 존재하지 않는 경지를 말함입니다."

무황의 얼굴에 문득 이채가 떠올랐다.

"몸과 마음을 아울러 쓰는 방법이라……? 흠! 대저 신법이란 몸을 쓰는 방법이다. 그런데 몸을 쓴다는 것은 그 이전에 마음이 움직여야 한다. 그런 의미에서 네가 말한 몸과 마음을 아울러 쓴다는 것은 이해가 될 수 있다고 하겠다. 그럼… 어디에나 존재하면서도, 어디에도 존재하지 않는다는 의미는 무엇이냐?"

고대릉이 이번에는 커다란 망설임 없이 이내 대답했다.

"지금 여기에 있으나, 또한 지금 어디에라도 있을 수 있음을 말하는 것입니다."

이번에는 무황이 얼굴을 살짝 굳히며 깊은 생각으로 잠겨드는 듯했다.

그러자 일순 그를 둘러싼 주변의 공기마저도 그와 함께 묘한 진지함 속으로 빠져드는 듯했다.

석여령으로서도 무황의 그같이 진지한 모습을 보는 것은 실로 오랜만이었다.

석여령과 독고자강은 무황의 진지함에 조금이라도 방해가 될까 염려가 되어 숨소리마저 죽여야만 했다.

다만 고대릉은 가만히 무황을 응시하고 있었는데 막상은 그도 그 나름대로의 생각에 빠져들어 있는 듯했다.

한참 후, 제법 긴 생각에서 깨어난 무황이 다시 물었다.

"너는 혹시 심검(心劍)에 대해 아느냐?"

무황의 이 질문에 대해서 고대릉은 잠시 생각을 고르는 모습인데, 오히려 한옆에서 듣고 있던 독고자강이 어깨를 움찔할 정도로 놀라는 기색이 되고 말았다.

심검이란 두말할 나위도 없이 바로 검의 최고 경지였다.

그런 터에 무황이 고대릉에게 대뜸 심검을 아느냐고 물었다는 자체가 독고자강에게는 하나의 충격으로 여겨졌던 것이었다.

이윽고 고대릉이 차분하게 대답을 내놓았다.

"자강 형님께 한 번 들어본 적은 있으나 그 의미를 제대로 알지는 못합니다."

그러자 무황의 눈길이 문득 독고자강에게로 옮겨졌다.

"자강!"

"예! 성주님!"

"그래, 너는 심검에 대해 대릉에게 어떻게 말해주었느냐?"

독고자강이 자못 당황스러운 듯 혹은 부끄러운 듯 잠시 머뭇거리다가 나직이 대답했다.

"검이 궁극에 이르면 수중무검(手中無劍) 심중유검(心中有劍)의 경지에 달하게 되는데, 그리되면 다만 의지 하나만으로 마음속의 검을 움직여 적을 살상할 수가 있게 된다고 말해주었습니다."

"흠! 수중무검 심중유검이라……! 좋다. 썩 마뜩하지는 않으나, 또한 그리 다르다고 할 수도 없는 정의(定義)이다."

그리고 무황은 다시 고대릉에게로 눈길을 고정시켰다.

"흔히들 검의 궁극을 심검이라고 말한다. 그리고 자강의 설명대로 심중유검의 경지가 곧 심검이라고 한다면… 네가 추구하는 무공의 궁극은 과연 무엇인지에 대해 생각해 본 적이 있느냐?"

무황의 이번 질문은 고대릉에게도 뜻밖의 질문이 되었는지, 고대릉은 일시 의아스럽다는 기색을 표정에다 그대로 떠올리고 있었다.

고대릉이 그렇게 일시 대답을 내놓지 못하자, 무황이 빙그레 웃으며 다시 말을 이었다.

"허허허! 너는 자강으로부터 제왕백타련과 제왕만상검결을 배웠으나, 막상 그 근본이 되는 제왕육로심결은 배우지 않았다고 했다. 그렇지 않느냐?"

"그렇습니다."

"해서 나는 네게 제왕육로심결을 대체할 어떤 수단이 있는 것으로 짐작했었다. 그런데 방금 가장 이루고 싶은 무공이 무엇이냐는 나의 물음에 너는 조금도 망설이지 않고 금강부동신법이라고 대답했다. 맞느냐?"

"예!"

무황은 차근차근 고대릉의 대답을 요구해 가면서 자신의 이야기를 정리하고 있었다.

"나는 너의 대답으로부터, 너의 제왕백타련과 제왕만상검결이 바로 그 금강부동신법으로부터 근거하여 나오는 것이리라고 짐작하게 되었다."

고대릉은 묵묵히 무황의 이어지는 말을 듣고 있었다.

"내가 그런 생각을 하는 것은 바로 너의 제왕백타련과 제왕만상검결이 이루고 있는 경지가 결코 낮다고 할 수 없기 때문이다. 그런데 그같은 경지는 제왕육로심결을 연성하지 않고는, 아니, 제왕육로심결을 연성하였다고 하여도 결코 쉽게 오를 수 있는 경지가 아니다."

"으음!"

석여령이 부지불식간에 나지막한 침음성을 흘려내고 있었다.

그리고 독고자강의 눈빛에는 깊은 호기심이 서렸다.

"그 두 가지 무공은 결코 단순하지 않다. 사람들이 흔히 평가하듯 그 두 가지 무공이 그저 단순하고 평범하기만 한 것이었다면 나는 결코 그 두 가지를 나의 칠대무학 중에 포함시키지 않았을 것이다. 그런데 문제는 역시 제왕육로심결이다. 만약 제왕육로심결이 좀 더 보완되어 지금의 한계를 뛰어넘을 수만 있다면, 그 두 가지 기초무학은 아마도 나의 칠대무학 중 수위를 차지하기에 조금도 부족함이 없을 것이라고 나는 확언할 수 있다.”

무황의 말이 거기까지 이르자 독고자강 역시도 결국은 신음 소리와도 같은 침음성을 흘리고야 말았다.

“음!”

독고자강이야말로 무황으로부터 직접 제왕백타련과 제왕만상검결을 전수받은 사람이었는데도, 지금과 같이 무황이 직접적으로 그 두 가지 기초무공에 대해 강하고도 확신적으로 자부심을 표하는 것을 본 적이 없었다.

무황의 눈빛에 한가닥의 정광이 은은히 서리고 있었다.

“그런데 너는 뜻밖에도 제왕육로심결을 익히지 않고도 그 두 가지 무공을 상당한 경지에 이르도록 익혔고, 더욱이 몇 차례의 승부에서 일류고수들을 물리치기까지 하였다. 그것이야말로 바로 너의 그 금강부동신법에 능히 제왕육로심결의 결점을 보완하고도 남는 신묘함이 있다는 증거가 아니겠느냐?”

“아!”

다시금 내뱉고 마는 석여령의 감탄사를 귓전으로 흘리며 무황은 고대릉을 직시하였다.

“나는 네게 다시 묻고 싶구나. 너의 그 신법이 추구하는 궁극의 경지는 과연 어떤 것이냐? 너는 이미 금강부동의 경지에 대해서 말한 바 있으나, 내가 듣고 싶은 것은… 검을 익힌 자의 최고 경지가 심검이라고 하듯이, 너의 그 신법의 최고 경지는 어떤 것인지에 대한 것이다."

고대릉이 다소간 당혹스러운 기색으로 대답했다.

"저는 뭐라고 대답을 드려야 할지 알지 못하겠습니다."

고대릉의 심정에 동감한다는 듯 무황이 가볍게 웃으며 말했다.

"허허허! 그렇겠구나. 참으로 쉬운 일이 아닌 것이다."

그리고 무황은 잠시 생각에 잠기는 모습이었다.

그런 무황의 표정은 참으로 진지해 보였다.

어찌 보면 그는 지금 어떤 종류의 무한한 재미와 즐거움에 빠져 있는 듯도 보이는 것이었다.

잠시 후.

문득 약간의 들뜬 표정을 지으며 무황이 말했다.

"이것이면 어떻겠느냐. 심형(心形). 그래, 심형이라고 하면 어떻겠느냐?"

석여령이 흥미가 가득한 눈빛으로 불쑥 끼어들었다.

"호호호! 무학에 그런 경지도 있었던가요? 저로서는 처음으로 들어보는 말인데, 혹시 할아버지께서 지금 막 새로이 만드신 경지는 아닌가요?"

무황이 기꺼운 빛을 감추지 않고 말했다.

"영아가 바로 맞혔다. 나는 이 심형이라는 말을 지금 막 떠올렸다."

"예?"

"허허허! 대릉이 이미 말하지 않았느냐? 그의 신법이 추구하는 경지가 바로 지금 여기에 있으나, 또한 지금 어디에라도 있을 수 있음을 말하는 것이라고. 그러니 바로 심형이라고 할 수 있는 것이 아니겠느냐?"

석여령이나 고대릉의 반응을 기다리지도 않고 무황은 문득 대소를 터뜨리며 말을 계속했다.

"으하하하하! 참으로 통쾌하구나. 심형이라… 그래, 마음이 이르는 곳에 몸이 동시에 이르는 경지를 말함이다."

그때 언뜻 고대릉을 보던 석여령은 그의 눈빛이 못 박히듯 무황에게 고정되어 있는 것을 발견하였다.

일시 석여령의 눈빛이 반짝였다.

그녀로서는 자세히 이해할 수 없었지만, 지금 무황이 말하는 것이 고차원적인 무학의 요체이고, 특하나 고대릉에게 상당한 이득이 되는 요체라는 것은 능히 짐작할 수 있었다.

일시 그녀의 표정에 애교스러운 웃음기가 떠올랐다.

"할아버지! 좀 더 자세히 말씀을 해주세요."

실로 오랜만에 보는 손녀의 애교 섞인 조름에 무황은 너털웃음을 짓고 말았다.

"허허허! 흔히들 말하기를 신법의 최고 경지가 지극의 빠름과 지극의 은밀함에 있다고 한다. 그러나 세상의 그 어떤 빠름과 은밀함도 결국 사람의 마음보다 빠르고 은밀하지는 못하지 않겠느냐? 심검이 그어떤 쾌검의 쾌도 능가한다고 하는 것도 바로 그런 이치이다. 그러니 마음이 가는 곳에 형(形), 즉 자신의 몸이 이미 이르러 있다면, 그것이야말로 더 이상 오를 수 없는 신법의 최고 경지인 것이며 신법 이전에 최고의 무학이 아니겠느냐? 나는 그것을 두고 바로 심형의 경지라고 이름 붙인 것이다."

한편 무황의 설명을 들으면서 고대릉의 뇌리 속으로는 번개가 치듯 번뜩이며 무수한 생각의 가지들이 뻗쳐 나가고 있었다.

물론 무황은 지금 그의 금강부동신법에 대해 하나의 커다란 오해를 하고 있는 중이었다.

그는 금강부동신법에 대해 대단한 의미를 부여하고 있으면서도, 결국은 하나의 신법으로만 이해하고 마는 오류를 범하고 있는 것이었다.

그러나 그럼에도 불구하고 무황의 그러한 측면의 해석은 고대룡에게 이전까지는 미처 생각해 보지 못했던 하나의 신천지를 보여주는 것이라고 할 수 있었다.

고대룡에게 있어 신법에 대한 무황의 그러한 해석과 정의는 금강부동신법보다는 어쩌면 무영은천비의 구결과 연결되는 바가 더욱 큰 것인지도 몰랐다.

어쨌든 지금 그의 뇌리 속에서는 그가 이전에 이해하고 있던 의미들과는 사뭇 다른 의미들이 웅웅거리며 마구 떠돌고 있었다.

엄밀히 말해 그것은 금강부동신법도 아니고, 무영은천비도 아닌, 전혀 새로운 어떤 개념으로 그 모습을 급속히 갖춰가고 있는 중이었다.

나아가 고대룡의 생각은 무황의 신법에 관한 해석과 정의마저도 뛰어넘어 또 다른 개념으로 진전이 되고 있기도 했다.

'무황의 말씀대로 무영은천비는 최고의 빠름과 은밀함을 추구한다. 그러나 절대의 빠름은 이미 쾌(快)와 은밀(隱密)의 경계마저도 뛰어넘어야만 하는 것이 아닐까? 단순히 빠르다는 개념은 궁극에 이르러서도 결국은 시공의 제약을 뛰어넘지 못할 것이다. 진정한 절대의 빠름이란 시공마저도 지배하는 빠름이어야 한다. 마찬가지로 나는 지금까지 금강부동신법에서 부동의 의미를 상대를 움직이지 못하게 하고서 나는 마음대로 움직이는 것이라고 생각해 왔다. 그럼으로써 상대적인 빠름을 가지는 것이고, 그것이야말로 진정한 부동의 의미라고 생각했었다. 그런데 심형이라면… 물리적으로 빠르다는 개념을 뛰어넘어 의지의 개념을 말하는 것이라면… 그것이야말로 진정한 부동의 개념과 통하는 것이 아니겠는가? 상대적이 아닌 절대적인 부동의 의미. 그러한 부동의 전제로 형(形)의 군건함이 요구되니 그것이 곧 금강이라, 그것이 곧 금강부동이고, 금강부동으로 몸과 마음을 움직이는 것이야말로 바로 금강부동신법이 아니겠는가?

　고대릉이 한참이나 혼자만의 생각에 빠져들어 있는 모습이자, 석여령이 그를 건드려 일깨우려고 했다.

　그러자 무황이 급히 손짓하며 가만히 고개를 흔들었다.

　무황의 그런 표정은 진지함을 넘어 엄숙하기까지 한 것이어서, 석여령은 마치 호통을 당한 어린아이처럼 움찔 어깨를 움츠리고 말았다.

　그러나 그런 그녀의 모습에는 아랑곳없이 무황은 고대릉에게로만 지긋한 시선을 두고 있었다.

　그 눈길에 지극한 관심과 기대가 깃들어 있음을 석여령과 독고자강은 저절로 느낄 수 있었다.

　그것은 갈망의 눈빛이었다.

　무황은 지금 고대릉이 무엇을 생각하고 있는지에 대해서는 알지 못했으나, 다만 그가 지금 중요한 깨달음의 과정 중에 있다는 것은 알고 있었다.

　그리고 이런 순간의 깨달음이 당장에 그에게 어떤 기연을 가져다주는 것은 아닐지 몰라도 앞으로 그가 거쳐 나가야 할 벽들을 깨는 데 있어서는 가장 근본적인 힘이 될 것이라는 것을 너무나 잘 알고 있었다.

그야말로 무인에게 있어서는 백번의 기연보다도 더욱 중요한 순간이며, 평생에 다시는 오지 않을지도 모르는 순간인 것이다.

"심형은 어떻게 이룰 수 있습니까?"

마치 혼자 중얼거리듯이 고대릉이 문득 무황에게 물었다.

그러나 말을 하면서도 고대릉은 여전히 어떤 생각에 몰두해 있는 듯이 보였다.

무황이 목소리를 낮추어 가만히 대답했다.

"그것은 나로서도 알 수 없는 일이다. 어쩌면 지금까지 그러한 경지에 이른 사람은 전무하였을 것이다. 굳이 말하자면 천하에서 그것을 알게 될 가장 가능성있는 사람은 바로 너일지도 모른다."

그리고 고대릉은 다시 깊이 생각에 빠져든 것 같았다.

그 모습을 보고 있던 석여령은 걱정이 되는 듯했다.

"할아버지? 그 말씀은 대릉 동생에게는 너무 지나치지 않을까요?"

"허허! 내가 보기에 대릉은 이미 그가 스스로 생각하는 것보다도 훨씬 더 높은 곳에 이르러 있다. 다만 그가 그것을 모르고 있을 뿐이지. 어쨌든 이제는 누구도 그를 이끌어주기는 어려울 것이다."

"하지만 그는 이제 겨우 무공에 입문한 것이나 마찬가지인데… 그가 알고 있는 무공이래 봐야 하나의 가전신법과 저와 독고 오라버니가 대략의 초식만 전수해 준 제왕백타련과 제왕만상검결뿐인데, 어떻게 그가 이미 경지에 이르러 있다는 말씀인가요? 할아버지! 저는 할아버지께서 대릉 동생의 무공을 지도해 주시기를 진심으로 원해요."

마치 호소라도 하는 듯한 석여령의 말에 무황은 잔잔하게 웃으며 말했다.

"허허허! 이제 보니 너는 이 할애비가 마치 귀찮아서 그를 지도해 주지 않는 것으로 몰아붙이려 하는구나. 그러나 그렇지 않다. 네 말에는 맞는 것도 있고, 맞지 않는 부분도 있다. 그가 금강부동신법이라고 하는 그의 가전신법과 이 할애비의 두 가지 기초절학만을 익혔다고 하는 것은 아마도 사실일 것이다. 그러나 그렇다고 해서 그의 무공이 경지에 오르지 못했다고 하는 것은 명백히 틀린 말이다. 달리 설명할 필요 없이, 너희들이 이곳까지 오는 동안 그가 벌인 몇 번의 대결의 결과가 바로 그의 무공이 결코 낮지 않다는 것을 말해주는 증거가 아니겠느냐? 그는 한번도 패하지 않고 계속 강해져 왔다. 심지어는 백마갱과의 승부에서도 밀리지 않을 정도가 되었다. 허허허! 자! 그런데도 너는 여전히 그의 무공이 낮다고 말할 수 있겠느냐?"

"으음! 그건……!"

"하하하! 그는 이미 강한 것이다. 더욱 고무적인 것은 그의 발전 속도가 일반적인 상상을 초월할 정도라는 것이다. 그것은 너도 이미 인정하고 있는 바가 아니더냐?"

그리고 무황은 고대릉을 보며 그 자신도 다시금 진지하게 생각에 빠져들었다.

깊이 생각에 잠겨 있던 고대릉이 다시 중얼거리듯이 물었다.

"심형은 진정 무엇입니까?"

기왕의 질문과 별반 다르지 않은 질문이었다.

그러나 무황은 담담히 웃으며 나직하게 대답했다.

"그것 역시 네 자신이 가장 잘 알고 있을 것이다. 그러나 네가 물었으니 내가 생각하는 바를 말해주겠다. 하나 이것은 나의 생각일 뿐이니 너는 다만 참고로만 하여라."

고대릉이 고개를 숙인 채 뭔가를 중얼거렸으나, 그 말이 무엇인지 분명치가 않았다.

무황이 조심스럽게 말을 덧붙였다.

"심형은 무애(無碍)일 것이다. 거칠 것 없는 자유로움 말이다."

고대릉이 다시 중얼거렸다.

"어찌하면 거칠 것 없이 자유로워질 수가 있습니까?"

"궁극은 언제나 자신 안에 있는 것이니 부단히 네 자신을 채우다 보면 언젠가는 궁극이 보일 것이다. 하니 너는 부지런히 네 자신을 충실히 하고, 그런 가운데 궁극을 찾도록 하여라. 어쩌면… 너는 이미 그 궁극을 네 속에 두고 있는지도 모른다."

"음!"

고대릉이 가볍게 탄식하며 다시 생각 속으로 빠져들었다.

독고자강과 석여령은 사뭇 의아하고 당혹스럽게, 때로는 약간의 초조함과 불안한 마음으로 무황과 고대릉의 대화를 지켜보고 있었다.

지금 고대릉과 무황이 하고 있는 대화의 방식과 내용은 상당히 특이하다고 할 수 있었다.

고대릉은 대화의 중간중간 깊은 생각에 빠져들었고, 무황은 고대릉이 생각의 맥을 놓치지 않도록 조심스레 배려하고 있었다.

그런 두 사람의 얘기는 마치 한가로운 주변 얘기 같기도 하였고, 때로는 이해 못할 선문답(禪問答) 같기도 하였다.

또 한편으로는 무황과 고대릉이 서로 다른 관점에서 각자가 엉뚱한 얘기를 하고 있는 것 같기도 하였다.

그런 탓에 독고자강과 석여령은 바로 옆에서 같이 듣고 있으면서도 그들이 나누는 대화의 의미가 무엇인지에 대해서는 도무지 이해를 하지 못하고서, 그저 건성으로만 듣고 있을 뿐이었다.

다만 그들 두 사람의 기색이 너무나 진지하여서 내내 조심스러울 뿐이었다.

사실 고대릉은 오늘에서야 처음으로 참된 무학의 스승을 만난 셈이라 자신도 모르게 깊이 심취해 있는 중이었다.

그동안 고대릉은 독고자강으로부터 제왕백타련과 제왕만상검결을 전수받은 바 있고, 또한 등평으로부터도 무영은천비와 무영뇌각 등을 배운 바 있었다.

그러나 등평이나 독고자강으로부터 가르침받은 것은 단지 구결의 해석이나 초식의 해석에 관한 것이었지, 그 근저에 깔린 무리(武理)에 대한 근본적인 가르침은 아니었다.

물론 천고의 무학 이치를 담고 있는 금강부동신법에 대해서는 일찍이 할아버지 고진당으로부터 비교적 상세한 가르침을 들었다고도 할 수 있겠으나, 그것은 어디까지나 학문적인 측면 위주의 가르침이었고 오히려 무학적인 부분은 고대릉 스스로 깨달아왔다고 해야 했다.

그러다 보니 그동안 상당한 무공의 성취를 이루어왔음에도 불구하고, 점차로 무학의 더욱 깊고 심오한 부분으로 접어들면서부터는 막막함을 느끼는 때가 종종 생기기 시작하고 있는 중이었다.

그러던 터에 지금 무황과의 대화는 그 막막하던 부분들에 대해 어떤 뚜렷한 방향성들을 제시해 주는 것이었다.

무황의 말은 비록 직접적이고 구체적인 무학의 이치에 대한 것은 아니었으나, 대신 무리(武理)의 큰 갈래를 규정 짓고 무학의 경지에 대해 큰 그림을 그려주었다.

그리고 그러한 것이야말로 고대릉이 지금까지 무엇인지 구체적으로 알지 못해 막연해하고 진정으로 목말라 하던 바로 그런 부분들에 대한 언급이었다.

사실 금강부동신법에 대한 고대릉의 이해나 깨달음은 전례가 없을 정도의 빠른 진전을 보이고 있는 중이라고 할 수 있었지만, 금강부동신법은 너무나 광대하고도 무변한 이치와 사상들을 담고 있기에 그것들을 포괄적으로 수용하기 위해서 고대릉은 앞으로도 무수히 많은 관문들을 통과해야만 하는 것이었다.

그런데 고대릉으로서는 어느 관문부터 먼저 통과해야만 하는 것인지에 대해서조차 뚜렷이 알지 못하고 있는 터였다.

그러한 터에 무황의 말은 그가 나아가야 할 방향과 길을 제시하여 주고 있었다.

물론 어쩌면 그것은 금강부동신법이 추구하는 궁극에 비하자면, 다만 하나의 작은 갈래라고 해야 할지도 모르는 것이었다.

그리고 그 갈래가 돌아가게 되는 갈래일지, 지름길이 되는 갈래일지도 알 수 없는 것이겠으나, 어쨌든 고대릉으로서는 거대한 무리(武理)의 광야에서 어디로 가야 할지 몰라 이리저리 헤매고 있을 때, 문득 누군가 지나친 흔적이 있는 작은 소롯길을 발견한 심정이라고 할 수 있는 것이었다.

설혹 가다가 다시 돌아 나오는 한이 있더라도 일단은 길을 따라가 보는 것이 광야에서 무작정 헤매며 한자리에서 빙빙 돌고 있는 것보다는 훨씬 더 얻는 게 많을 터였다.

어느 순간 고대릉은 문득 심안(心眼)이 열리고, 머리 속 깊숙한 한구석이 환하게 밝아오는 것 같은 느낌을 받았다.

'만류귀종(萬流歸宗)이라 하였다. 부단히 가다 보면 결국은 궁극으로 통하게 될 것이다. 보다 중요한 것은 멈추지 않고 쉼없이 가야 한다는 것이리라.'

무황은 고대릉의 입가에 한가닥 희미한 미소가 떠오르는 것을 보고 있다가 문득 나지막한 웃음소리를 냈다.

참으로 기껍게 들리는 웃음소리였다.

"허허허! 오랜만에 참으로 재미있는 대화를 나누었더니 마음이 흡족하기가 이를 데 없구나. 여령!"

문득 자신을 부르는 소리에 석여령이 약간 놀랐다는 표정을 지으며 대답했다.

"예, 할아버지!"

"허허허! 너는 아무래도 한 마리 창룡(蒼龍)을 낚아 올린 것인지도 모르겠다. 수줍고 어리숙하게 보여 사람들 눈에는 잘 뜨이지 않는 아주 특별한 창룡 말이다."

"예?"

"후후! 스스로도 자신이 창룡인지 알지 못하고, 그런 탓에 다른 사람들도 그가 창룡인지 모르는 그런 창룡 말이다. 으하하하하!"

마침내 무황의 웃음소리가 대소로 번져 나가는 바람에 막 긴 상념에서 깨어나고 있던 고대릉이 두 눈을 크게 떴다.

고대릉이 놀라는 모습을 보고 나서 석여령은 짐짓 새침한 목소리를 냈다.

"할아버지……?"

손녀의 말꼬리가 사뭇 치켜져 올라가는 것을 보고 무황이 가볍게 고개를 저으며 온화한 웃음으로 말했다.

　"허허허! 되었다. 세상 모든 일이 다 그렇듯이, 대릉의 일도 서둘러서 좋을 것은 없을 것이다."

　석여령이 그 말의 의미를 새기고자 가만히 눈빛을 빛내고 있자, 무황의 입가에는 다시금 엷은 미소가 떠올랐다.

　석여령과 독고자강, 그리고 고대릉을 차례로 돌아본 무황이 빙그레 웃으며 입을 열었다.

　"오늘 내가 이곳으로 너희들을 부른 것은 하나의 무공에 대한 얘기를 하고자 함이었다."

　"아!"

　석여령이 희미하게 탄성을 내뱉었지만 무황의 눈길은 문득 독고자강에게로 향하였다.

　"자강!"

　온화하였지만, 그 목소리에 갑자기 한가닥의 위엄이 서려 있다는 것을 느끼고 독고자강은 얼른 정색이 되었다.

　"예! 성주님!"

　"사람들은 모르고 있지만, 나의 무공은 본래 제왕류(帝王流)로부터 비롯된 것이다. 나는 오래전에 이에 관해서 네게 말한 바 있는데 너는 기억을 하고 있느냐?"

　"예! 바로 제왕육로심결과 제왕백타련, 그리고 제왕만상검결입니다."

　"그렇다. 비록 세상 사람들에게는 다만 기초무공으로, 혹은 결함투성이의 무공으로 평가되고 홀대받는 무공이지만, 오로지 그 세 가지의 무공이야말로 내 모든 무공의 기반이라고 할 수 있는 것이다. 거기에 나의 심득(心得)을 더해 완성한 것이 바로 세간에서 오대절학이라고 부르는 무공이고, 나는 그 오대무공으로 오늘날의 내가 될 수 있었다."

그 대목에서 무황은 잠시 말을 멈추었다가 다시 말을 이었다.

"하지만 나의 무공에 대한 화두는 언제나 제왕류에 있었다. 바로 그것이 미완성의 무공이기 때문이다. 그리고 근래에 이르러서 나는 마침내 하나의 작은 깨달음을 얻어 제왕류가 가지는 근본적인 제약과 한계를 극복하고 진정한 제왕의 무공으로 승화시킬 무공 하나를 창안할 수 있었다. 비록 완성이라 하기에는 아직 멀었다고 해야겠지만 이 무공이야말로 내 일생의 무공정화를 모두 집약시킨 것이라고 감히 말할 수 있다."

말을 하면서 무황은 스스로도 감회를 감추지 못하는 모습이었다.

그때 석여령이 놀라움과 감탄을 그대로 담아 환호하듯이 무황을 불렀다.

"할아버지!"

한편 독고자강은 차라리 한가닥의 탄식을 흘려내고 있었다.

"아아!"

그랬다. 그것은 탄성이라기보다는 차라리 짙은 번민이 어린 탄식이었다.

제왕류의 무공들이 가지는 제약과 한계는 한때 그에게도 커다란 벽이었고 시련이었다.

그는 그 벽과 시련을 결국 극복해 내지 못하였고 그의 무공은 제왕류와는 다른 계통으로 방향을 잡고 말았다.

비록 나중에 오대절학 중의 하나를 새로이 전수받기는 했지만, 그 이전에 그는 이미 기존의 어떤 무공이 아닌 자신만의 독특한 무공 체계를 만들어가고 있는 중인 것이다.

그러나 사실은 지금도 그의 깊숙한 곳에서는 여전히 제왕류의 무공이 뿌리 깊은 번뇌로 자리잡고 있었다.

그것은 마치 도저히 어쩔 수 없는 하나의 원죄(原罪)와도 같아서, 그는 여전히 제왕류로부터 완전히 벗어나지를 못하고 있는 것이었다.

그런 점에서 본다면 독고자강은 무황이 걸어왔던 길을 거의 비슷하게 답습하고 있다고 할 수 있었다.

독고자강의 그 탄식에 대해 다독이기라도 하듯이, 무황은 따뜻한 눈길로 그를 보면서 천천히 말을 이었다.

"나는 본래 이 무공을 자강 너와 대릉에게 같이 전수할 생각이었다."

석여령과 독고자강이 다시금 각기 다른 의미의 탄성과 침음성을 흘려냈다.

"아!"

"음!"

그러나 무황의 말은 여전히 반전의 의미를 담고 있었기 때문에 아무도 그의 말을 감히 끊지는 못하였다.

"하지만 이제는 생각이 바뀌었다."

"할아버지?"

드디어는 참지 못한 석여령이 자신도 모르게 끼어들고 말았으나 무황은 그녀에게 시선을 주지 않고 담담하게 자신의 말을 계속했다.

"나는 이제 이 무공을 자강에게만 전하기로 결심하였다."

무황의 그 같은 말에 대해 모두가 더할 수 없이 놀라고 말았으나, 이번에는 독고자강을 제외하고는 누구도 어떤 말을 먼저 꺼내기는 곤란하였다.

그러나 정작 독고자강은 그 놀라움이 지나쳤는지 부릅뜬 두 눈으로 무황을 바라보고만 있었다.

잠시 후, 독고자강은 마치 억눌려서 겨우 나오는 듯한 소리를 뱉었다.

"성주님……?"

그러나 무황은 지그시 눈을 감았다 뜨는 것으로 독고자강의 말을 제지하고 진중한 목소리로 자신의 말을 계속했다.

"자강! 너는 이미 벌써부터 나의 유일한 제자였다. 사제 간의 관계가 스승이 이루어놓은 명성과 권력을 이어받는 것이 아니라면, 다만 무공과 무도를 계승하는 것이라면, 세상의 형식과 상관없이 나는 이미 너를 제자로 생각하고 있었고 너 또한 나를 스승으로 생각하고 있다고 믿고 싶구나."

그 말에 독고자강은 목구멍까지 치밀어 올라 있는 놀람과 의혹에도 불구하고, 그만 가슴 저미는 감격으로 떨리는 목소리를 토해낼 수밖에 없었다.

"성주님……!"

무황이 온화하게 웃으며 말을 덧붙였다.

"허허허! 진정한 사제의 관계는 형식이 아니라 마음의 교류에 있는 것이 아니겠느냐?"

독고자강은 잠시 가슴을 진정시키는 모습이었으나, 잠시 후 토해내는 그의 목소리는 여전히 가늘게 떨리고 있었다.

"성주님! 어려서 갈 곳도 없이 굶주리는 저를 거두어주시고 처음 무공을 지도해 주시던 그때부터, 저는 마음속으로나마 성주님을 감히 사부님이라 생각해 오고 있었습니다. 이제 성주님께서 저를 제자로 생각해 오셨다 말씀을 해주시니 저는 이 감격을 어떻게 감당해야 할지 모르겠습니다. 그러나 아무리 그렇다 하더라도 이것은… 성주님께서 일생의 정화로 창안해 내신 그 무공은… 감히 저 같은 미천한 자질로는 언감생심 바라볼 자격조차 되지 못하니…….."

다시 격동이 치미는 듯 독고자강이 말을 잇지 못하자 무황이 가볍게 손을 저어 보이며 말하였다.

"허허허! 누가 너의 자질이 미천하다고 하더냐? 너는 강호오공자 중의 그 누구와 견주어도 조금도 못하지 않은 훌륭한 재능을 지니고 있다. 특하나 네가 지닌 그 불굴의 투지야말로 가히 타고난 천품(天品)이라고 할 것이다. 그렇기에 나의 이 마지막 무공이 너에게서 그 꽃을 피울 것을 나는 조금도 의심치 않는다. 나의 이 무공은 비록 체계와 기틀을 잡기는 하였으나, 그 세부적인 부분에 있어서는 아직까지도 미완성이기에 앞으로도 계속 다듬어져 나가야 할 무학이다. 바로 나를 이은 너에 의해서 말이다."

독고자강은 문득 석의(石椅)에서 몸을 일으켰다.

그가 허리를 숙이며 다소 강한 어조로 말했다.

"아닙니다. 그렇다면 더욱이 그것은 제가 아니라 여기 룽제에게 전해져야만 할 것입니다. 룽제야말로…….."

그러나 그의 말은 무황의 짧고도 명쾌한 목소리에 의해 막혀 버렸다.

"내가 너를 택한 이유 중의 하나는 이 무공이 대룽에게는 맞지 않다는 것을 알았기 때문이다."

"……?"

독고자강과 석여령이 다 같이 잔뜩 의혹이 서린 눈빛으로 자신을 바라보자 무황은 빙긋이 웃으며 천천히 말을 이었다.

"대룡에게는 이미 완성된 무공이 있기 때문이다. 바로 그의 금강부동신법을 말함이다."

"아아!"

그제야 문득 깨닫는 바가 있었던 듯 독고자강은 길게 탄식하였다.

"이 무공은 제왕육로심결의 한계를 없애는 데 중점을 두었다. 즉, 이 무공으로써 한번의 운기로 여섯 가닥의 진기를 동시에 운용할 수 있게 되었으니, 그 효용은 무궁무진하다 할 수 있을 것이다. 자강 너는 이미 제왕육로심결에 대한 이해가 남달리 깊으니, 시간을 가지고 매진한다면 반드시 경지에 오를 수 있을 것이다. 또한 이 무공은 단순히 내공의 운용 심결에 그치는 것이 아니라, 그 자체로 하나의 강력한 내가기공이라고 할 수 있다. 만약 능숙한 경지에 올라 제왕백타련과 제왕만상검결에 함께 운용한다면 그 위력은 참으로 놀라울 것이다."

무황의 진지한 설명에 독고자강 역시도 어느새 무학의 세계로 빠져든 듯하였는데 어느 순간에 그가 문득 물었다.

"성주님께서 생각하시기에, 이 무공은 룡제의 그 금강부동신법과는 도저히 조화를 이룰 수 없다고 보시는지요?"

그러자 무황은 지그시 독고자강을 바라보다가 문득 가볍게 탄식하였다.

"허어! 자강 네가 대룡을 생각하는 마음이 결코 가볍지 않구나."

이어 무황이 고대룡을 보고 말했다.

"대룡! 너는 참으로 좋은 의형(義兄)을 두었구나."

그리고 무황은 다시 독고자강을 향했다.

"네 뜻이 정히 그러하다면, 자강 네가 먼저 익히고 난 연후에 다시 대룡에게 가르치도록 해라."

독고자강이 당황해하며 허리를 숙였다.

"제가 어떻게 그를 가르칠 수 있겠으며, 더욱이 성주님께서 가르치시는 것에 비할 수가 있겠습니까?"

그러자 무황은 가볍게 손을 저었다.

"아니다. 너는 이미 대룡에게 두 가지의 무공을 가르친 바 있고, 그것은 훌륭하게 결실을 맺고 있지 않느냐?"

"그것은 다만……."

무황이 다시 고개를 가로저어 독고자강의 말을 제지하고 나서 담담하게 말을 이었다.

"무공이 높다고 해서 가르치는 것도 잘하는 것은 아니다. 무공을 가르치는 것도 하나의 능력이라, 무공의 고하에 상관없이 다만 무공에 대한 식견과 그 가르치는 방법이 훌륭하다면 뛰어난 제자를 길러낼 수 있는 법이다. 또한 가르치는 입장과 가르침을 받는 입장이 서로 의기가 상통하여 잘 교감할 수 있다면, 그 이상으로 좋은 사제지간이 또 있을 수 있겠느냐? 그러한 점에서 너는 능히 훌륭한 사부가 될 수 있고, 더구나 대룡에게는 더할 수 없이 좋은 사부가 될 수 있을 것이다. 이 무공은 비록 내가 만들었으나 익히기는 네가 처음이다. 나 스스로도 만들기는 하였으되 실제로 익혀보지는 않았으니, 다만 이론을 만들었을 뿐 막상 익히는 데 있어서 어떤 문제점이나 결함이 나타날지는 알 수 없는 일이다. 그 결함과 제약을 찾아내어 보완하는 것은 이제부터 너의 일이다. 물론 내가 조언을 해주면 좋을 부분이 있을 것이나 그렇게 하기에는 내가 처한 환경에서 여러 가지로 제약이 따른다는 것은 너도 익히 짐작하고 있을 터, 아마도 주로는 네가 스스로 해결을 해야 할 것이다. 또한 네가 직접 그러한 문제들을 발견하고 보완해 나가는 과정이야말로 그 자체로도 네게는 더없이 좋은 수련이 될 것이다."

문득 고대릉에게로 눈길을 돌린 무황이 엉뚱한 말을 물었다.

"허허허! 대릉 너의 별호가 무적공자(無敵公子)라지? 여령에게 인영이 그 별호를 지어주었다고 들었다."

갑작스러운 말에 고대릉이 적지 않게 당황하여 허둥대었다.

"그것은… 그것은 다만 인영 형이 한때의 우스갯소리로……."

"허허허! 괜찮다. 그야말로 멋진 별호가 아니냐? 노부 또한 만약 다시 네 나이가 될 수 있다면 꼭 한번 가지고 싶은 별호이다."

"예?"

"사실은 나의 이 무공에 대해 처음에는 너를 염두에 두고 그 이름을 제왕무적공(帝王無敵功)이라고 지은 바 있었다. 물론 이제는 자강에게 다시 이름을 짓도록 맡기게 되었지만 말이다. 허허허!"

그러자 독고자강이 급히 말을 받았다.

"아닙니다, 성주님! 제가 어찌 감히… 무공의 이름은 당연히 성주님께서 지으셔야 하는 것이고, 제가 듣기에 그 제왕무적공이란 이름은 너무나 훌륭하게 어울리는 이름이라고 생각됩니다."

"허허허! 그렇게 생각하느냐?"

"예! 성주님!"

"흠! 그렇다면 좋다. 무릇 사람의 이름이나 무공의 이름이나 그 이름 자체의 의미보다는 그 이름의 주인 되는 사람이 그 의미의 가치를 어떻게 만들어가느냐에 따라 그 이름이 얼마나 빛나느냐가 결정된다고 할 것이다. 이제 이 무공은 제왕무적공이라 이름 짓고, 자강 네게 물려 주겠다. 너는 부디 궁극의 경지에 도달하여 제왕무적이라는 그 이름에 부끄러움이 없도록 하여라."

그 같은 당부에 독고자강은 그 자리에서 무릎을 꿇고 절을 올렸다.

무황이 흐뭇하게 웃으며 그 절을 받았다.

그런데 일어섰던 독고자강의 몸이 다시 숙여지며 두 번째 절을 하고 있었다.

그런 독고자강에 대해 무황은 잠시 당황하는 듯하였으나, 이내 앉은 자세를 가다듬고서 진중하게 독고자강의 절을 받았다.

독고자강의 절은 계속되었다.

삼배, 사배……

그리고 마침내 아홉 번의 절을 다 마치고 난 다음에야 그의 허리가 펴졌다.

독고자강은 무황에게 사부를 뵙는 구배지례(九拜之禮)를 올린 것이었다.

그리고 무황 역시 정식으로 그 예를 받았다.

비록 사제 간의 격식을 따르지 않겠다고 미리 말해놓은 바 있는 무황이었으나, 지금 독고자강이 정성을 다하여 올리는 배사(拜師)의 예를 차마 받지 않을 수는 없었던 것이다.

마주 보는 두 사람의 눈빛에 한가닥의 진한 정이 흐르고 있었다.

자신과 결코 무관하지 않다고도 할 수 있는 일임에도 불구하고, 고대룡은 내내 그저 담담한 표정에다 간혹 따뜻하게 웃는 표정으로 독고 자강과 무황 사이에 벌어지는 일들을 지켜보고 있었다.

그때였다.

"대룡!"

문득 자신을 부르는 무황의 목소리에 고대룡은 차분하게 대답을 하였다.

"예."

무황이 빙그레 웃으며 말했다.

"너는 앞으로 너의 별호에 대해 책임을 져야 할 일이 많을 것이다."

"예?"

"허허허! 무적공자라는 그 별호 말이다."

쑥스러우면서도 얼떨떨해하는 고대룡의 모습에 무황은 자못 흐뭇하다는 표정이었다.

"비록 과하고 지나친 면이 있는 것은 사실이라고 해야겠으나, 특히나 너 같은 젊은이에게는 그러한 별호가 군이 나쁜 것은 아니다. 물론 네가 그 별호에 능히 책임을 질 수 있어야 하겠지만 말이다. 어떠냐? 기왕에 정해진 별호이니, 너는 그 별호대로 한번 제대로 광오함을 부려 볼 의향은 없느냐?"

"……?"

진의를 짐작하기 어려운 무황의 말에 대해 고대룡은 물론이고 독고 자강과 석여령도 표정에 잔뜩 궁금함을 떠올려 놓고 있었다.

무황이 세 사람을 한번 쭉 돌아보고 나서 다소간 정색을 하며 말을 이었다.

"나는 대룡, 자강 너희 두 사람이 세상에 대해 끝없이 부딪치고 도전하기를 바란다. 애초에 이 무공에 제왕무적공이란 이름을 붙여 너희들에게 주려던 것도 바로 그런 이유에서였다. 이 무공이 미완성이라 이미 말한 바 있지만, 앞으로 이 무공은 끝없이 부딪치는 중에 완성될 수 있을 것이고. 또한 대릉의 금강부동신법이 무공으로서는 이미 완성된 무공이라 할지라도, 대릉 네게 있어서는 여전히 미완성일 것이다. 그것을 너의 무공으로 완성시키기 위해서 너에게는 역시 끝없는 도전이 필요하다. 그러나 도전이란 때가 있는 것이니, 바로 지금이 너와 자강이 도전해야 할 때이다. 바로 젊음이다. 젊음이야말로 도전이 용납되는 때이고 또한 끝없는 투지가 일어나는 때이기 때문이다."

진지한 표정이 되어 있는 고대릉과 독고자강을 돌아보며 무황이 빙그레 웃음을 떠올렸다.

"허허허! 자강의 투지는 내가 이미 알고 있는 바이나, 대릉 너는 아무래도 자강에 비해 투지가 약해 보인다. 그렇기에 앞서 인영이 너에게 무적이라는 바람을 담으면서도 공자라는 꼬리를 붙이고 말았을 것이다. 하니 너는 지금부터라도 좀 더 도전적이 되어야 할 것이다. 바로지금, 이 무황성에서부터 말이다."

일순 석여령의 눈빛이 반짝 하고 빛을 발했다.

그러나 석여령은 이내 담담한 표정으로 되돌아가 이어지는 무황의 말에 묵묵히 귀를 기울였다.

"무공은 결국 자기 스스로 이루는 것이다. 이미 이루어진 무공을 답습하는 것에는 한계가 있을 수밖에 없다. 만약 후인(後人)이 오로지 선인(先人)의 무공을 답습하기만을 고집한다면, 그는 자질과 수련의 정도에 따라 선인의 숙련도를 능가할 수 있을지는 몰라도, 무학의 깨달음에 있어서는 처음 그 무공을 창안한 선인의 경지에 결코 이르지 못하고 말 것이다."

고대릉은 무황이 지금 다시 자신에게 어떤 가르침을 주고자 하는 것이라는 것을 깨달았다.

이전에 그가 한 말이 무학의 근본 이치에 대한 언급이었다면, 지금의 말은 좀 더 구체적인 수련의 방법에 대한 언급이라고 할 수 있었다.

고대릉이 잠시 머뭇거리다 약간은 어렵게 질문을 내놓았다.

"스스로 이룬다는 것은 어떤 의미입니까?"

무황의 입가에 온화하면서도 기꺼운 미소가 떠올랐다.

"끊임없는 의문과 그 의문에 대한 답을 찾아가는 고민이다. 스스로의 무공에 대해 더 이상 의문이 생기지 않는다면, 너의 무공은 정체되어 있는 것이다. 기존의 것을 완벽하게 익힌다는 것은 다만 익숙함을 추구하는 것이지, 진정한 발전이라고 할 수 없다. 새로운 것, 남이 가보지 않은 곳을 향해 끊임없이 탐구하고 모색하는 것이야말로 진정한 발전이라고 할 수 있다."

"어떻게 하면 그리될 수 있는 것입니까?"

"허허! 달리 정해진 방법이야 있겠느냐만, 그저 부단히 노력하는 방법밖에는 없을 것이다. 그런 중에도 좀 더 효과적인 방법이 있다면, 그것은 바로 실전이다. 이미 말했듯이 부단히 부딪치는 것이다. 그런 중에 끊임없이 자극을 받고, 또한 그 자극에서 무언가를 얻는 것이다. 강한 자와 부딪칠수록 상대에게서 새로운 무엇인가를 배울 수 있을 것이고, 또다시 그중에서 새로운 의문을 끄집어낼 수 있을 것이다. 그러한 과정을 반복하는 것이야말로 무학의 경지에 오르는 가장 효과적이면서도 현실적인 방법이라고 할 수 있다."

"음!"

고대룡은 자신도 모르게 나직한 침음성을 흘리고 말았다.

강해지고자 하는 것은 현재 그 자신의 화두이기도 한데, 무황은 지금 그 막연하고도 막막한 화두에서 단숨에 몇 겹의 장막을 한꺼번에 벗겨내고 있었다.

무황의 담담한 목소리가 이어지고 있었다.

"그러나 말하였듯이 무림에서 투지 하나만으로 부딪칠 상대를 찾을 수 있는 것은 그야말로 젊은 한때에 불과하다. 젊고 이름이 나지 않았다는 것은 승부의 승패에 따르는 명예를 크게 생각하지 않아도 좋을 때이니 그 어떤 상대에게라도 도전을 할 수 있는 것이다. 그러나 그 또한 만약 네가 계속 승리한다면 너는 금방 고수로 추앙받게 될 것이고, 어느 순간부터 너는 상대를 찾지 못하게 될 것이다. 그것은 상대가 너를 두려워하기 때문일 수도 있고, 또한 네 스스로 명예를 잃기 싫은 두려움이 생겨서일 수도 있다. 또한 네가 계속해서 패한다면 상대는 너와 부딪치는 것을 명예롭지 못하다고 생각할 것이므로, 또한 어느 순간부터 너는 상대를 찾지 못하게 될 것이다."

고대룡이 마치 홀린 듯이 물었다.

"그러면 어찌해야 되는 것입니까?"

"허허허! 사실 너는 이미 그렇게 하고 있지 않느냐?"

"예?"

"상대를 만드는 가장 쉬운 방법은 바로 적을 만드는 것인데, 너는 감당하기가 결코 쉽지 않은 적들을 이미 만들었거나 혹은 지금도 만들고 있지 않느냐?"

"……?"

얼떨떨해지고 마는 고대룡의 모습에 무황이 돌연 대소하였다.

"하하하하! 백마갱은 천하의 누구라도 두려워하고 꺼리는 상대인데, 너는 이미 백마갱의 도전을 세 차례나 받고 물리치지 않았느냐? 당연히 네게는 앞으로 무수한 도전이 남아 있는 것이다. 물론 네가 중도에 포기하지 않아야 하고, 또한 계속 승리를 해 나가야만 하는 것이지만 말이다."

"아!"

"후후후! 그리고 내가 보기에 너는 지금 이곳 무황성에서도 이미 강력한 적을 만들어가고 있는 중이다."

"예?"

"허허허! 바로 비룡단이다. 그리고 만약 네가 비룡단을 극복할 수 있다면 나아가 이대무존가 또한 너의 적으로 될 것이니, 그야말로 천하에서 가장 강력한 상대를 만들었다고 할 수 있지 않겠느냐?"

마침내 석여령과 독고자강이 동시에 깊은 침음성을 흘려내고 말았다.

"음!"

"으음!"

그 뒤를 이어 무황의 담담한 목소리가 계속 이어졌다.

"허허허! 네가 강해지고 싶다면, 또한 완성되고 싶다면, 너는 그 어떤 상대와도 적대 관계에 서는 것에 대해 주저하지 말아야 한다. 그런 점에서 나는 네가 잠룡단의 인물들과 어울리는 것에 대해 나쁘게 생각하지 않는다. 다만 그 어떤 경우에도 네 스스로에게 부끄러운 점이 있어서는 안 될 것이고, 또한 네가 한 일에 대해서는 언제라도 책임을 질 수 있어야 할 것이다."

그때 석여령의 눈빛은 어떤 의미를 담고 반짝이고 있었는데, 그 눈빛 속에는 다소간의 걱정스러움이 함께 담겨 있었다.

무황의 얼굴은 확연히 침중하게 변해 있었다.

"강호에 난세의 기운이 느껴지고 있다. 난세는 너희들 같은 젊은이들을 필요로 한다. 하니 너희들은 스스로의 역량을 키우는 데 한시도 소홀히 하지 말아야 할 것이다."

심상치 않게 들리는 무황의 말에 석여령과 독고자강이 자신들도 모르게 조심스러워할 때, 고대릉은 오히려 마음 한구석이 울렁거리는 묘한 느낌을 받고 있었다.

난세가 오고 있다는 말은 이전에 남궁위덕이 떠나면서 그에게 해준 바 있는 말이었다.

그러면서 남궁위덕 역시도 그에게 힘을 키우라고 충고했었다. 난세는 강한 자를 필요로 하는 법이라면서.

고대릉으로서는 당시 그 말의 깊은 의미를 알 수 없었고 지금 무황의 말에 대해서도 역시 제대로 의미를 알기 어렵기는 마찬가지였으나, 다만 이유를 알 수 없게도 문득 가슴이 울렁거리는 것이었다.

그때 석여령이 사뭇 심각한 기색이 되어 물었다.

"난세라 하시면……?"

"허허허! 무림이란 본래 풍파가 끊이지 않는 곳이니 난세는 늘 있는 것이 아니겠느냐?"

석여령이 여전히 조심스러운 기색으로 말했다.

"강호에 무황성이 있고 할아버지께서 계시는데 난세가 어찌 올 수 있을 것이며, 혹시 온다 한들 잠시간의 한낱 미풍으로 끝나고 말 것입니다."

무황이 어두운 기색 중에서도 희미한 미소를 떠올렸다.

"아니다. 이제 이 할애비가 할 수 있는 일은 거의 없다고 해야 할 것이다."

그러자 석여령이 놀란 듯 표정을 굳히며 물었다.

"할아버지! 어인 말씀을… 혹시 무슨 일이라도……?"

무황이 짐짓 호탕하게 웃음소리를 냈다.

"하하하! 내 비록 나이 들어 스스로 뒷전으로 물러서 있는 처지이나 내가 무황이라는 사실을 잊었느냐? 천하의 그 누구도 감히 나를 핍박할 수는 없느니라."

무황이 말을 멈추고 잠시 웃는 눈빛으로 석여령의 눈을 응시하고 있다가 다소간 허탈한 음성으로 말을 이었다.

"세상 사람들은 나를 절대자라고 말하고 무황성이 강호를 지배한다고 말한다. 그러나 강호란 원래 자유로운 곳이니, 어떤 이유에서든 결코 한 사람의 절대자나 혹은 일개 조직에 의해 지배되어서는 안 되는 것이다. 원래 대개의 환란은 강호를 독패하고자 하는 개인이나 집단의 욕심으로부터 시작되는데, 그 환란을 막은 것이 또한 어느 일개인이나 집단이라고 한다면 결국은 그들 역시 강호를 지배하고자 하는 욕망에 빠지고 마는 악순환이 계속될 수밖에 없는 법이다. 난세가 필연적으로 영웅을 낳는 것이라면, 바로 너희들과 같이 순수한 젊은이들 중에서 영웅이 나와야 하는 것이고, 또한 어느 특정 집단이 아닌 강호무림 전체가 나서서 환란을 막아내야만 하는 것이다."

무황의 그 같은 말은 평소 강호 정세에 대한 그의 지론과도 무관하지 않은 것이었으나, 오늘따라 석여령과 독고자강의 안색은 사뭇 굳어져 있었다.

한순간 무황의 얼굴에서는 어두운 기색이 말끔히 걷혔다.

그가 고대릉을 보며 빙그레 웃으며 말했다.

"한 가지 노파심이 들어 하는 말이나, 대릉 너의 그 금강부동신법에 대해 혹시 다른 사람들도 알고 있느냐?"

고대릉이 조심스럽게 대답했다.

"저희 조부님을 제외하고는 오늘 처음으로 말씀을 드린 것입니다."

그러자 무황이 천천히 고개를 끄덕였다.

"흠! 그렇다면 너는 오늘 이후로 그 누구에게도 금강부동신법에 대해서는 말하지 말도록 하여라. 그것은 령아와 자강도 마찬가지이다."

"예!"

석여령과 독고자강이 한 목소리로 대답하면서도 눈빛에는 여전히 약간의 의혹을 비치고 있자 무황이 다시금 빙그레 웃으며 말했다.

"첫째는 쓸데없는 오해를 피하기 위함이다. 물론 같은 것일 리는 만무하겠으나, 만약 소림의 금강부동신법과 같은 것으로 오해가 생긴다면 그때는 자칫 그 오해를 풀기 어려워질 수가 있을 것이다. 비록 소림의 금강부동신법이 무공이 아니라 불경(佛經)을 해석해 놓은 것일 뿐이라는 말이 있기도 하지만, 어쨌거나 소림의 무상절기로 명성을 떨친 지 오래되었는데, 이제 만약 대릉이 금강부동신법을 익혔다는 것이 알려진다면 오해를 피하기는 어렵지 않겠느냐?"

석여령의 고개가 가볍게 끄덕여지는 것을 보며 무황이 말을 이었다.

"둘째는 내게 작은 욕심이 있기 때문이다. 바로 대릉과 자강에게서 제왕류의 무공이 세상에 크게 이름을 떨쳐 주기를 바라는 욕심이다. 물론 자강에 의해 제왕류가 완성되기를 바라지만, 대릉에 의해 제왕백타련과 제왕만상검결의 이름이 강호를 떨어 울리기를 바라는 마음 또한 없지 않다."

석여령이 웃으며 끼어들었다.

"호호호! 이제 보니 할아버지께서는 욕심이 많으실 뿐만 아니라 조급한 마음까지 가지고 계시는군요?"

"음?"

"그렇지 않나요? 자강 오라버니가 제왕류를 익히는 데는 시간이 좀더 걸릴 것이고, 대릉 동생의 경우에는 지금 당장이라도 그 두 가지 무공의 위력을 떨칠 수 있을 것이라는 계산이 아닙니까?"

"허어! 계산이라……? 허허허! 사실은 그렇다. 물론 대릉의 경우에는 그 근원이 확연히 다른 것이지만, 그렇다 하더라도 어쨌든 지금까지 홀대받던 그 두 가지 무공이 천하의 절학으로 위력을 발휘한다면 그 아니 통쾌한 일이겠느냐?"

그리고 무황은 자못 즐거움을 참기 어렵다는 듯 빙긋이 웃고만 있는 것이었다.

평상시에 보지 못했던 무황의 그 같은 모습에 석여령은 다시금 짜랑한 교소를 터뜨리고 말았다.

"호호호!"

그때 무황이 고대릉을 향하며 말을 덧붙였다.

"그러나 이 같은 일은 대릉 네게도 전혀 득이 없는 것은 아닐 것이다. 본디 무림에서는 자신의 삼 푼은 마지막까지 감추라는 말이 있는데, 너의 경우에는 네 무공이 다만 그 두 가지의 기초무공뿐이라고 알려지는 것만으로도 능히 삼 푼은 감추어지지 않겠느냐?"

무적공자(無敵公子)!

일면 유치하고 우스꽝스럽기도 한 그 별호는 그 주인공이 최근 몇 차례 잠룡단과 비룡단의 다툼에 얽혀들면서 보여준 활약(?)으로 인해 무황성의 젊은이들 사이에서 갑작스러운 인기를 얻어가고 있었다.

그는 두 차례 금삼무사들과의 일 대 일 대결을 포함하여 비룡단과 벌인 일련의 승부에서 말 그대로 무적을 구가하고 있었던 것이다.

사실 고대릉과 비룡단의 충돌 이면에는 비룡단의 의도적인 도발이 적잖이 숨어 있는 것이었지만, 의도했던 바와는 달리 비룡단은 몇 차례의 시도에서 단 한 번도 고대릉을 패배시키지 못하고 있었다.

그리고 그러한 결과가 성내 젊은 층들의 대단한 반향을 불러일으킨 것은 누구도 예측하지 못했던 뜻밖의 일이었다.

그것은 고대릉의 일견 무모해 보이는 행동이 그동안 무소불위의 권력으로 여겨졌던 비룡단에 대한 거침없는 도전으로 비쳐졌고, 게다가 연이은 호쾌한 승리가 단숨에 무황성 젊은이들의 피를 들끓게 만든 결과였다.

사실 그동안 고대릉에 관해서는 갖가지의 무성한 소문이 나돌았었다.

그중에 주는 고대릉을 특출한 재능이나 실력도 없이 일가인 석여령의 후광에 기대어 입신양명을 하려는 유약하면서도 기회주의적인 인물로 평가하는 것이었다.

그러나 막상 실제로 선을 보인 고대릉의 실체는 전혀 다른 모습이었다.

그는 실력으로써, 그것도 적나라한 승부로써 자신에 대한 도전을 거침없이 꺾어버렸으니 그보다 더한 반전이 또 있을 수는 없었다.

진실된 힘이 뒷받침될 때, 무적이라는 단어만큼 젊은이들의 마음을 사로잡는 단어가 또 있겠는가.

그런데 고대릉의 이름이 높아갈수록 그에 관한 소문은 새로운 양상으로 번져 갔다.

'무황은 고대릉을 정식제자로 맞이하려고 한다.'

소문은 금방 또 다른 소문을 낳았다.

'독고자강이 고대릉을 강호육공자로 추천했다. 무황이 난색을 표하였으나 독고자강은 아예 자신이 강호오공자에서 물러나고 대신 그 자리에 고대릉을 넣도록 강력히 재추천하였다.'

무황성 전체가 술렁거렸다.

소문은 이제 당연한 것처럼 고대릉의 이름을 무황의 후계자 반열로 올려놓고 있었다.

사실 그 소문을 있는 그대로 믿는 사람은 거의 없다고 해야 했지만 어쨌든 그런 덕에 고대릉은 일약 무황성에서 가장 유명한 인물이 되었고, 그러한 유명세는 결국 그의 이름이 더욱더 무게감을 가져간다는 것으로 해석되는 측면도 있었다.

그리고 그 같은 고대릉의 급격한 부상은 그 누구도 예측하지 못한 갑작스러운 것이었기에 결국은 이대무존가에서조차 은근히 당혹스러운 입장이 되고 말았다.

고대릉의 역량과 가능성이 실제로 어느 정도인가 하는 것은 나중의 문제였다.

당장에 이대무존가의 신경을 거슬리게 하는 것은 바로 무황의 진실한 의중이 어디에 있느냐 하는 것이었다.

고대릉에 관한 소문이 일파만파로 걷잡을 수 없이 번져 나가는데도 무황은 침묵으로만 일관하고 있었고, 그것은 그가 의도적으로 소문을 방조하고 있는 게 아닌가 하는 추측까지 낳고 있었다.

결국 이전(二殿)에서 공식적으로 문제를 제기하였다.

비록 형식상으로는 형당에다 제기한 것이었으나 성의 최고 권력 기관인 이전에서 공식 제기된 사항이니만큼 사실상은 고대릉에 대한 처벌을 명령한 것이나 마찬가지였다.

그러나 형당에서 어떤 조치가 취해지기 전에 그 일에 대한 무황의 언급이 먼저 있었다.

근 오 년 내로 무황이 어떤 사안에 대해 구체적인 의사 표시를 하는 것은 극히 드문 일이었는데 이 일에 대해서 무황은 예외적으로 직접적인 언급을 하고 나선 것이다.

더군다나 무황의 말은 모두의 예상을 완전히 벗어나는 뜻밖의 것이었다.

"그 아이가 말썽을 일으킨 것에 대해서는 주의를 주어야 할 것이다. 다만 이 일의 원인은 그가 아직까지 성의 규범과 규율에 익숙하지 못해서일 것이니, 이제 곧 그가 익숙해진다면 차차로 좋아질 것이다. 그러나 한편으로 그의 패기를 너무 나무랄 일만은 또 아닐 것이다. 근래 성의 분위기가 지나치게 침잠되어 있다고 할 수 있는데, 이는 젊은이들의 호기와 패기를 너무 규율로 얽매어둔 까닭도 없지 않다고 할 것이다. 차제에 젊은이들의 순수한 경쟁심과 패기의 발로에 의한 승부에 대해서는 관대히 보아주는 풍토를 만들어보는 것도 그다지 나쁘지는 않을 것이다."

그것은 고대릉을 나무라기보다는 오히려 그의 젊은이다운 순수한 패기를 은근히 비호하고, 나아가서는 부추기는 일면까지 엿보이는 말이었다.

석여령은 점차로 걱정이 깊어져 가고 있었다.

물론 작금의 일이 흘러가는 방향은 그녀가 처음에 의도했던 바와 아주 무관하지 않았고, 또한 그녀의 조부인 무황에게도 어떤 의중이 있다는 것을 짐작하지 못하는 바도 아니었다.

그러나 문제는 상황이 너무 급박하게 흘러가고 있다는 것이었다.

고대릉은 너무 급격히 부상하고 있었고, 이제 그에 대한 무황의 비호는 그러한 상황에다 오히려 박차를 가하는 일이 되고 말 것이 분명했다.

한 사람의 이름이 급격히 부각된다는 것은, 더구나 실질적인 입지와 기반이 전혀 없는 고대룡의 경우에는 그만큼 급격히 추락할 수 있다는 것을 의미함을 그녀는 능히 짐작하고도 남음이 있었다.

그러나 이미 기호지세(騎虎之勢)였다.

고대룡을 둘러싸고 흘러가는 상황의 흐름은 이미 그녀가 임의로 조절할 수 있는 그런 정도를 한참이나 넘어서고 있었다.

늦은 밤 창룡전(蒼龍殿).

위지천은 태사의에 깊숙이 몸을 묻고 있었다.

한순간 그에게서 지극히 침중한 목소리가 흘러나왔다.

"으음! 그가 이토록 성급하게 여론을 몰아가는 의중을 도무지 알 수가 없군. 두 가지의 기초무공 외에는 자신의 절기를 전수하지 않겠다고 스스로 선을 그음으로써 주변을 안심시켜 놓더니, 이제 와서는 오히려 공공연히 기껏 애송이 하나를 후계자로 삼는 수순을 밟아간다……?"

독백처럼 나직한 목소리를 흘려내던 위지천은 문득 엄격해 보이는 얼굴에 한가닥의 묘한 미소를 떠올렸다.

"후후후! 설마 그에게 어떤 다른 안배가 준비라도 되어 있다는 의미인가?"

그의 목소리는 시종 나직하였으나 다만 점차로 내력이 실리면서 이제 넓은 대전을 쩌렁하니 울리고 있었다.

"흐흐흐! 그러나 이미 늦었다. 당신이 반전을 시도하려고 했다면 지금보다 훨씬 이전에 어떤 수를 썼어야만 했다. 이제 당신은 그저 한 마리 이빨 빠진 늙은 호랑이에 불과하다. 당신 자신이 자신의 것이라고 믿고 있는 것 중에서 진정으로 당신의 것이라고 할 수 있는 것은 아마도 열에 하나도 되지 않을 것이다. 아무리 당신이 뒤늦게 나름의 발버둥을 친다 하더라도 말이다. 흐흐흐! 좋다. 만약 원한다면 그 사실을 좀 더 분명하게 깨닫도록 만들어주겠다."

한 가지 소식이 무황성을 온통 뒤흔들었다.

위지 가문에서 정식으로 위지호준과 석여령의 혼인에 대해 무황에게 청혼을 하였다는 소식이었다.

그것은 실로 중대한 의미를 가지는 일대 사건이 아닐 수 없었다.

바로 무황이 공표한 바 있는 강호오공자 간의 후계자 경쟁 구도에 대한 정면 도전이었고, 그럼으로써 위지 가문이 무황성의 대권 장악에 본격적으로 나섰다는 과시와 도발적 자신감을 전면으로 드러낸 것이라고 할 수 있기 때문이었다.

사람들은 경악 속에서도 침묵하였다.

이제부터 일의 향방이 어떻게 진행될 것인지에 대해 숨을 죽였고, 필시 벌어지고야 말 한바탕의 커다란 소란에 대해 우려하였다.

그러나 그러한 침묵과 우려가 좀 더 농후하게 익거나 혹은 곪을 틈도 없이 상황은 이내 의외의 방향으로 전개되었다.

바로 무황과 청혼받은 당사자인 일가인 석여령의 연이은 입장 표명 때문이었다.

무황은 손녀의 혼인에 관한 한 그녀 본인의 의사가 가장 중요하다고 하였고, 석여령이 진실로 원하기만 한다면 그 상대가 누구라 할지라도 자신은 조금도 이의를 제기하지 않을 것이라고 하였다.

위지 가문의 청혼에 대해 혼인 당사자들의 의사에 모든 것을 전적으로 맡기겠다며 자신은 완전히 발을 빼버린 셈이었다.

그럼으로써 위지 가문의 갑작스러운 청혼이 내포하고 있던 몇 가지의 잠재적 의미는 한순간에 그 의미가 퇴색되고 말았다.

그리고 이어 나온 석여령의 입장 표명은 참으로 놀랍고도 묘한 것이어서 사람들에게 호기심과 추측, 또는 고민을 안겨주었다.

석여령은 자신의 마음속에 이미 생각하고 있는 사람이 있으며, 더군다나 그것이 한 사람이 아닌 두 사람이라고 공개를 한 것이었다.

그런데 다만 두 사람이라고만 하였으니 그 두 사람 중에 위지호준이 포함되는지 아닌지는 알 수가 없었다.

그러니 위지 가문이 아무리 절대적 자신감으로 청혼이라는 야심찬 사단(?)을 제시하였다고 해도, 당장에 어떤 다음의 수순을 밟기는 어려워져 버리고 말았다.

무황이나 석여령의 그 같은 입장 표명을 뚜렷한 거절로 단정할 수도 없는 것이니 모욕을 당했다고 트집을 잡을 수도 없는 일이었다.

그렇다고 당장에 석여령의 그 두 사람이 누군지 채근하고, 나아가 둘 중에 한 사람을 빨리 결정하라고 독촉할 수는 더 더욱 어려운 노릇이었다.

본디 남녀 간의 일이란 미묘하고도 오묘한 법인데, 그렇게 칼로 무 베듯이 딱 잘라서 결정하라고 할 일은 아니지를 않겠는가.

그런데 여기에 괜히 마음이 싱숭생숭해지는 또 한 사람이 있었다. 다름 아닌 고대릉이었다.

체신머리없고 주제넘는다는 생각을 하면서도, 고대릉은 석여령에게 물어보지 않을 수가 없었다.

"누님의 마음속 사람이 혹시 위덕 형님과 인영 형님입니까?"

그 물음에 대해 석여령은 일시 흠칫하고 놀라는 듯하더니 대답을 하지 않고 잠시 동안 가만히 고대릉을 바라만 보았다.

그 눈빛에 왠지 모를 묘한 슬픔이 깃든 것 같아 고대릉은 자신이 경솔하게 내뱉은 말을 금방 후회하고 말았다.

고대릉의 표정에서 당황스러워하는 기색을 보았던지, 석여령은 문득 엷은 미소를 떠올렸다.

"위지 가문의 욕심을 꺾기 위한 임시방편으로 말한 것일 뿐 내게는 마음에 둔 사람이 없어요."

그 말에 고대릉은 자신도 모르게 안도하면서도 가만히 한숨을 불어내쉬고 말았다.

그러나 그는 이내 철렁하고 가슴이 추락하는 듯한 묘한 기분을 맛보고 말았다.

'마음에 둔 사람이 없다……?'

이미 확인하였고 또 충분히 삭였다고 생각했지만, 그녀의 마음속에 자신이 없다는 것을 다시 한 번 재확인하는 마음은 여전히 아프고 쓰라리기만 하였다.

그때 촉촉하게 젖은 눈으로 고대릉을 보고 있던 석여령이 문득 입가에 기이한 미소 한가닥을 피워 올렸다.

"우리 이렇게 하면 어떨까요?"

갑작스럽게 밝아진 그녀의 목소리에 고대릉이 건성으로 물었다.

"예?"

"훗! 대릉 동생이 내 마음속의 그 사람이 되는 거예요."

순간 고대릉은 자리에서 벌떡 몸을 일으킬 만큼 놀랐으면서도, 막상 표정은 멍한 채로 다시 되묻지 않을 수 없었다.

"예?"

석여령은 이제 완연히 밝은 미소를 얼굴 가득 지으며 짜랑한 교소를 터뜨렸다.

"호호호! 왜 그렇게 놀라나요? 그저 당분간만 임시로 그렇게 해보자는 것뿐인데?"

"……?"

"그렇게라도 하지 않으면 저 무례하고 제멋대로인 위지 가문에서 이대로 가만있을 것 같지 않아서 그래요. 그렇다고 동생이 추측한 대로 애꿎은 남궁 공자나 혹은 화 공자를 끌어다 넣는다면, 향후에 그들이 너무 곤란한 입장에 처하지 않겠어요?"

참으로 묘한 말이었다.

남궁위덕이나 화인영이 곤란에 처하는 것은 염려가 되고, 막상 고대릉이 곤란지경에 빠질 것은 괜찮다는 말인가?

이내 스스로도 그런 생각이 든 것인지 석여령이 문득 배시시 웃으며 말을 덧붙였다.

"물론 동생도 당연히 곤란에 처하게 되겠지만… 어때요? 그렇더라도 동생은 나를 위해 그런 곤란쯤 감수할 용의가 없나요?"

고대릉은 밀려드는 당혹감에 일시 어쩔 줄 모르는 심정이 되고 말았다.

그녀의 말에 대해서도 당연히 당혹스러운 바가 있었지만, 그보다 그를 더욱 당혹스럽게 만드는 것은 바로 지금 석여령이 짓고 있는 표정과 교태 때문이었다.

아아! 그것은 차라리 유혹이었다.

차라리 내놓고 하는 유혹이라면 장난이라 치부하며 웃고 말 수도 있겠으나, 아아! 지금 석여령이 보이고 있는 그 은근한 유혹이라니… 그것은 차라리 도발이었다.

고대릉은 그만 숨이 막힐 것만 같았다.

고대릉의 그런 모습이 오히려 재미있다는 듯 석여령은 짐짓 장난과 애교를 더하여 대담하게 자신의 어깨를 고대릉에게로 기대어오는 것이었다.

"그렇지 않나요? 동생은 나를 위해 그렇게 해줄 수 있는 거죠?"

그 순간 고대릉은 멍한 채로 대답을 내놓고 말았다.

"저는… 저는 그렇게 하겠습니다."

그것은 마치 잔뜩 겁을 집어먹은 순진한 소년과도 같은 모습이어서 석여령은 그만 웃음을 참기 힘든 기색이 되고 말았다.

그러나 그녀는 이내 자못 과장되게 기쁘다는 표정을 지었다.

"호호호! 좋아요! 그럼 지금 이 순간부터 동생은 내 마음속의 그 사람이 되는 거예요?"

고대릉이 겨우 한숨을 돌리고서 가늘게 한숨을 내쉬며 대답했다.

"예! 그것이 누님을 위하는 일이라면 저는 기꺼이 그렇게 하겠습니다."

고대릉의 얼굴은 어느새 정색이 되어 있었다.

그러나 그 눈빛과 목소리에서는 어쩔 수 없이 약간의 서글픈 기색이 묻어나고 있었다.

그리고 그때 석여령은 마음속에서 자신의 생각을 굳히고 있었다.

'대릉 동생에게는 미안한 일이나, 대릉 동생의 입지가 커질수록 위지 가문의 도발을 조금이라도 더 늦출 수 있을 것이다. 비록 이 일로 인해 대릉 동생은 당장에 위지 가문의 직접적인 위협에 직면하게 될지 모르겠으나, 한편 생각하면 자신을 밝은 곳으로 온전히 드러내는 격이 되어 오히려 큰 위험으로부터는 안전해질 수도 있는 일이다. 어쨌든 이 일이 우리 두 사람 모두를 위한 최선의 선택이 되기를 바랄 뿐이다.'

조부 공손무량의 부름을 받고 현무전(玄武殿)의 내전으로 온 공손도중의 아름다운 미안(美顔)은 뚜렷이 표시가 날 만큼 딱딱하게 굳어져 있었다.

공손무량의 한마디 때문이었다.

"너의 혼사를 추진하고 있다."

그 한마디에 그의 안색이 굳어지고 만 것은 한 가지의 사실이 너무나 분명하였기 때문이다.

상대가 누구인지 아직 듣지도 않았지만, 석여령이 아니라는 것은 분명한 것이다.

그가 아는 조부 공손무량은 결코 조금이라도 위험을 감수하는 인물이 아니었으니, 이미 위지 가문에서 석여령에게 공개적으로 청혼을 넣어놓은 지금, 괜한 도발을 할 리는 만무하였다.

그가 철이 들기 시작한 이래로, 그의 조부는 언제나 삼인자였다.

조부의 위에는 늘 무황이라는 거물이 있었고, 또한 위지 가문의 위지천이라는 벽이 있었다.

이전이, 구체적으로 위지 가문의 위지천과 조부 공손무량이 이미 실질적으로 무황의 권위를 누리고 있다는 것은 그도 잘 알고 있었다.

그러나 공손도중은 그러한 위세가 조금도 만족스럽지 않았다.

이전이 실권을 차지한다 해도 조부는 여전히 이인자일 뿐이었다.

이인자이든 삼인자이든 남의 아래에 있기는 결국 매한가지가 아닌가.

그는 남의 아래에 있는 것을 결코 바라지 않았다.

공손도중이 안색을 풀며 공손하게 물었다.

"제 혼사의 상대는 누구입니까?"

담담한 목소리였으나 손자의 눈빛에 남아 있는 격정을 놓칠 공손무랑이 아니었다.

공손무랑이 빙그레 웃으며 대답했다.

"진주언가의 언소미 소저다. 사실은 이미 오래전부터 양가 간에 말이 있어왔는데 이번 기회에 성사를 시키기로 하였다."

공손도중의 입매가 슬쩍 비틀렸다.

"이번 기회라 하심은……?"

"허허허! 천하삼미(天下三美) 중 한 여인을 취하게 되었다는 데도 너는 그다지 마음에 들지를 않는 모양이로구나?"

공손도중이 아무 말이 없자 공손무랑은 웃음기를 거두었다.

"으음! 아무래도 네 심기가 편치 않은 것이로구나. 그러나 그럴 만한 이유와 가치가 있는 일이니 너는 그저 따르도록 하여라. 이미 언가에서는 가주 언정연(彦正然)과 언 소저를 위시한 일단의 사람들이 본성을 향해 출발을 했고, 그들이 도착하는 대로 우선은 간소하게 약혼의 예를 치르기로 하였다."

일시 공손도중의 눈빛으로 극심한 갈등이 스쳐 지나갔다.

그는 여태껏 조부의 말에 대해 한번도 거스르거나 이의를 달아본 적이 없었는데, 지금 처음으로 반박을 하고 자신의 생각을 분명히 말할 것인지 말 것인지를 놓고 갈등하고 있는 것이다.

손자의 얼굴을 보고 공손무랑의 얼굴에도 설핏 이채가 서렸다.

그러나 그는 무슨 생각을 하였는지 이내 느긋한 표정으로 손자의 얼굴을 바라보고만 있었다. 손자가 어떤 식으로든 마음의 결정을 내리기를 기다리는 것처럼.

"이것은… 위지 가문에 대해 본 가가 스스로 굽히고 포기한다는 표시입니까?"

공손도중의 그 말은 몹시 어렵게 나온 듯 목소리가 미약하게 떨리는 감이 있었다.

그에 대해 공손무랑의 대답은 지극히 담담하였다.

"분명 그런 일면이 있다고 할 수 있다."

그러자 마침내 공손도중의 입에서 잔뜩 억눌린 신음 소리와도 같은 침음성이 흘러나왔다.

"으음!"

늘 스스로 삼가고 겸손한 모습을 지켜왔던 조부였지만, 손자인 자신의 앞에서만큼은 항상 당당하고 자부심에 넘치는 모습을 보여주었었다.

그런데 지금 위지 가문에 대해 스스로 굽히고 포기하겠다는 인정을 그토록 쉽게 하는 조부의 태연한 모습에 대해, 공손도중은 일순 가슴속으로부터 뜨거운 무엇이 솟구치는 것을 억제하지 못하고 노려보듯 조부를 향해 눈빛을 뿌렸다.

그러나 공손무랑은 여전히 담담한 표정으로 손자의 눈빛을 받아들이고 있었다.

마침내 공손도중의 목소리에 강한 반발이 녹아들었다.

"소손은 그럴 수 없습니다. 소손은 천하의 그 누구에게도 결코 굽히지 않을 것입니다."

그러나 공손무랑은 가볍게 웃으며 되려 물었다.

"후후후! 여령 때문이냐?"

그 말에 공손도중은 일시 흠칫하는 기색을 보였으나, 이내 더할 수 없이 무거워진 목소리로 단호하게 대답했다.

"저는 다른 사내가 그녀를 취하는 것을 결코 용납하지 않을 것입니다."

공손무랑은 잠시 지긋한 눈길로 손자를 바라보고 있었다.

그러다가 이윽고 나직이 탄식하며 말을 뱉었다.

"못난 놈! 이 할애비와 가문에서 네게 기대하는 바가 어떠하다는 것을 감히 모른다고 하지는 못할 것인데, 기껏 계집 하나에 그토록 집착을 한단 말이냐?"

공손무랑의 얼굴에 설핏 노기가 서렸다.

그러나 공손도중은 이제 스스로의 흥분을 자제하기 어려워진 듯했다.

그의 목소리가 마치 으르렁거리듯 낮게 울려 나왔다.

"맞습니다. 그녀는 원래 한낱 여인에 불과했을 뿐입니다. 그러나 지금은 아닙니다. 지금의 제게 있어서 그녀는 단순히 한 여인이 아니라, 하나의 목표이자 자존심입니다. 그녀를 취하는 것은 곧 경쟁에서의 승리이자 제 자존심의 확인인 것입니다."

손자의 그런 거친 모습을 보는 것은 처음인지라 공손무랑은 다시 한동안 묵묵히 손자를 바라보았다.

그러다가 언뜻 엷은 웃음기를 떠올리며 한결 누그러진 목소리로 천천히 말했다.

"그녀가 네게 있어서 그런 의미가 있는 존재라면, 너는 과연 반드시 그녀를 취해야만 하겠구나."

갑자기 바뀐 조부의 말에 공손도중이 눈빛으로만 의문을 떠올리고서 가만히 다음 말을 기다렸다.

"허허허! 그러나 잠시 돌아서 가기로 하자. 시세에 따라 물러서고 혹은 돌아서 가는 것은 패배하거나 포기하는 것과는 아주 다른 것이지 않겠느냐? 나는 너에게만큼은 결코 천하의 그 누구에게도 굽히거나 양보하는 일이 없도록 만들어줄 것이다. 네가 원한다면 향후에 삼처사첩(三妻四妾)을 거느릴 수도 있는 일이고, 또한 언가의 여식을 첩으로 들인 연후에 다시 여령을 처로 맞이할 수도 있는 일이다."

공손도중이 잠시 얼떨떨해하였으나 이내 그 본래의 차분한 모습을 되찾았다.

"소손은 여인에 대한 욕심을 부리고자 하는 것이 아닙니다."

그러자 공손무량의 얼굴 가득히 기꺼운 웃음기가 번졌다.

"허허허! 내 어찌 모르겠느냐? 요(要)는 큰 싸움에서 이기는 것이 우선이다. 천하를 놓고 다투는 큰 싸움 말이다. 그 싸움에서 마지막에 이기는 자만이 모든 것을 가질 수 있는 것이다. 세상은 승리의 결과만을 추앙하고 기록하며 그 과정은 금방 잊혀지고 마는 법이다. 이 할애비는 그 과정이 될 터이니, 너는 공손 가문의 이름으로 최후의 승리자가 되거라."

공손도중은 조부의 웃는 얼굴에서 문득 한가닥의 굳건한 의지를 읽을 수 있었다.

아마도 그것이야말로 그의 조부가 평생을 의지하며 살아온 신념일 것이었으니, 그는 감히 더 이상의 이의를 제기할 수 없게 되어버렸다.

공손무량은 손자의 변한 태도를 흐뭇하게 지켜보며 말을 이었다.

"본 가에는 네가 아직까지 알지 못하는 내력과 저력이 있다."

"……?"

"이제까지 그것에 대해 네게 알리지 않은 것은 그만큼 중대한 기밀이라고 할 수 있기 때문이다. 허허허! 그렇다고 네가 섭섭해할 일은 아니다. 본 가의 진실한 모습에 대해 아는 사람은 천하에서 오로지 이 할애비 혼자뿐이니 말이다. 그러나 이제 곧 너도 알게 될 것이다. 네가 본 가를 이어받을 날이 결코 멀지 않았으니 말이다. 자세한 내막은 나중에 알게 되겠지만, 언가는 우리 가문과 결코 무관치 않아 제법 밀접한 관계에 있는 곳이다. 또한 그들의 저력은 강호에 알려진 것보다 훨씬 크니, 그들과의 관계를 돈독히 하는 것은 본 가의 후계자로서 네가 당연히 해두어야 할 일이라고 할 것이다."

그러나 공손도중은 조부의 말에 대해 깊이있게 새기지 못하였다.

그의 마음속은 여전히 후련해지지 않았으며, 조부의 말에 대해서도 완전히 승복할 수 없는 점이 남아 있었다.

'저는 조부님과는 다릅니다. 마지막의 승리를 위해 내내 자신을 굽히고 살 수는 없습니다. 그런 오점투성이의 승리는 결코 바라지 않습니다. 늘 당당하기를 바라지는 않지만, 그 어떤 경쟁에서도 적어도 패배자의 모습이 되기는 싫습니다. 그 어떤 수단을 쓰는 한이 있더라도 저는 늘, 그리고 반드시 승리자의 모습이기를 바랍니다. 천하의 그 누구라도 제가 하고자 하는 일을 방해하거나 그르치지 못하도록 할 것입니다. 설사 무황이라고 해도, 그리고 조부님이라고 해도 말입니다.'

*   *   *

세상이 조용하거나 소란스럽거나 늘 무관하게 흐르는 것이 바로 시간이요, 세월이다.

계절은 어느새 성하(盛夏)의 시기로 접어들고 있었다.

그동안 공손도중의 혼사에 관한 소식이 전해졌으나 아주 잠깐 동안만 사람들의 관심을 끌었을 뿐 이내 사람들의 흥미에서 멀어지고 말았다.

석여령에 대한 위지 가문의 청혼이 있은 지 얼마 안 된데다, 석여령의 잇따른 돌발 선언으로 무황성이 온통 시끌벅적해 있었기 때문이다.

바로 그녀의 마음속에 있다는 두 사람 중 한 사람이 고대룡으로 밝혀진 것이었는데, 그 일로 인해 고대룡의 이름은 다시금 무황성 사람들의 관심사의 한가운데에 놓이게 되었다.

또한 그럼으로써 봄부터 여름으로 이어지는 그 몇 달 사이, 무적공자 고대룡의 이름은 이제 무황성에서 정세(情勢)의 한 축으로까지 여겨지게 되었다.

비록 그 누구도 공식적으로 인정한 바 없었고, 또한 고대룡 스스로도 일언반구 언급한 바가 없었지만, 사람들의 인식 속에서 저절로 그렇게 인정이 되어버린 것이었다.

고대룡의 존재가 그처럼 부각되는 데에는 몇 가지의 추가적인 요소들이 작용을 하기도 하였다.

우선은 비록 근래에 들어서는 직접적으로 부딪치는 일이 거의 없어졌지만, 그렇더라도 여전한 살벌함으로 살아 있는 고대룡에 대한 비룡단의 빡빡한 견제를 들 수 있었다.

한 달여 전에는 강호오공자 중의 일인이며 비룡단의 핵심이라고 할 수 있는 공손도중이 직접 고대룡에 대해 공개적인 경고를 한 바도 있었다.

"잠룡단의 무리들과 너무 깊이 어울리지 마라. 물론 네 행동이야 네 판단대로 하는 것이겠지만, 비룡단의 정당한 활동에 대해 도전하는 일은 다시 없기를 경고한다. 지금까지는 너와 관련된 여러 사람들의 입장과 체면을 생각해서 적지 않은 관용을 베푼 것이지만, 만약 앞으로 또다시 그 같은 행동을 한다면… 결코 더 이상의 관용은 없을 것이다. 이것은 내 개인적인 충고이자, 또한 비룡단의 일원으로서 하는 경고이니 너는 필히 명심해 두는 것이 좋을 것이다."

그리고 공손도중의 지극히 개인적인 경고가 덧붙여졌지만, 그것에 대해서는 오직 고대룡만이 들을 수 있었다.

"고대룡! 넌 나와는 근본적으로 다르다. 그 다른 점이 무엇인지에 대해, 그리고 그 다름으로 인해 네가 결코 나의 상대가 될 수 없다는 점을 너는 좀 더 일찍 깨달았어야만 했다. 하나 불행하게도 너는 이미 나를 거역하는 길로 들어선 것 같구나. 후후후! 안타깝지만 이제 네가 선택할 수 있는 길은 다만 철없고 어리석은 네 선택에 대한 응분의 대가를 받는 길 외에는 다른 길이 없을 듯하구나."

그 하나의 공개적이고, 또 다른 하나의 비공개적인 두 가지 경고에 대해 고대룡은 그저 묵묵히 듣고 넘겨 버렸다.

그리고 고대룡에 관한 한 개입하지 않고 지켜만 보겠다는 무황의 여전한 태도 역시 무시할 수 없는 또 하나의 요인이었다.

어떻게 보자면 무황의 그런 태도는 마치 무언중에 '고대룡이 잘못되었다고 말하고 싶다면, 실력으로 그를 꺾어'고 하는 충동적 의중을 나타내는 듯도 하였다.

그러나 가장 큰 요인은 뭐니 뭐니 해도 잠룡단의 고대룡 감싸기라고 해야만 했다.

사실 고대룡이 비룡단과 대립적인 관계가 된 이유의 대부분은 바로 잠룡단으로 인한 것이라고 할 수 있었다.

그가 비룡단과 부딪치는 상황에는 늘 직접적이든 간접적이든 잠룡단과 관련이 있었다.

특히 좌룡과 그를 추종하는 일부의 무리들은 자신들과 고대룡이 한편임을 아예 유세(遊說)를 하고 다닐 정도였다.

그들의 그러한 태도에 대해서는 한 가지의 그럴듯한 추측이 나돌았다.

바로 고대룡을 통해 잠룡단이 재기를 시도하고 있다는 추측이었다.

잠룡단의 현 위상은 더 이상 추락할 것이 없다고 할 정도로 쇠락지경에 처해 있었다.

세력의 객관적인 평가에서 무황성의 그 어떤 단위 조직과도 비교할 수 없을 만큼의 절대적 열세이기도 하였지만, 그 이전에 그들에게 찍혀 있는 소외 집단이며 이단적인 집단이라는 낙인이 보다 더 근원적인 문제였다.

그런데 이제 돌연히 부상하며 무황성 정세의 한 축을 구축하고 있는 고대룡이라는 새로운 흐름(?)과 긴밀한 관계를 유지함으로써, 그들이 회생하는 일대 계기로 삼으려 한다는 관측은 사실 충분히 나올 만한 것이었다.

만약 고대룡이 정말로 일가인 석여령과 혼인을 하고 그것을 기반으로 무황의 정식 후계자라도 된다면, 잠룡단이 하루아침에 일약 무황성의 주류로 급부상하지 말라는 법도 없지를 않겠는가.

그야말로 잠룡단으로서는 마지막 모든 것을 다 걸고서라도 한판 도박을 해볼 만한 충분한 가치가 있는 일이라고 할 수 있는 것이었다.

어쨌든 최근 몇 달간 고대릉은 자신의 의사와는 무관하게 갖가지 소문과 추측, 그리고 관심과 비난의 중심에 서 있는 중이었다.

하지만 그에게 우호적인 관심보다는 그를 비난하고 견제하는 이들이 훨씬 더 많은 게 사실이었다.

그것은 그가 비룡단, 나아가 이대무존가와 대립하는 위치에 서 있기 때문이었다. 물론 그 자신의 의지와는 전혀 상관없이 말이다.

그러나 그 막강한 실세의 이대무존가라 할지라도 당장에 고대릉에 대해 어떤 직접적이고도 분명한 조치를 취하지는 못하고 있었다.

고대릉이라는 이름은 이미 뚜렷한 명분 없이 제거하기에는 상당한 부담이 되는 그런 이름이 되어 있었기 때문이다.

공손도중과의 약혼을 보름여 앞두고 진주언가의 가주 부부와 언검룡(彦劍龍), 언소미(彦小美) 남매를 위시하여 일단의 기솔들이 무황성을 방문하였다.

그러나 그들은 사람들에게 그다지 주목받지는 못하였다.

소사(小事).

공손도중과 언소미의 약혼은 원래 대사(大事)라고 할 만한 일이었으나, 적어도 작금의 사람들의 관심에서는 소사로 밀려나 버리고 말았다.

공손 가문에서도 그같이 줄어든 세간의 관심을 반영하기라도 하듯,

양가의 어른들과 성내의 주요한 몇몇 손님들만 초대하여 현무전에서 간단하게 예식을 치르기로 하였다.

무황성을 발칵 뒤집어놓고 만 그 끔찍한 사건은 약혼식이 치러지는 바로 그날 아침 일찍, 언가의 사람들이 머물고 있던 현무전 빈청(賓廳)에서 터졌다.

"아악!"

예식 준비를 독려하기 위해 아침 일찍 딸의 방을 찾은 언가주 부인 유경숙(柳敬淑)의 비명 소리가 이른 아침의 선선한 공기를 발기발기 찢어놓으며 날카롭게 울려 퍼졌다.

그 비명 소리에 언가주 언정연과 대공자 언검룡, 그리고 총관 가술(嘉述)을 위시한 수행 가술들이 각자의 방문을 박차고 바깥으로 뛰쳐나왔다.

한달음에 마당을 가로질러 딸의 방으로 들어선 언정연의 안색이 일시에 딱딱하게 굳어지며 이내 백지장처럼 하얗게 탈색되었다.

그러나 그는 곧 냉정을 회복하며 뒤따라서 방으로 들어선 언검룡을 향해 나직하게 명령했다.

"검룡! 가 총관으로 하여금 공손 전주께 변고를 알리도록 하고, 이 방에는 아무도 들어오지 못하게 하라."

언검룡이 눈앞의 처참한 광경을 대하고서 일시 경악과 분노로 두 눈을 부릅떴으나, 부친의 무거운 명령에 곧 차갑게 얼굴을 굳히고 방 밖으로 나갔다.

언정연은 두 눈을 꽉 감았다가 다시 뜨는 것으로 떨리는 심정을 겨우 추스른 다음에 방 안의 광경을 세세히 훑어보았다.

방 안쪽에 놓인 침상에 그의 외동딸 언소미가 누워 있었다.

그녀는 완전한 나신이었다.

그런데 반듯하게 누운 그녀의 왼쪽 가슴에 한 자루의 단검이 자루만 남기고 깊숙이 꽂혀 있었다.

정확하게 심장을 관통하고 있는 그 단검은 그녀가 이미 죽었음을 조금의 여지도 없이 너무도 명백하게 보여주고 있었다.

그러나 언정연은 극도의 비통함과 금방이라도 터질 듯한 분노를 억지로 눌러 참고서 보다 세심하게 상황을 살펴보려고 정신을 집중하였다.

이미 죽었다면, 그가 딸을 위해 해줄 수 있는 최선은 흉수를 잡아 처절하게 응징함으로써 딸의 원혼을 달래주는 것뿐이었다.

그것을 위해서는 현장이 흐트러지기 전에 냉정하고도 세세하게 주변 정황을 살펴놓아야만 하는 것이다.

침상 아래에 흘러 있는 이불과 침의, 온통 흐트러진 침대, 그리고 활짝 벌려진 두 다리 사이의 선명한 앵혈 자국…….

의심할 여지 없는 간살(姦殺)이었다.

"우욱!"

언정연은 피를 토할 듯한 분노로 그렇게 신음을 짓씹었다.

그러나 그의 눈빛만은 여전히 냉정하게 딸의 주변을 세세히 훑고 있었다.

그때 침상 옆에 기대어 잠시 혼절하였던 유경숙이 깨어나며 문득 눈앞의 참경을 다시 보고는 목 놓아 울부짖었다.

"소미야!"

그녀가 울부짖으며 딸의 시신을 부둥켜안으려 하자, 언정연이 나직한 호통을 치며 그녀의 어깨를 잡아챘다.

"그대로 두시오."

유경숙이 몸부림치며 남편의 손을 거칠게 뿌리치려 하였으나, 비통한 중에도 문득 바라본 남편의 눈이 온통 시뻘건 핏발로 가득한 혈안이 되어 있는 것을 보고는 감히 더 이상 몸을 뒤틀지 못하였다.

언정연이 자신의 가슴에 기대어 숨죽여 오열하는 부인의 어깨를 잠시 힘주어 잡아주고 있을 때, 방문이 조금 열리며 바깥의 일을 정리한 언검룡이 방 안으로 들어서고 있었다.

"소미의 몸을 가리거라."

명을 받은 언검룡이 침상으로 다가설 때, 언정연은 부인을 부축하여 방 밖으로 나가게 하였다.

마침 방문 밖에 총관 가술이 지키고 서 있었기에, 그에게 유경숙을 처소로 모시라 하고 언정연은 다시 방 안으로 들었다.

언소미의 시신은 얼굴을 제외하고 이불로 가려져 있었고, 그 곁에 언검룡이 굳은 얼굴로 서 있었다.

침상 곁에 무릎을 꿇고 앉은 언정연이 이불을 살짝 들추고 딸의 맥문을 잡았다.

그리고 가만히 운기하여 약하게 기를 흘려 넣었다.

사체(死體)에서 조금이라도 더 어떤 단서를 잡으려는 안간힘이었다.

그런데 언소미의 창백한 얼굴에다 날카로운 눈길을 집중하고 있던 언검룡의 표정에 언뜻 한가닥의 놀란 빛이 떠올랐다.

'음……?'

언소미의 창백한 입꼬리에 머물러 있는 한가닥의 흐릿한 웃음기를 발견한 것이었다.

자세히 집중하여 보니 그것은 쾌락의 끝 자락을 잡고 있는 미묘한 표정의 잔재 같기도 하였고, 간지러움을 참으면서 생긴 엷은 찡그림의 흔적 같기도 했다.

그때 돌연 언정연이 나지막한 경호성을 흘려내고 있었다.

"음!"

언검룡이 흠칫 놀라며 물었다.

"왜 그러십니까?"

언정연은 두 눈을 지그시 감은 채 지극히 진중한 표정이 되어 있었는데, 그가 목소리를 최대한 낮추어 중얼거렸다.

"이미 심장이 멈추고 맥이 완전히 끊어졌는데도, 가슴 윗부분에 한 가닥의 진기가 머물러 있다."

그리고 언정연은 좀 더 강하게 시신의 맥문에다 진기를 불어넣었다.

"헛!"

이번에는 언검룡이 경악하며 헛바람을 토해내고 있었다.

그 소리에 번쩍 하고 두 눈을 뜬 언정연은 믿기 힘든 하나의 광경을 목격하고는 두 눈을 한껏 부릅뜨고 말았다.

언소미의 핏기 잃은 작은 입술이 움직이고 있었다.

비록 미약한 움직임이었지만 분명히 움직이고 있었다.

그 창백한 입술은 마치 뭔가 말을 하려는 듯하였다.

언정연이 황망한 중에도 얼른 딸의 입가로 귀를 가져다 대었다.

그리고 일순간 음기 같기도 하고 사기 같기도 한 한가닥의 묘한 기운이 주변으로 퍼지더니, 마치 깊은 지저(地低)에서 공명되어 번져 나오는 듯한 가냘픈 목소리가 은은히 울리는 것이었다.

"고… 대… 룡!"

그것으로 끝이었다.

"소미야?"

언정연이 소리 죽여 애통하게 불러보았지만, 언소미의 입술은 굳게 다물린 채 더 이상 움직이지 않았다.

"들었느냐?"

언정연이 눈가를 적신 물기를 훔쳐 내며 억눌린 소리로 언검룡에게 물었다.

"예! 분명 고대룡이라고 했습니다."

분명한 아들의 대답에 언정연의 꽉 움켜쥔 두 주먹과 양어깨가 부르르 떨렸다.

뒤이어 그에게서 폐부 깊숙한 곳에서부터 쥐어 짜내는 듯한 으르릉거림이 힘겹게 새어 나왔다.

"고대룡! 이… 이놈!"

오시(午時) 초(初).

무황성의 수뇌부회의가 긴급 소집되었다.

회의 소집은 이전의 요청으로 이루어졌고, 성주인 무황과 양대 전주인 위지천과 공손무랑, 그리고 호천단주 마초홍과 육당의 당주들이 모두 참석하였다.

논의될 현안은 바로 아침 일찍 발생한 언소미 피살 사건이었고, 논의에 필요하다고 현무전주 공손무랑이 요청하여 언가의 가주 언정연과 대공자 언검룡, 언소미의 약혼자 신분으로 공손도중, 그리고 언소미의 시신을 검사한 검시관 외 몇몇 인물들이 회의에 함께 참석하였다.

예외적으로 공손무량이 직접 일어서서 사건에 관해 간단하게 요약 설명을 하였다.

그의 설명이 이어지는 동안 미처 사건의 내용을 알지 못하고 왔던 일부의 인물들이 잇달아 경악의 탄식들을 흘려내었다.

공손무량이 내내 무거운 목소리로 설명을 마쳤고, 이어 여검시관에게 사체의 검시 결과를 보고하게 하였다.

검시관은 형당 소속의 중년 여인이었는데, 직접 공손무량으로부터 지시를 받는 것이 약간은 당혹스러웠는지 형당주 모지평을 바라보았다.

모지평이 가볍게 고개를 끄덕이고 나서야 그녀는 이윽고 차분한 모습으로 보고를 시작하였다.

"피살자의 비소(秘所) 내와 그 주변에 사내의 토정(吐精) 흔적이 뚜렷이 남아 있는 것으로 보아 간살당했음이 확실합니다. 직접적인 사인은 심장을 관통한 비수(匕首)입니다. 그 밖에 목에도 교살 흔적이 있으나, 그것은 결정적이지 않으며 한 치의 오차도 없이 심장을 관통시킨 비수의 솜씨로 보아 교살 흔적은 흉수가 의도적으로 남긴 것으로도 추정해 볼 수 있습니다."

비록 단 몇 마디의 차분하고도 간결한 말로 끝내 버렸지만, 그녀는 검시관으로서 자신이 조사했던 사항들은 누락없이 보고한 것 같았다.

여검시관이 보고를 끝내자 공손무량이 형당주 모지평을 쳐다보았다.

그 시선을 받고 모지평은 일시적으로 약간의 머뭇거림을 보였으나 곧 자리에서 일어나 무거운 어조로 입을 열었다.

"검시 결과를 기준하여 다소 일반적인 추론을 해본다면, 이 사건은 우발적이라기보다는 의도적이라고 볼 수 있습니다. 흉수는 아마도 성도착적에다 잔인성까지 지닌, 지극히 비정상적이고도 냉혹한 성격의 소유자라고 볼 수 있겠습니다. 그리고 피살 장소가 현무전 내의 빈청이고, 또한 사건이 발생한 시간대가 인적이 드문 전날 늦은 밤에서 금일 이른 새벽 사이인데도 마음대로 내성을 활보하고 대담하게 범행을 저질렀다는 점에서, 흉수는 적어도 성의 지리와 호천단의 경비 상황 등 내성의 사정을 잘 알며, 무공까지 뛰어난 인물이라는 것을 역시 추론해 볼 수 있습니다.”

무황이 문득 모지평의 말을 되짚으며 물었다.

“내성의 사정을 잘 아는 인물이라면… 모 당주는 흉수가 내부의 인물일 가능성을 얘기하고 있는 것인가?”

모지평이 자못 당혹스럽다는 기색을 보이며 대답했다.

“현재까지 드러난 사실만을 놓고 볼 때, 객관적으로는 그렇게 추론해 볼 수 있을 것입니다.”

그러자 좌중 누군가에게서 묵직한 침음성이 흘러나왔다.

“으음!”

객관적인 추론이라는 단서를 달았고, 또한 모지평이 아니라 누구라도 이런 정황에서는 그런 정도의 추정을 내놓을 수 있는 일이겠으나, 형당주 모지평의 말은 좌중의 사람들에게 새삼 커다란 경악과 충격으로 받아들여지기에 충분하였다.

장내에는 잠시 무거운 침묵이 흘렀다.

잠시 후.

답답한 침묵을 깨기라도 하듯, 문득 무황이 언정연을 향하여 말했다.

"본 성에서 이러한 참변이 발생된 것에 대해 성주로서 언가주께는 뭐라 드릴 말씀이 없소이다. 또한 어떻게 위로를 드려야 할지 그저 송구스러울 뿐이오. 다만 지금 드릴 수 있는 말씀은 본 성의 모든 역량을 다 동원해서라도 기필코 흉수를 잡아내고야 말겠다는 것이오."

언정연은 애써 담담한 표정을 유지하려 하였으나, 그의 표정에는 극도의 비통함과 억제하기 힘든 분노가 그대로 녹아 있었다.

무황이 가늘게 한숨을 내쉬며 말을 이었다.

"본좌가 들은 바로, 사건이 발생한 직후에 가주께서 가장 먼저 현장을 수습하였다는데, 당시의 정황에 대해 아직 거론되지 않았거나 미흡한 부분이 있다면 가주께서 추가하여 말씀해 주실 수 있겠소?"

잠시 무황과 시선을 맞추고 있던 언정연은 대답을 하는 대신에 고개를 돌려 공손무랑 쪽을 바라보았다.

그의 그러한 모습은 언뜻 그가 지금 무황성 내에서 벌어진 딸의 죽음에 대해 무황에게 무언으로 항변을 하고 있는 듯이 보이기도 하였다.

다소간 어색한 분위기 속에 언정연의 눈길을 쫓아 무황과 좌중의 눈길이 모두 자신에게로 쏠리자 공손무랑이 신중한 기색으로 입을 열었다.

"언가주는 아직 충격을 추스르기가 힘들 것이고, 더구나 당시의 상황을 다시 떠올리기는 너무나 괴로운 일일 것입니다. 마침 본 전주가 언가주와 언검룡 공자에게서 당시의 상황에 대해 상세한 얘기를 들은 바가 있으니, 대신하여 추가적인 정황을 말씀드리겠습니다."

잠시 말을 멈추고 좌중의 시선이 여전히 자신에게 모아져 있다는 것을 확인한 다음에 공손무랑은 말을 이었다.

"당시 언가주는 비탄과 충격 속에서도 흉수에 관한 조그만 흔적이라도 놓치지 않기 위해 세밀하게 모든 정황을 살펴보던 중에, 한 가지의 결정적인 단서를 얻을 수 있었습니다."

좌중이 모두 눈을 크게 떠 놀라움을 표하는 가운데 무황이 물었다.

"결정적인 단서라면, 흉수의 정체에 관한 것이오?"

"그렇습니다."

사뭇 확신을 담은 공손무랑의 대답에 좌중의 긴장감은 최고조로 치달았다.

공손무랑이 다시 약간의 틈을 둔 다음에 말을 이었다.

"물론 추가적인 조사와 심문을 거쳐야겠지만, 현재까지의 정황으로 보아서 그 인물에게 상당한 혐의를 두지 않을 수가 없을 것 같습니다."

곧바로 핵심을 얘기하지 않고 긴장감만을 고조시키는 공손무랑의 화법에 좌중에서는 이윽고 나직한 웅성거림이 생겨나고 있었다.

그러나 무황이 손을 들어 좌중의 소란을 제지한 후 공손무랑을 향해 무거운 목소리로 물었다.

"그 인물이 누구요?"

그러자 공손무랑이 이번에는 조금도 주저하는 기색이 없이 곧바로 대답했다.

"고대릉입니다. 소미 낭자는 마지막에 직접 육성(肉聲)으로 그의 이름을 남겼습니다."

그 대답에 당장에 여기저기에서 경악의 소리들이 새어 나왔다.

"아!"

"으음!"

무황 역시도 큰 충격을 받은 듯, 잠시 동안 당황스러운 기색을 감추지 못하였다.

그런 가운데서도 냉정한 눈길로 좌중을 살피고 있던 공손무랑이 다소 강한 목소리를 토해냈다.

"본 전주는 이 자리에 고대릉을 불러 공개 심문할 것을 건의하는 바입니다."

무황이 당황을 추스르고 다시 한동안을 숙고하는 듯했으나, 이런 상황에서 그가 달리 취할 수 있는 방법이 있을 리 없었다.

이윽고 그에게서 무겁고도 진중한 목소리가 흘러나왔다.

"일단 정회를 하고 한 시진 후에 논의를 속개하겠소. 지금 이 자리에 계신 분들은 빠짐없이 계속 참석해 주시오. 그리고 마 단주는 고대릉을 소환하도록 하시오. 아울러 한 가지 미리 당부할 것은, 어떤 결론이 날 때까지 이 일과 관련해서는 일절 발설하지 말아달라는 것이오. 이 같은 일이 여과없이 성내에 알려진다면, 자칫 예기치 않은 혼란과 또 사실과 다른 여러 가지 오해들을 불러일으킬 우려가 있기에 하는 당부요."

한 시진 후.

회의는 다시 속개되었다.

오전 회의에 참석했던 인물들이 모두 좌정해 있는 가운데, 새로이 몇몇의 인물들이 의사청으로 들어섰다.

고대릉이 보였고, 그의 곁에는 석여령과 독고자강이 함께였다.

사람들의 시선이 제각각의 의미를 담고 고대릉에게로 향했다.

그러나 그 시선들은 이내 놀라움과 의혹, 혹은 분노를 담고서 고대릉의 등 뒤쪽을 향하였다.

뒤쪽으로 다시 일단의 인물들이 걸어 들어오고 있었는데, 좌중의 누구도 예상하지 못했던 뜻밖의 인물들이었다.

그들은 바로 잠룡단의 소위 일종삼룡(一宗三龍)이라고 불리는 인물들이었다.

가장 앞쪽에 선 사람은 수수한 백의장삼 차림에 평범하게 생긴 노인이었는데, 그가 바로 잠룡단의 최고고수라 일컬어지는 일종(一宗) 허종(虛宗)이었다.

그리고 그의 한 걸음 뒤에서 따르고 있는 건장한 세 사람의 중년인들은 좌룡을 위시한 삼룡들이었다.

그들은 정면 태사의 무황에게 정중히 허리를 숙여 예를 차린 다음, 이대전주와 호천단주, 그리고 육당주 등에게는 다분히 형식적으로 가볍게 고개만 숙여 보였다.

그들이, 아니, 잠룡단이 이와 같이 공식석상에 모습을 드러낸 것은 잠룡단이 설립된 이후로 처음 있는 일이었으니, 그 자체만으로 대단한 사건이라고 할 수 있었다.

그러나 오늘의 이 자리가 자리인만큼 사람들에게 그들의 등장은 궁금증이나 호기심보다는 부정적인 의혹부터 먼저 불러일으킬 수밖에 없었다.

무황의 당부가 있었음에도 불구하고 언소미의 피살과 고대릉이 그 흉수로 지목되었다는 소식은 이미 온 무황성을 경악 속에 휘몰아 넣으며 빠르게 퍼져 나간 것이 분명했다.

마치 누군가 의도적으로 그 소식을 퍼뜨리기라도 한 것처럼 말이다.

그렇기에 성의 정보와는 상당히 차단되고 격리되어 있다고 할 수 있는 잠룡단까지 지금 이 자리에 와 있는 것이 아니겠는가.

잠룡단의 인물들이 왜 이곳에 나타났는지에 대한 것은 막상 의문의 여지가 별로 없어 보였다.

그것은 최근에 그들이 고대릉에 대해 보여준 특별한 호의적 태도만으로도 충분히 설명이 될 일이었다.

위지천의 미간이 표시나게 찌푸려졌다.

그의 불쾌감은 부름도 받지 않고 자의적으로 이 자리에 나타난 인물들에 대한 것이었다.

석여령과 독고자강도 물론 그중에 포함되는 인물들이었다.

그러나 무황이 달리 제재를 하지 않는 이상, 그가 먼저 나서서 석여령이나 독고자강의 임의 참석에 대해 뭐라고 말을 하기에는 다소 입장이 껄끄러운 바가 없지 않았다.

그래서인지 그의 노기 어린 시선은 지금 잠룡단의 인물들에게로 향해 있었다.

위지천의 눈에서 일시 번쩍 하고 맑은 정광이 토해졌다.

"누가 그대들을 이 자리에 오라고 했는가?"

나직하였으나 위엄과 노기가 그대로 드러나 있는 목소리였다.

그러자 허종이 등 뒤의 삼룡을 흘깃 한번 돌아본 다음에 짐짓 조심스럽게 입을 열었다.

"성에 중요한 일이 발생하였다는 소식을 들었소."

위지천의 노기를 슬쩍 비껴가는 대답이었으나 태도는 자못 공손하였다.

비록 나이나 배분으로 따지자면 허종은 위지천에 비해서도 그렇게 차이가 나는 사람은 아니었으나, 어쨌든 서열상으로 보아 이전이 삼단의 상위에 있음이 분명했으니, 허종이 그같이 위지천을 대하는 모습은 그다지 부자연스러워 보이지는 않았다.

그런데,

"갈! 그대들이 감히 이 자리에 참석할 자격이 있다고 생각하는가?"

갑작스럽게 터진 위지천의 일성 호통에 허종의 안색이 묘하게 굳어졌다.

그러더니 허종에게서는 조금 전의 공손함이 무색할 정도로 사뭇 도전적인 목소리가 뱉어지고 있었다.

"위지 전주! 그 무슨 이상한 말씀이오? 본 잠룡단은 성의 일각 이전 삼단 육당에 속하는 조직으로서, 성의 중요 사항을 협의하는 자리에는 당연히 참석할 수 있는 자격이 있는 것이 아니겠소?"

위지천의 목소리가 대번에 날카로워졌다.

"무엇이라? 그렇다면 지금까지 성에 숱하게 큰일이 있을 때마다 그대들은 대체 어느 구석에서 꼬리를 말고 있었던가? 진정으로 작은 힘 하나라도 필요할 때는 나 몰라라 외면하고 있던 자들이, 이제 뭐 주워 먹을 것이 있다고 이 자리에 슬그머니 머리를 들이미는 것인가?"

그때 허종의 얼굴은 오히려 담담함을 되찾고 있어서 차라리 능글맞아 보이기까지 하였다.

"위지 전주의 말이 너무 지나치외다. 그 말들에 대해 일일이 따지고자 한다면 노부에게도 할 말이 없는 것은 아니나, 괜히 번거로울 것 같기에 이 자리에서는 굳이 토를 달지 않겠소. 다만 다른 모든 것을 떠나서 성의 규율과 법규상 본 단이 이 자리에 참석하지 못할 이유란 조금도 없는 것이오. 하니 만약 성주께서 물러가라 명하신다면 모를까, 위지 전주가 우리더러 물러가라 마라 할 권한은 없다고 할 것이오."

한순간 위지천의 얼굴로 붉은 혈기가 확하고 쏠렸다.

"이… 이자가……?"

노기를 가누지 못하고 말까지 더듬으며, 위지천은 금방이라도 허종을 향해 쏘아져 나갈 듯한 기세였다.

그러나 그가 아무리 격노하였다고 하더라도 태사의에서 진중한 기색으로 상황을 지켜보고 있는 무황의 권위를 완전히 무시할 수는 없는 일이었다.

아무리 그가 무황의 권위에 대해 정면으로 도전을 하고 있는 상태라고는 하나, 지금은 성의 주요 인물들이 모두 모인 공식석상이었다.

비교적 담담한 기색으로 위지천과 허종의 설전을 지켜보고 있던 무황이 슬그머니 시선을 공손무량에게로 돌렸다.

그런 무황의 모습은 마치 공손무량에게 '당신도 위지천과 같은 생각이냐?' 고 묻는 것처럼 보였다.

그에 대해 공손무량은 자못 곤란하다는 표정을 떠올리며 잠시 생각하는 모습이다가 이내 신중한 기색으로 입을 열었다.

"지금 우리는 당장에 논의해야 할 긴급한 사안이 있으니, 그것이 무엇이든 다른 새로운 논란거리를 대두시키는 것은 실로 바람직하지 않다고 할 것입니다. 하여 잠룡단의 무단참석에 관한 건은 몇 가지의 간단한 정리를 해두는 것으로써 시비를 일단 미루어두는 것이 좋겠습니다."

그러자 위지천이 정광 번뜩이는 눈빛으로 흘깃 공손무량을 쏘아보았다.

비록 무단참석이라는 말로 잠룡단의 잘못을 지적하긴 했으나, 전체적인 의미로는 잠룡단의 회의 참석을 용인하자는 말이 아닌가.

그러나 위지천은 공손무랑이 자신을 향해 가볍게 고개를 끄덕이는 것을 보고는 더 이상 이의를 제기하지 않기로 하였다.

공손무랑에게 아마도 무슨 궁리가 있다는 것을 짐작한 때문이었다.

공손무랑의 심계 깊음에 대해서야 조금이라도 의문을 가질 필요가 없는 일이고, 더구나 그는 이미 자신과는 한 배를 타고 있는 입장이었다.

더구나 스스로 고개를 숙여 좌하(座下)를 자청하는 공손무랑이었으니, 그에게 분명 어떤 나름의 생각이 있어서 그런 말을 하였을 것이었다.

그때 공손무랑이 말을 잇고 있었다.

"본래 이런 유의 사건일수록 오래 끌어서는 안 되는 법입니다. 성주님 이하 모두가 염려하시는 대로 예기치 않은 혼란과 오해들이 일파만파 번져 나갈 우려를 불식시키기 위해서라도 가능하면 이 자리에 모인 이전, 삼단, 육당의 수뇌부의 의견을 모아 명쾌하고도 분명한 결론을 내어야 할 것입니다."

거기까지 말한 공손무랑은 슬쩍 허종 쪽을 일별한 다음에 다시 말을 이었다.

"다만 잠룡단의 경우는 참관만 하도록 하는 것이 좋겠습니다."

그때였다.

묵묵히 듣고 있던 허종이 사뭇 강한 어조로 반발을 하고 나섰다.

"허어! 그 무슨 불공평한 말씀이오? 본 단이 참석하지 않았다면 모르되, 이렇게 온 이상에는 우리의 의견도 마땅히 반영되어야만 할 것이오."

그러자 공손무랑이 자못 어이없다는 듯한 웃음을 흘리며 말을 받왔다.

"허허허! 불공평하다……? 만약 오늘의 사안이 시급하지 않았다면 다른 사람에 앞서 본 전주가 먼저 나서서 그대들의 회의 참석 자체를 용납하지 않았을 터인데, 이제 참관이라도 할 수 있도록 해주겠다는 데도 불공평하다? 허허! 좋소. 그렇다고 합시다. 그런데 그렇다고 한다면 누가 의견을 낼 것이오? 과연 그대들 중 누가 잠룡단의 단주를 자처할 것인가 말이오?"

어조는 여전히 부드러웠으나 강한 질책이 담긴 말이었다.

그리고 자칫 잘못 대답하였다기는 허종 등이 억지를 쓰고 있다는 것을 확연히 부각시켜 버릴 비꼼을 담고 있는 말이기도 했다.

그러나 미리 준비라도 해온 듯 허종의 대답에는 거침이 없었다.

"비록 본 단의 단주가 공석이라고는 하나, 여기에 온 우리 네 사람이라면 능히 잠룡단 전체를 대표할 수 있다고 생각하오만?"

그 대답에 공손무랑이 잠시 허종의 눈을 응시하였다.

그런 그의 입가로 한가닥의 흐릿하면서도 미묘한 웃음기가 보일 듯 말듯 스쳐 갔다.

이어 공손무랑은 무황을 향해 말했다.

"이 문제에 대해 더 이상 논란을 벌인다는 자체가 심히 무가치하다고 할 것이니, 본 전주는 이렇게 하기를 건의합니다. 즉, 저들이 원하는 대로 네 사람이 함께 잠룡단을 대표하는 것으로 하되, 네 사람 모두가 같은 의견일 때만 그 의견을 인정하도록 하는 것입니다."

위지천의 미간이 다시 좁혀졌고 반면에 허종은 뒤의 삼룡을 돌아보며 싱긋 득의의 미소를 흘렸다.

그때 무황이 가볍게 고개를 끄덕이며 입을 열었다.

"좋소. 공손 전주의 제안에 대해 다들 큰 이의가 없는 것 같으니 그렇게 하도록 하겠소."

이어 무황이 입구 쪽을 향해 명령했다.

"새로 온 사람들에게 앉을 자리를 마련해 주도록 하라."

논의가 재개되자마자 다시 한 번의 가벼운 실랑이가 벌어졌다.

공손무랑이 직접 고대릉을 심문하겠다고 하자 곧바로 허종이 이의를 제기하고 나선 것이었다.

공손가와 언가는 혼인하기로 한 사이이니 공손가 역시 이번 사건의 당사자라고 할 수 있고, 그런 점에서 공손무랑이 고대릉을 심문하는 것은 객관적인 형평성 측면에서 적절하지 않다는 이의 제기였다.

그러면서 허종은 형당 당주 모지평이 심문할 것을 제안하였다.

그러자 모지평이 당장에 난색을 표하였다.

이 사건은 무황성 내부만의 일이라고 할 수 없으니 자신으로서도 감당하기가 어렵다는 변이었다.

그러자 답답하다는 표정으로 돌아가는 상황을 지켜보고 있던 위지천이 선뜻 나섰다.

"그렇다면 본 전주가 심문을 하도록 하지요."

무황이 가볍게 고개를 끄덕였다.

"좋소. 우선 본좌가 고대릉에게 몇 마디를 하고 난 다음에 위지 전주는 심문을 하도록 하시오."

이어 무황은 고대릉을 향해 말했다.

"대릉! 이미 알고 있겠지만, 너는 지금 언소미 낭자의 살인 용의자로 혐의를 받고 있다. 그녀가 마지막으로 네 이름을 말하였기 때문이다.

이러한 상황에서 너에 대한 심문을 하지 않을 수는 없는 일이다. 하여 이제 위지 전주가 너를 심문하게 될 것인데, 그전에 너는 혹시 이에 대해 어떤 이의를 제기하거나 달리 할 말이 있지는 않느냐?"

그때까지 고대룡은 주변의 돌아가는 상황에 대해 고개를 숙이고 묵묵히 듣기만 하고 있었는데, 무황이 자신에게 그와 같이 묻자 문득 눈을 들어 주변을 한번 돌아보았다.

좌중의 모두가 그를 바라보고 있었다.

그 눈길들에는 제각각의 의미들이 담겨 있었다.

무황성 내에서, 그것도 내성 안에서 벌어진 언소미의 간살 사건은 경악과 함께 모두의 공분을 불러일으키기에 충분하였다.

그리고 지금의 상황은 어느 누구라도 일단 고대룡에게 혐의를 두지 않을 수는 없게 되었다.

딸을 잃은 아버지와 약혼녀를 잃은 사내의 그 처절한 심정이야 그 어떤 작은 단서에라도 매달리고 볼 절박한 심정일 텐데, 언소미가 마지막으로 고대룡이라는 이름을 직접 남겼음에야 어찌 그에게 무엇이라도 캐묻고 심문하지 않을 수 있겠는가.

과연 고대룡은 자신을 바라보고 있는 눈길들에 녹아 있는 짙은 의심과 의혹을 느낄 수 있었고, 그중의 일부에서는 날카로운 증오까지 느껴지는 것이었다.

독고자강과 석여령도 고대룡을 바라보고 있었다.

안타까움과 당혹스러움이 교차하는 눈길이었다.

그때 문득 눈길이 마주친 좌룡이 고대룡을 향해 미미하게 고개를 끄덕였다.

고대룡은 희미한 미소를 떠올렸다.

그것은 어쩌면 계산적이고, 또 어쩌면 무조건적일지 모를 좌룡과 잠룡단의 호의에 대한 답례였다.

잠시 표정을 가다듬은 고대룡이 이윽고 천천히 입을 열었다.

"먼저 저는 이 일과 전혀 무관하다는 말씀을 드립니다. 그러나 상황으로 보아 저는 이미 혐의를 받고 있는 것 같으니 심문에 응하지 않을 도리는 없을 것 같군요."

비교적 담담하게 들리는 고대룡의 목소리에 약간의 냉기가 스며 있는 것 같다는 생각을 석여령은 문득 하였다.

무황의 무거운 음성이 대전을 울렸다.

"위지 전주는 심문을 시작하시오."

무황을 향해 가볍게 허리를 숙여 보인 위지천이 고대룡을 향해 차갑게 얼굴을 굳혔다.

"너는 어젯밤 자시(子時)부터 오늘 아침 묘시(卯時) 사이에 어디에서 무엇을 하고 있었느냐?"

그 목소리는 냉랭하면서도 사뭇 적의에 차 있었다.

그리고 그것은 위지천이 지금 고대룡을 흉수로 간주하고서 심문에 임하고 있다는 것을 대번에 알 수 있게 하였다.

일순 고대룡의 안색이 어둡게 변했다.

그러나 그는 곧 심사를 다스린 듯 담담한 표정으로 대답했다.

"저는 제 처소에 있었습니다."

"누가 그것을 증명할 수 있느냐?"

"늦은 밤부터 새벽까지의 시간대였으니 저는 당연히 혼자였습니다."

"그 같은 말로는 이 사건에 대한 너의 혐의를 조금도 벗지 못한다.

너는 좀 더 객관적인 증인이나 증거를 제시함으로써 그 시간대에 네가 현무전의 빈청에 있지 않았다는 것을 증명해야만 할 것이다."

위지천의 말이 그렇게 비약되자 고대릉의 안색은 다시금 어두워졌다.

잠시 생각하는 듯하다가 그는 이내 허리를 곧게 펴고 조금 강한 어조로 말했다.

"비록 증인이나 제시할 증거가 없다 하더라도 그 시간대에 제가 제 처소에 있었던 것은 분명한 사실입니다. 그리고 제가 현무전에 있지 않았다는 것을 증명하라는 것은 지나친 요구라고 생각합니다."

"허허! 지나친 요구라고……? 다른 사람들이 모두 다 그 시간대의 네 행적에 대해 의구심을 가지고 있는데도 말이냐?"

위지천의 그 같은 말에 고대릉은 문득 다시 한 번 주위를 돌아보았다.

그런데 여전히 그를 향해 있는 사람들의 눈빛은 과연 어떤 해명을 요구하고 있음이 분명해 보였다.

고대릉은 한차례 가늘게 한숨을 내쉬었으나 어떤 대답을 내놓지는 않았다.

위지천이 잠시 기다리다 다시 말했다.

"어떤 사람이라도 죽음을 목전에 두고는 거짓을 말하지 않는 법이다. 언소미 낭자가 죽음을 맞이하는 순간에 마지막으로 너의 이름을 말했다는 것은 곧, 자신을 해한 흉수가 바로 너라는 사실을 밝히고자 한 것이 아니겠느냐?"

위지천의 그 말은 사실상 고대릉에게 스스로 흉수임을 자백하라는 말이었다.

그러나 고대릉은 여전히 묵묵부답의 태도를 견지하고 있었다.

아마도 그는 더 이상 어떤 대답도 하지 않기로 마음을 먹은 것 같았다.

고대릉은 내심으로 고소(苦笑)를 짓고 있었다.

본래 그는 위인 자체가 능변이라고는 할 수 없었다.

위지천의 심문에 대해 처음에 두어 차례 반박을 하였으나, 그가 자신을 언소미를 간살한 흉수로 기정사실화해 놓고서 일방적으로 몰아붙이자 차라리 묵묵부답으로 대응을 하기로 해버린 것이었다.

자신이 결백한데 굳이 항변하는 것 자체가 구차스러운 변명이요, 무가치하다는 생각이었다.

그러나 그의 그 같은 태도는 사람들에게 그가 추궁에 몰린 끝에 일부라도 혐의를 인정하는 것처럼 보이게 만드는 것이었다.

그러기에 독고자강과 석여령조차도 선뜻 나서지를 못하고, 초조한 심정에 얼굴만 잔뜩 굳히고 있을 수밖에 없었던 것이다.

그러나 고대릉으로서는 지금 당혹스러운 속에서 한편으로는 지독한 외로움을 느끼고 있었다.

자신이 난데없이 언소미를 간살한 흉수로 지목되고 있는 상황 자체도 어이가 없을 정도로 억울한 것이었지만, 그런 상황에 대해 주위의 모든 사람들이 의심의 눈초리를 보내고만 있고, 누구 하나 자신을 위해 나서서 변호해 주는 사람이 없다는 데 대해서는 섭섭함을 넘어 지독한 배신감까지 느끼게 되는 것이었다.

그때 고대릉은 문득 등평과 혹요를 생각했다.

'아아! 그들이 지금 내 곁에 있었다면 그들 또한 과연 지켜만 보고 있었을 것인가?

그러한 자문에 대해 고대릉은 결코 그렇지 않았을 것이라고 분명히 자답할 수 있었다.

흑요는 벌써 그녀의 애검 혈요를 뽑아 들었을 것이고, 등평은 고대릉의 무고함을 입증하기 위해 무슨 수를 내도 냈을 것이었다.

고대릉은 새삼 자신에게 진정으로 가깝다고 할 수 있는 존재들에 대해 생각을 하게 되었다.

그리고 그런 생각을 하게 되면서 상대적으로 무황이나 독고자강, 특히 석여령에 대한 섭섭함이 커지는 것이었다.

사실 그가 지금까지 석여령에 대하여 생각해 왔던 친밀도의 정도는 오히려 등평이나 흑요에 비해서도 더욱 큰 것이라고 할 수 있었다.

그는 그녀에 대해 측량할 수 없을 만큼의 신뢰와 정을 주고 있었고, 그것은 가히 무한대라고 할 수 있을 정도였다.

그런 만큼 지금 석여령이 보이고 있는 침묵이 차라리 배신으로까지 느껴지는 것이었다.

'아아! 이곳에는 진정 나를 위하고 걱정해 주는 사람은 아무도 없는 것인가? 나를 변호하고 지켜야 할 사람은 오직 나 자신뿐이란 말인가?

고대릉은 짧은 순간 자신의 마음이 차갑게 식어가는 것을 관조하고 있었다.

이윽고 그의 눈길이 무황을 향했다.

무황은 담담하게 고대릉의 눈길을 받아들였다.

그리고 그 같은 무황의 담담함을 고대릉은 또 나름대로 받아들였다.

'당신께서는 내게 모든 일에 정면으로 부딪치라 하셨습니다. 강해지고 싶다면, 또한 완성되고 싶다면 그 어떤 상대와도 적대 관계에 서는 것에 대해 주저하지 말아야 한다고 하셨습니다. 후후후! 그래서 당신은 지금의 이 상황 또한 나 홀로 부딪쳐서 이겨내라고 말하고 있는 것입니까?'

그것은 고대룡이 무황에 대해 가지는 최초의 반발이었다.

'무엇을 위해서입니까? 당신의 말씀대로 진정 나의 완성을 위해서입니까? 아니면 당신들의 어떤 목적을 위해서입니까?'

고대룡이 비록 나이 어리고 순박한 성정을 지니고 있다고는 하나, 그렇다고 마냥 어리석기만 한 것은 결코 아니었다.

순박하기는 하나 사고의 기준에 대해서는 오히려 고지식하다고 할 만큼 뚜렷하였다.

또한 그는 이미 자신을 둘러싼 정세와 환경에 대해 많은 것을 느끼고 있었다.

그의 곁을 떠나기 전 등평이 충고한 바도 있었지 않았던가.

무황은 분명 어떤 변화를 꾀하고 있었다.

어쩌면 고대룡 자신은 그 변화를 일으킬 기폭제로 선택이 된 것이고, 지금의 이런 상황에서조차도 무황은, 그리고 독고자강과 석여령은 그가 어떤 파란을 불러일으켜 주기를 원하고 있는지도 모를 일이었다.

아니, 반드시 그럴 것이라고 고대룡은 이제 생각하게 되었다.

'좋습니다. 당신들이 원하는 대로 해드리겠습니다. 그러나 이번이 마지막입니다. 이 일 이후로 내가 누구를 위해서 나를 희생하는 일은 다시 없을 것입니다. 이제부터는 오직 나를 위해서, 그리고 나를 위해서 희생하는 사람들을 위해서만 나 또한 기꺼이 희생할 것입니다. 이처럼 무모하고도 의미없이 일방적인 열정을 위해서 나 자신을 희생하는 일은 이것으로 마지막이 될 것입니다. 이것이 석 소저 당신을 위한 나의 마지막 진정입니다.'

석여령은 차마 고대룡을 바라보지 못하고 시선을 바닥으로 떨구고 있었다.

독고자강의 눈빛에는 한줄기의 격동이 흐르고 있었다.

그의 입술은 굳게 다물려 선명한 윤곽을 만들어내고 있었다.

그러나 그들은 조금 전 한가닥의 위엄 서린 전음을 들었다.

"너희 둘은 어떠한 경우에도 나설 생각을 하지 말고, 가만히 지켜보고만 있으라."

무황의 전음이었다.

만약 무황이 아니었다면 천하의 그 누구도 독고자강으로 하여금 이토록 스스로의 감정을 억제하고 있도록 만들지는 못하였을 것이다.

고대룡의 묵묵부답으로 인해 더 이상의 심문이 진행되지 않자 무황이 손을 들어 심문을 중지시켰다.

그리고 다소간 복잡한 눈길로 잠시 고대룡을 응시하고 있다가 문득 좌중을 돌아보며 입을 열었다.

"이제 이전 삼단 육당 각자의 의견을 말씀해 주시오."

무황의 말이 떨어지자마자 위지천이 먼저 나섰다.

"본 사건에 대해 고대룡에게 분명한 혐의가 있다는 것은 이제 의심의 여지가 없는 듯합니다. 따라서 즉각 그에 대한 문초에 들어가기를 촉구합니다."

단호한 어조였다.

그런데 문초는 심문과는 엄연히 다른 의미였다.

즉, 죄인에게 자백을 받아내기 위해 본격적인 신문을 행한다는 의미로, 필요에 따라서는 고문을 포함한 특단의 조치가 취해질 수 있음을 뜻하는 것이었다.

이어 공손무량이 지체없이 말을 받았다.

"본 전주 또한 위지 전주의 말씀에 전적으로 동의하는 바입니다."

양대 전주들이 먼저 그같이 말을 하고 나서자 나머지 육당의 당주들은 달리 피력할 의견이 있을 리 없었다.

그들은 각자 의견을 말하는 대신 한결같이 고개를 끄덕여 그들의 의견 역시 양대 전주들과 다르지 않다는 것을 표시하였다.

다만 호천단주 마초홍은 조심스럽게 유보적인 의견을 내놓았다.

"지금까지의 정황으로 보아서 고대릉에게 어느 정도의 혐의를 둘 수밖에 없는 것은 어쩔 수 없다고 해야겠지만, 한편 생각해 보면 그 혐의란 것은 오로지 피살자가 그의 이름을 남겼다는 것뿐이므로, 그것이 곧 그의 범행을 증거한다고 보기에는 무리가 있는 것도 사실입니다. 하여 본 단주는 당장의 판단을 잠시 유보하고, 조금 더 시간을 가지면서 추가적인 조사를 한 연후에 그 다음의 조치를 결정하는 것이 좋겠다는 생각입니다."

그러자 공손무량이 곧바로 말을 받고 나섰다.

"이 일은 본 성의 설립 이래 성내에서 벌어진 사건 중에서 가장 중대한 사건이라고 할 수 있습니다. 그런 만큼 만약 신속하고도 분명한 처결을 하지 않는다면, 그 여파가 어떤 양상을 띠고 번지게 될지는 아무도 짐작하기 어려울 정도일 것입니다. 그리고 이미 드러난 정황과 사실만으로도 고대릉의 혐의를 인정하기에 충분하고도 넘친다고 할 것인데, 대체 어떤 증거가 더 있어야 한다는 말이오?"

공손무랑의 말에 강한 질책과 압박이 담겨 있었으나 마초홍은 묵묵히 듣고 있다가 문득 언정연을 향해 입을 여는 것이었다.

"언가주께 한 가지만 묻고 싶은 게 있으니, 어렵겠지만 답을 해주셨으면 합니다."

그러자 공손무랑이 급히 제지를 하였다.

"이보시게, 마 단주!"

그러나 그때 무슨 생각을 한 것인지 언정연이 마초홍을 향해 가볍게 고개를 끄덕이는 것이었다.

그에 힘입어 마초홍이 내쳐 말을 이었다.

"가주께서 오늘 아침 사건 현장에서 영애를 발견하였을 때 영애가 고대릉의 이름을 말하였다면, 그것은 그때까지 영애가 사망에까지는 이르지 않았다는 사실이 되는데, 언가주께서는 혹시 영애에게 다른 어떤 말을 더 들었거나 혹은… 어떤 몸짓을 보지는 못하였습니까?"

언정연이 문득 곁의 언검룡을 힐끗 보고 난 다음에 침통하기 그지없는 얼굴로 어렵게 입을 열었다.

"그 아이는… 단지 그 한마디만을 겨우 남기고는 곧바로 절명하였소."

언정연의 답변에서 뭔가 추가적인 사실이 나오기를 기대하고 있었던 듯, 마초홍은 짧게 침음성을 뱉어냈다.

"으음!"

그때 공손무랑이 차가운 음성으로 마초홍을 향해 말했다.

"지금 우리는 고대릉에 대한 즉각적인 문초에 착수하자고 하는 결정을 내리려는 중인데 마 단주는 판단을 유보하자고만 하였으니, 그렇다면 마 단주의 의견은 유효하지 않은 것으로 간주하여도 되겠소?"

그에 대해 마초흥은 대답을 하지 않았다.

그리고 그의 침묵은 곧 공손무량의 말을 인정한다는 의미로 받아들여졌다.

"우리는 고 공자에 대한 혐의 자체를 인정할 수 없소. 마 단주가 이미 말한 바 있듯이, 그 혐의의 근거라고 하는 것은 기껏 피살자가 고 공자의 이름을 말하였다는 것뿐인데, 단지 이름을 말하였다고 해서 그것이 곧 자신을 해한 범인을·적시한 것이라고 단정하기에는 상당한 무리가 있지 않겠소? 혹시 다른 어떤 의미를 전달하고자 한 말일 수도 있다는 말씀이오."

일치되어 가는 좌중의 의견에 단호한 어조로 이의를 제기하고 나선 이는 바로 허종이었다.

그러나 그의 발언은 당장에 위지천의 노기 어린 제지를 받았다.

"그대는 말을 삼가라! 이 자리에는 피해 당사자인 언가에서도 함께하고 있다는 것을 생각하여야 할 것이다. 그리고 공손 전주의 건의와 성주님의 배려로 그대들이 이 자리에 참석을 허락받았다고는 하나, 그렇다고 해서 함부로 궤변을 늘어놓는다면 추후라도 엄한 징계를 각오하여야만 할 것이다."

그러나 위지천의 위압에도 불구하고 허종은 전혀 움츠리거나 물러설 기색을 보이지 않았다.

그 같은 허종의 태도에 대해 공손무량은 의외로 여유를 보였다.

"그것은 그대 혼자의 생각이오? 아니면 그대들 네 명의 일치된 생각이오?"

허종이 덤덤하게 말을 받았다.

"당연히 우리 네 사람 모두의 일치된 의견이오."

"확실하오?"

다시 묻는 공손무랑의 말에, 그제야 허종은 무언가 일이 이상하게 돌아간다는 것을 깨달았다.

물론 그는 스스로의 대답에 추호의 의심도 없이 확신을 하고 있는 바였지만, 다른 사람도 아니고 공손무랑 같은 인물이 두 번씩이나 같은 질문을 거듭 묻는다는 것은 분명 어떤 이유가 있기 때문일 것이었다.

문득 그의 시선이 가벼운 놀람과 당황을 담고 뒤쪽의 삼룡을 향했다.

그리고 그의 불길한 예측은 여지없이 적중을 하였다.

"저는 조금 다른 생각입니다. 제가 보기에 본 성의 공익을 위해서라도 고대룡을 문초하는 일은 조금이라도 미뤄서는 안 되는 일인 것 같습니다."

사십대 초반의 말끔한 인상인 중년인은 바로 삼룡 중에서 가장 연장자인 편룡(偏龍)이었다.

"자네……?"

허종의 입에서 자신도 모르게 그 같은 말이 흘러나왔으나, 그 소리는 동시에 터져 나온 좌룡의 노갈에 묻혀 버렸다.

"이보시오, 오 형(晤兄)? 지금 무슨 말을 하는 거요?"

그러나 좌룡의 노갈 역시도 뒤따라 터져 나온 나직한 호통에 의해 묻혀 버렸다.

"조용히 하라! 이 자리는 너 정도가 함부로 언성을 높일 수 있는 그런 자리가 아니다."

비록 나직한 호통이었으나, 가히 폭발적이라고 해야 할 엄청난 위엄이 내재된 그 호통은 바로 위지천의 것이었다.

좌룡의 타는 듯한 눈빛에 순간적으로 극심한 갈등이 스쳤다.

그러나 그는 더 이상의 어떤 항변을 내놓을 수는 없었다.

설사 그가 좌중의 모든 인물들을 다 무시하고 인정하지 않는다 하여도, 지금 전면 태사의에서 그를 향해 위엄 서린 눈빛을 보내고 있는 무황의 권위까지 무시할 수는 없는 일이기 때문이었다.

마침 그때 허종이 그를 향해 가만히 고개를 저어 보였다.

항간에 떠도는 처세의 달인이라는 평가처럼 허종은 금방 자신들의 한계를 인정하고 체념을 한 듯 보였다.

그 광경을 차분히 지켜보던 공손무량이 무황을 향해 입을 열었다.

"이렇게 되면 잠룡단의 의견 또한 무효한 것으로 간주할 수밖에 없습니다. 그럼으로써 비록 만장일치는 아니지만, 유효한 의견의 전부가 고대룡의 문초를 결정하였습니다. 이제 성주께서는 최종 결정을 내려 주시기 바랍니다."

자못 명쾌한 상황의 정리였다.

그리고 전체의 의견이 모아졌으니, 무황으로 하여금 최종 선언을 하라는 종용의 의미였다.

잠시 동안의 숙고 끝에 이윽고 무황이 입을 열었다.

그러나 그의 입에서 나온 말은 좌중의 예상을 다소 벗어난 것이었다.

"나는 한 가지를 더 확인해 본 연후에 내 의견을 말하겠소"

그리고 태사의에서 몸을 일으킨 무황은 고대룡을 향해 천천히 걸어갔다.

좌중의 시선이 집중된 가운데 고대룽의 앞에 선 무황은 문득 고대룽의 좌수 맥문을 향해 손을 뻗었다.

비록 예기치 못한 상황이었으나, 고대룽은 무황의 손아귀가 자신의 맥문을 잡는 것에 대해 굳이 피하려고 하지 않았다.

비록 그의 마음속에 섭섭하고 반발하는 마음이 생겨 있기는 하였지만 무황의 위엄과 인품이란 것은 여전히 그가 함부로 의심할 만한 것이 아니었다.

무황은 아주 잠깐 스치듯이 고대룽의 맥을 진맥하고는 곧 손을 거두어들였다. 그때 무황의 얼굴로는 아주 짧은 표정 하나가 스쳐 갔다.

말없이 다시 태사의로 돌아간 무황이 뒤쪽으로 물러나 있던 형당 소속의 여검시관을 다시 불렀다.

"검시관! 그대는 분명 흉수가 토정하였다고 했는가?"

"그렇습니다. 그것은 분명한 사실입니다."

"흠! 알겠네."

가볍게 고개를 끄덕여 여검시관을 물린 무황이 천천히 좌중을 돌아보며 입을 열었다.

"이 사건에 대한 당장의 조치는 아무래도 잠시 유보하는 것이 좋겠소. 여러분이 의견을 모은 대로 긴급하게 흉수를 밝혀야 할 필요성에 대해서는 물론 전적으로 동감을 하는 바이지만 너무 성급하게 내린 결론이 만에 하나라도 잘못된 결정일 경우에는, 우리는 또 한 사람의 젊은이를 돌이킬 수 없도록 파멸시켜서 결과적으로는 간접적으로 살해하는 중대한 우를 범하게 될 것이오. 아무리 상황이 긴급하다고 하더라도 그런 일만큼은 없도록 해야 하지 않겠소? 그러니 잠시만 더 시간을

가지면서 전반적인 사항에 대해 다시 처음부터 차근차근히 조사를 해
보도록 합시다."

느닷없이 고대룡의 맥문을 잡는 행위에서 사람들은 어렴풋이 무황
이 어떤 예상 밖의 발언을 할지도 모른다는 짐작을 하고는 있었다.

그러나 이미 좌중의 의견이 일치된 마당에 이처럼 분명하게 그에
반하는 의견을 내놓을 것이라고까지는 미처 예측을 하지 못했다.

그런 때문인지 장내에는 일시지간의 긴박한 침묵이 돌고 있었다.

특히 양대 전주의 경우에는 무황의 말을 그대로 받아들일 의사는 추
호도 없는 것이었지만, 적어도 무황의 의중이 무엇인지에 대해 판단할
잠시간의 시간을 필요로 하고 있었다.

챙!

날카로운 검명과 함께 하나의 인영이 살벌한 검광을 일으키며 고대
룡에게로 쏘아간 것은 바로 그때였다.

"놈! 목숨을 내놓아라!"

대전을 쩌렁하게 울리는 일갈이 뒤늦게 터져 나왔다.

이어,

파파팟!

어지러운 검영(劍影)이 둥그런 검망(劍網)을 형성하여 고대룡의 전신
을 덮어씌워 갔다.

"앗?"

"중아(中兒)? 멈춰라!"

몇몇의 당혹감 섞인 경호성이 잇달아 터져 나오는 가운데 고대룡이
급급히 뒤로 밀려나고 있었다.

비틀거리는 그의 발걸음은 급한 나머지 금방이라도 엉덩방아를 찧

고 말 듯했다.

그렇게 위태위태하게 거의 열 걸음이나 잇달아 뒷걸음질을 친 연후에야 고대릉은 겨우 검세(劍勢)의 위협에서 벗어날 수 있었다.

그러나 그가 위기를 벗어나 겨우 안도의 한숨을 내쉴 수 있었던 것은 폭풍우가 몰아치듯 한바탕 격한 검세를 떨쳐 내었던 공손도중이 한순간 스스로 공격을 거둔 덕분이었다.

"더럽고 간교한 놈! 이미 모든 정황이 뚜렷하게 밝혀졌거늘 그 더러운 한 목숨을 보전하려고 끝까지 버티려느냐? 성의 어른들께서는 너에 대한 처단을 잠시 미루려 하시는 모양이나, 나는 결코 그럴 수 없다. 오늘 기필코 네 목을 베어 지금 이 순간에도 구천을 헤매고 있을 미매(美妹)의 영전에 바치고야 말겠다."

금방이라고 다시 떨쳐 내고야 말듯 머리 위로 곧추세운 검을 부르르 떨며 외치는 공손도중의 목소리에는 애통함과 처절한 분노가 절절히 배어 있었다.

그 같은 공손도중의 모습은 대다수의 사람들에게 동정과 함께 분노의 공감을 불러일으키는 것이었다.

공손도중 역시 이번 사건의 피해 당사자였다.

하루아침에 사랑하는 약혼녀를, 그것도 간살이라는 치 떨리는 흉악한 범죄로 잃었으니 그 상심과 분노를 어디에 비할 수 있겠는가.

그러나 누군가 처음부터 냉정하게 지켜본 사람이 있었다면, 공손도중의 태도에 약간의 작위적인 연출이 없지 않았음을 간파할 수도 있었을 것이다.

처음 공격 전에 일부러 크게 검명을 낸 것, 고대릉에게 돌발적이고도 거센 공격을 하였으나 결국에는 그로 하여금 뒤로 물러설 여지를 준 점, 그리고 지금 공격을 멈추고 자신의 입장을 사람들에게 호소하고 있는 점 등이 그런 간파를 할 수 있는 정황들이다.

공손도중이 정말로 마음속의 격동과 분노를 도저히 참지 못하여 검을 빼 들었다면 그는 끝까지 고대릉을 죽이고자 하였을 것이다.

그리고 그랬다면 앞에 열거한 불필요하고도 다소간 가식적으로 보일 수도 있는 그런 행위들을 굳이 할 이유도, 또 그럴 마음의 여유도 없었을 것이 아닌가.

그러나 좌중의 사람들 중 그런 데까지 생각이 미치는 사람은 없었다.

그만큼 공손도중의 불운한 처지에 동정과 공감을 느낄 수밖에 없었고, 또한 공손도중이 사람들로 하여금 냉정하게 사리를 따져 볼 여지가 전혀 없도록 지극히 감정적이고도 급박하게 상황을 몰아가고 있기 때문이었다.

공손도중의 검에 다시금 살기가 어리고 있었다.

묘한 것은 공손도중이 느릿하게 고대릉에 대해 살의를 점증(漸增)시키고 있는데도, 당장에 말리고자 하는 사람이 아무도 없다는 것이었다.

위지천과 공손무랑, 그리고 육당주들까지도 모두 방관만 하겠다는 듯한 태도를 보이고 있었다.

그들은 마치 공손도중이 차라리 이 사건의 결말을 깨끗하게 지어버리기를 은근히 바라는 것 같았다.

본래 피의 빚은 피로 갚는 법이 아니던가.

그런데 더욱 묘한 것은 그들뿐만이 아니라, 무황 역시도 방관하듯 사태를 지켜만 보고 있기는 마찬가지라는 점이었다.

더욱이 무황은 지금 석여령과 독고자강에게 엄한 눈길을 줌으로써 그들이 감히 경거망동하여 사태에 개입하지 못하도록 견제를 하는 기색이 뚜렷하였다.

석여령의 얼굴은 잔뜩 상기되어 있었고, 그녀의 곁에 선 독고자강 역시도 안색을 얼음장같이 굳히고 있었다.

그들 두 사람은 무황이 나서지 말라는 엄명을 내린 데에는 반드시 어떤 내막이 있을 것이라는 것을 믿기에 지금 심중의 안타까움과 답답함을 겨우 억누르고 있는 중이었다.

그때 고대릉은 자세를 바로 세우고 있었다.

방금 전 그토록 급박한 공세를 당한 사람답지 않게 그의 얼굴은 의외로 담담해 보였다.

그의 시선이 무황과 독고자강, 그리고 석여령의 얼굴을 차례로 스쳤다가 다시 정면의 공손도중에게로 향했다.

그리고 천천히 좌수의 천중검을 중단세로 옮겨 양수(兩手)로 굳게 잡았다.

한순간 석여령은 고대릉의 입가에 맺히는 희미한 미소를 보았다. 상황에 어울리지 않는 미소였으나, 석여령은 그 미소에서 차갑게 식은 흐릿한 분노의 조각을 본 것 같았다.

'아아!'

그녀의 내심으로 한가닥 안타깝기 이를 데 없는 탄식이 흘렀다.

고대릉이 공손도중에게 나직한 목소리로 물었다.

"공손도중! 당신은 방금 한 말에 대해서 책임을 질 수 있소?"

고저없이 평탄한 그 목소리는 묘한 차가움과 오만한 느낌을 담고 있었다.

적어도 공손도중이 느끼기에는 그랬다.

"이……?"

일순 공손도중의 미간이 확 좁혀지며 일성을 내었으나, 뭐라고 뒷말을 잇지는 못하였다.

참으로 묘한 느낌이었다.

그렇게 공손도중이 누군가에게 직접 이름을 불리는 것은 드문 경우였고, 더군다나 동년배에게서는 처음이라고 할 수 있었다.

그런데 그 처음의 경우를 만든 상대가 바로 고대릉이었으니, 공손도중은 일시 분노를 넘어 당혹스럽기까지 하였다.

고대릉은 지금까지 늘 그에 대해 공자라는 호칭을 써왔었다.

그것은 그가 고대릉을 면전에서 무시하고 핍박했을 때도 변함이 없었다.

그러던 고대릉이 지금 그의 이름을 직접 불렀다는 것은 단순한 도발의 의미를 넘어 이제는 두 사람이 동등하게 되었다는 것을 선언하는 것으로 보아야만 했다.

물론 공손도중 자신은 이미 고대릉을 죽이겠다고 공언한 마당인데, 고대릉이 여전히 자신을 존중해 주기를 바라는 것은 어불성설이라고 해야 할 것이었다.

그러나 지금 이 순간 공손도중을 당혹스럽게 만드는 것은 불쾌감이나 분노의 감정이 아니라, 지금까지 그와 고대릉을 차별 지어주던 어떤 무형의 벽이 허물어지고 있다는 것을 느낀 때문이었다.

그 무형의 벽이 허물어지고 난 뒤의 고대릉은 그가 미처 상상하지 못했을 정도의 커진 모습으로 그의 앞에 우뚝 서 있었다.

공손도중은 조금 의식적으로 목소리에 힘을 실었다.

"물론이다. 나중에 어떤 처벌을 받는다 해도 나는 오늘 반드시 너를 죽여 내 약혼녀의 원한을 갚고야 말 것이다."

"그렇다면 나는 내 스스로의 힘으로 나의 목숨을 지킬 수밖에 없겠구려. 좋소. 당신은 손을 쓰도록 하시오."

고대룡의 말투는 마치 그가 지금 공손도중에게 도전을 받는 입장이기라도 한 듯했다.

그 같은 고대룡의 태도는 좌중의 사람들을 일시 의아하게 만드는 바가 있었으나, 문득 양다리를 가볍게 벌리고 어깨를 쭉 편 그의 모습에서는 사뭇 당당한 기세가 느껴졌다.

끝까지 아무도 제지하지 않는 묘한 방관 속에서 마침내 두 사람의 대결이 시작되었다.

공손도중의 검은 느릿하게 허공을 횡으로 그었다.

그리고는 다시 검극으로 정면의 한 정점(定點)을 지그시 누르듯 하며 앞으로 진일보(進一步)하여 나아갔다.

"소림무상검(少林無上劍)!"

문득 독고자강이 나직한 중얼거림을 흘렸지만, 그에 대해 크게 신경을 쓰는 사람은 없었다.

공손도중의 다소 특이한 동작에서 그것이 바로 소림의 무상검법이라는 것에 대해서는 좌중의 대부분도 능히 알 수 있는 사실이었던 것이다.

그때 공손도중의 검극이 미세한 떨림을 보이는 듯하더니 이윽고 태산을 누르는 듯한 무거운 기세가 고대룡을 향해 밀려 나갔다.

우우웅!

비록 눈에 보이지 않는 기세였으나, 사람들은 그 기세가 만들어내는 장중한 힘의 파장과 함께 허공을 떨어 울리는 무성(無聲)의 소리를 느낄 수 있었다.

지금 공손도중의 검극은 너무나 미세하게 떨리고 있어서 오히려 느릿하게 건들거리고 있는 듯, 혹은 아주 정지되어 있는 듯도 보였다.

그러나 그런 와중에도 언제든지 극쾌일섬(極快一閃)의 폭발력을 품고 있어서 가히 일촉즉발의 기세라고 할 만하였다.

한편 고대릉의 천중검은 줄곧 중단세를 유지하고 있었는데, 어느 순간 자신의 주위를 짓눌러 오는 공손도중의 검세에 반발이라도 하듯이 우상방(右上方)을 슬쩍 거슬러서 빙글 선회하며 머리 위로 치켜 올라갔다.

이어 고대릉은 불쑥 한 걸음을 앞으로 내디뎠는데, 나아가는 기세를 그대로 살려 머리 위의 천중검을 곧장 아래로 쳐내리는 것이었다.

"제왕만상검결 제일초 제왕단천(帝王斷天)!"

기다렸다는 듯이 독고자강의 중얼거림이 뒤따랐다.

제왕만상검결 중의 초식에 대해서는 좌중의 대부분이 이미 모르지 않는데도, 독고자강이 왜 그처럼 길게 초식의 이름을 외는지에 대해 사람들이 의혹을 가질 만도 하였다.

그러나 그들은 눈앞에서 드디어 시작되는 격돌에 순간적으로 몰입해 드느라 미처 그런 사소한 일에까지 신경을 나누기가 어려웠다.

챙!

묵직한 격돌음과 함께 제법 세찬 경기(勁氣)의 여파가 잔잔히 주위로 퍼져 나가는 가운데 다소 뜻밖의 결과가 나타났다.

공손도중이 뒤로 한 걸음을 물러서고 있었다.

더욱이 사람들을 놀라게 하는 것은, 고대릉이 조금도 밀리는 기색

없이 곧바로 물러나는 공손도중을 뒤쫓아 들어가고 있다는 점이었다.

동시에 그의 검은 어느새 옆으로 뉘어져 좌에서 우로 공간을 횡으로 가르고 있었다.

그리고 고대룡이 펼쳐 내는 모든 초식의 명칭을 외기로 작정이라도 한 듯 독고자강의 나직한 목소리가 다시 울렸다.

"제왕만상검결 제이초 제왕단월(帝王斷月)!"

캉!

두 자루 장검의 격돌음이 사뭇 둔중해졌다.

공손도중은 이번에도 다시 한 걸음을 물러섰다.

그리고 그의 안색이 조금 변해 있는 것을 발견한 몇몇 사람들의 얼굴에서 처음으로 미미한 놀람의 기색이 떠오르고 있었다.

우르릉!

한순간 공손도중의 기세가 일변하였다.

그의 검이 은은하게 진동하며 은은한 뇌성이 번져 나왔다.

"탈명연환뢰검(奪命連環雷劍)!"

예외없이 독고자강이 무공 명칭을 외웠다.

좌중의 모두가 알다시피 탈명연환뢰검, 아니, 본래의 명칭을 탈명연환뢰(奪命連環雷)라고 하는 무공은 공손 가문의 비전절기였다.

무공보다는 지략과 심계를 우선시하는 인물로 알려진 공손무량이었지만, 그런 그가 위지천과 더불어 이대무존으로 추앙받는 이유는 이십여 년 전의 정마대전에서 바로 이 탈명연환뢰의 절기 하나로 천마궁의 숱한 고수들을 격파하여 천하에 그 무명을 높이 떨쳤기 때문이었다.

탈명연환뢰가 절기로서의 위명을 더하게 된 데는 무황의 평가가 한몫을 한 바도 있었다.

◆

언젠가 무황은 자신이 집착하고 있던 제왕절기, 즉 제왕백타련과 제왕만상검결의 무학적 한계를 한탄하면서 탄식한 바 있었다.

"아아! 나의 제왕절기에 만약 공손 가문의 탈명연환뢰를 접목시켜 낼 수 있다면, 어쩌면 제왕육로심결의 한계를 극복할 수 있을지도 모른다."

하나의 독특한 내공운용법으로서 검법은 물론이고 권장법을 포함한 다양한 무공과 초식에 두루 적용할 수 있는 범용성(汎用性)과 특히나 연환하여 끊임없이 이어지는 탈명연환뢰의 내력 순환 비결에 대해서 무황조차도 한때 그토록 대단한 평가를 한 바 있었던 것이다.

우르르릉!

공손도중의 검에서 울려 나오는 뇌성이 확연히 거칠어지고 있었다.

그리고 어느 한순간.

파파파팟!

마치 폭발하듯 수십 수백의 검영이 일어났다.

그런데 그 검영 하나하나에 엷게 푸른 기가 감돌고 있었다.

검기(劍氣)였다. 바로 검기의 폭발이었다.

우르릉!

파파파파팟!

뇌성이 여전한 가운데, 수많은 검의 그림자들이 마치 유성우(流星雨)처럼 사방의 공간으로 쏟아져 나갔다.

그 현란한 변화에 누군가가 나직한 탄성을 흘려내고 있었다.

"아아!"

고대릉의 천중검이 급박하게 좌우상하의 공간을 치고 베어나갔다.

땅!

따당!

두 자루의 검이 부딪치는 소리가 단발성으로 터져 나오더니 이내 급해졌다.

따다당!

독고자강의 목소리도 덩달아서 급해졌다.

"제왕만상검결 제오초 제왕풍파(帝王風波)!"

"제왕만상검결 제육초 제왕능광(帝王凌光)!"

"제왕만상검결 제칠초 제왕화비(帝王花飛)!"

따다당!

따다다당!

불꽃이 튀고 있었다.

아니, 푸른색의 검기가 튀고 있었다.

공손도중의 검에 서린 푸른 검기가 충격의 순간에 찰나적으로 요동치며 자못 찬연한 빛을 뿌려내고 있었다.

변화 대 변화의 격돌이었다.

비록 푸른색 검영이 압도적이었으나, 그 사이에서 거무튀튀한 천중검의 그림자가 제법 뚜렷하게 자리를 잡고 있었다.

천중검은 비록 좁은 범위였지만 크게 밀리지 않고 일정 범위를 점하며 나름의 변화를 만들어내고 있었던 것이다.

독고자강의 목소리가 급박하게 변해갔다.

"제왕만상검결 제팔초 제왕옥류(帝王玉琉)!"

"제왕만상검결 제구초 제왕영환(帝王影幻)!"

두 자루 검은 이제 눈으로는 따라잡을 수 없는 속도로 부딪치며 걷잡을 수 없는 금속성들을 마구 토해내고 있었다.

따다다다다당!

숨 가쁘게 이어지던 독고자강의 목소리가 어느 순간에는 마침내 탄식조로 변했다.

"아아! 제왕만류(帝王萬流)!"

그때 수많은 변화 속에서 한 가닥 뚜렷한 묵검의 그림자가 번뜩하였다.

그러자 독고자강의 목소리는 마치 외치듯이 날카롭게 고조되었다.

"제왕자전(帝王紫電)!"

그 목소리는 흥분을 억누르지 못한 채 가늘게 떨리고 있었다.

연이어 격전의 한가운데서 미약하게 헛바람 들이키는 소리 하나가 흘러나왔다.

"헛!"

그리고 동시에 다시 한 가닥의 묵검영(墨劍影)이 번뜩하고 치솟았다가 사라졌는데, 그것은 마치 한줄기 빛이 번뜩하고 스쳐 지나가는 것같이 빨라서 독고자강은 이번에 미처 초식명을 말하지 못하였다.

그 대신에 고통과 경악으로 억눌린 누군가의 짧은 신음 소리가 있었다.

"윽!"

동시에 검이 바닥으로 떨어지는 짜랑한 금속성이 울렸다.

챙강!

뒤이어 왼손으로 오른손 손목을 움켜쥔 공손도중이 경악의 기색을 감추지 못한 채 주춤주춤 뒤로 물러서고 있었다.

쿵… 쿵… 쿵!

그는 잇따라서 대여섯 걸음이나 물러섰는데, 그의 걸음을 따라 붉은 핏방울이 점점이 바닥으로 떨어지고 있었다.

그리고 그제야 독고자강은 미처 말하지 못하였던 초식명을 나직하게 뱉어내었다.

"제왕분뢰(帝王分雷)······?"

그러나 독고자강의 목소리의 끝은 지극한 놀라움을 담고서 그 끝이 한껏 치켜 올라가는 것이었다.

고대릉이 물러서는 공손도중을 따라서 느릿하게 걸음을 옮겨가고 있었던 것이다.

비록 급한 기색은 없었지만 머리 위로 치켜든 천중검에서는 무겁고도 격한 기세가 그대로 살아 있었다.

그 기세는 마치 생사결의 마지막 결말을 기필코 내고야 말겠다는 듯 보이는 것이었다.

"어엇?"

"저··· 저?"

그때까지 숨 가쁘게 돌아가는 격전의 소용돌이 속에 숨조차 제대로 쉬지 못하고 몰입해 있던 좌중들 속에서 몇 마디의 경호성이 울렸다.

가볍게 탁자를 치는 소리가 들린 것은 바로 그때였다.

타앙!

크지 않은 소리였으나 웅후한 내력이 깃든 그 소리에 흠칫하고 시선을 돌린 사람들은 그때 마침 벌떡 자리를 박차고 일어서는 공손무량을 볼 수 있었다.

공손무량의 부릅뜬 두 눈에는 경악과 분노와 다급함이 가득하였고, 몸은 금방이라도 쏘아져 나갈 듯 비스듬하게 기울어져 있었다.

그런데 지금 그의 시선은 공손도중이나 고대릉 쪽이 아니라, 엉뚱하게도 무황 쪽을 향하고 있었다.

굳은 얼굴로 쏘아보듯이 무황을 바라보며 공손무량은 극도로 긴장한 듯 전신을 딱딱하게 굳히고 있었다.

좌중의 사람들은 순간적으로 대강의 사정이 어찌 되었는지를 짐작할 수 있었으나 그다지 오래 그 두 거물들에게 시선을 두지는 못하였다.

그때쯤 고대릉은 이미 공손도중의 바로 앞에까지 도달해 있었던 것이다.

공손도중이 멍하니 바라보고 있는 가운데 고대릉의 천중검은 추호의 주저함도 없이 곧장 아래로 떨어졌다.

다시금 재현되는 제왕단천이었지만, 이번에 독고자강은 그 초식명을 말하지 못하였다.

팍!

우둑!

둔탁한 소리와 함께 골육이 으스러지는 질박한 소리가 터져 나왔다.

"큭!"

뒤이어 공손도중에게서는 고통을 참지 못해 내뱉는 이 악물린 신음소리가 새어 나왔다.

그리고 그의 오른쪽 어깨는 대번에 아래로 축 처져 내렸다.

이어 공손도중의 몸이 크게 한번 몸을 휘청하더니, 이윽고는 스르르 바닥으로 주저앉고 말았다.

그의 입가로 주르르 흘러내리는 한줄기 붉은 피가 유난히 선명하였다.

그런데 주저앉은 채 고통과 분노로 두 눈을 부릅뜨고 있던 공손도중이 언뜻 두려움의 기색을 엷게 떠올리는 것이었다.

바로 고대륭이 다시금 천중검을 머리 위로 치켜세우는 것을 본 때문이었다.

그러나 천중검에 거칠기 이를 데 없는 위세가 그대로 살아 있는 것과는 달리 고대륭의 표정은 기이하리만치 담담하였다.

문득 하나의 사실을 새삼 깨달으며 공손도중은 이를 악물었다.

지금 그의 앞에 서 있는 고대륭은 그가 알고 있던 예전의 그 심약한 고대륭이 결코 아니었던 것이다.

가히 철판이라도 그대로 뚫고 말 듯한 엄청난 예기를 갈무리하고 있는 한 무더기의 살기가 고대륭을 향해 발산되고 있었다.

바로 공손무랑에게서 발산되는 살기였다.

그 살기는 금방 장내에다 또 하나의 살벌한 형세를 만들었다.

그러나 한순간 마치 바람이 가득 찬 주머니의 주둥이를 느슨하게 풀어놓았을 때처럼 장내의 긴장이 소리없이 가라앉았다.

고대륭이 천중검을 아주 천천히 아래로 늘어뜨려 공손도중의 머리에 닿을 듯 말 듯 살짝 대었다가 다시 거두어들이고 있었던 것이다.

공손무랑은 천천히 몸을 낮추어 자리에 앉았다.

그러나 그의 안색은 여전히 돌덩이처럼 굳은 채였다.

무황의 안색에서도 긴장의 기색이 가라앉았고, 긴장으로 전신을 팽팽하게 굳히고 있던 호천단주 마초홍과 독고자강은 내심으로 가느다란 한숨을 불어 내쉬었다.

그러나 장내에는 그야말로 바늘 한 점 떨어지는 소리조차도 천둥소리만큼이나 크게 들릴 정도의 완전한 침묵이 흐르고 있었다.

고대릉은 미련없이 등을 돌렸다.

그리고 천천히 걸음을 옮겼다.

고대릉이 장내의 한가운데로 걸어가 우뚝 신형을 세웠을 때에야 좌중에서는 몇 가닥의 한숨 소리와 침음성이 흘러나왔다.

"휴우!"

"음!"

그 긴박하였던 승부의 숨 가쁨과 이어진 터질 듯한 침묵의 긴장을 참고 참았다가 겨우 토해놓는 소리들이었다.

모두의 예상을 완전히 뒤엎은 결과였다.

장내에 무황성의 수뇌부들이 모두 모였고, 그들 중 대다수가 천하의 고수 소리를 듣는 인물들이었지만, 공손도중과 고대릉의 승부가 이토록 일방적으로, 그것도 잠시간 만에 결판이 나버릴 것이라고 예상한 사람은 없었다.

물론 고대릉의 실력이 결코 범상한 것이 아니며 그동안 성내에서 몇 차례나 돌출적인 승부를 벌이면서 단 한 번도 패하지 않아 성내 젊은 이들 사이에서는 무적공자라는 별호로 명성과 인기를 얻고 있다는 것은 모두가 알고 있는 사실이었다.

그러나 이렇다 할 출신 배경이 없고, 더욱이 지닌 무공의 근원이 그 두 가지 기초무공에 불과한 이상, 고대릉의 무공이 지금은 비록 잠시 반짝 하고 성가(聲價)를 발휘하고 있지만, 그것은 그야말로 일시적인 것일 뿐이어서 조만간에 진정한 강자를 만나거나 혹은 그대로 두어도 곧 스스로 그 한계의 밑바닥을 드러내고 말 것이라는 생각을 또한 하고 있었던 것이다.

그런데 마침내 다른 사람도 아닌 공손도중과 감히 정면으로 승부를 결하게 되었을 때 그 결과야 굳이 예측하고 말고 할 것도 아니었다.

공손도중이 누구인가?

천하 후기지수의 대표 격인 강호오공자의 한 사람이라는 사실을 새삼 강조하지 않더라도, 그는 이대무존가 중의 공손 가문의 후계자이며 또한 소림의 진산무학을 수련하였으며, 무황의 진정한 절학인 오대절학 중의 한 가지를 전수받은 몸이 아니던가.

비록 그의 나이 이제 겨우 약관에 불과하다고는 하나, 객관적인 무위로만 본다면 이 자리에 있는 육당주 등과 대결해도 그리 티가 나게는 밀리지 않을 것이라는 데 동의하지 않을 사람은 없었다.

그러나 방금의 승부에서 그들은 마침내 고대릉의 진정한 무공 실력이 어떠하다는 것을 직접 목격하게 되었다.

더욱이 제왕만상검결이었다.

사람들은 제왕만상검결이 어떤 위력을 발휘할 수 있다는 것에 대해 비로소 새로운 눈을 뜨게 되었다.

무황의 절기 중 하나이나 지나치게 이론에 치우쳐 원론적이며 기초적인 무공에 불과하다는 평가를 받는 바로 그 제왕만상검결에, 소림 최고의 검법이라는 소림무상검과 공손가 최고의 절기 탈명연환뢰가 너무나 허무하게 무너지고 만 것이다.

바닥에 주저앉은 채 왼손으로 오른쪽 어깨를 감싸 잡고서 공손도중은 멍하니 초점없는 시선을 허공에 두고 있었다.

견딜 수 없는 치욕은 그를 일시적인 공황 상태로 몰아가고 있었다.

그가 언제 이런 치욕을 겪어보았던가. 패배를 맛보기는커녕 가벼운 무시조차 당해보지 않았던 그였다.

그런데 이제 자신의 상대가 되리라고는 꿈에서조차 생각해 보지 않았던 고대룡에게 어처구니없는 패배를 당하였다.

더욱이 고대룡의 시종 차분한 대응과 특히 마지막에 마치 관용이라도 베푸는 듯한 그 광오한 태도는 그의 마지막 자존심마저도 가차없이 짓이겨 버리는 것이었다.

지금 이곳이 어디이고, 또 어떤 인물들이 그를 지켜보고 있는지는 그에게 더 이상 조금도 중요하지 않았다.

가슴속의 터질 듯한 심화를 당장에 쏟아내지 않으면 피가 거꾸로 솟구쳐 금방이라도 미쳐 버릴 것만 같았다.

"크으으!"

한순간 공손도중의 입에서 상처 입은 맹수의 헐떡임과도 같은 나직한 으르렁거림이 새어 나왔다.

그의 두 눈에는 선명한 핏발들이 가득하였는데, 그것들은 지금 기이하게도 서서히 붉은 광채를 띠어가고 있었다.

희번덕거리던 공손도중의 시선이 마침내 고대룡을 찾았다.

그리고 그의 입에서 절규라고 해야 할 나직한 부르짖음이 흘러나왔다.

"고대룡! 반드시… 반드시 너를 죽이고야 말겠다! 어떤 수단을 동원해서라도 세상에서 가장 고통스러운 방법으로 내 반드시 너를 죽이고야 말겠다!"

공손도중의 그런 모습에서 좌중의 사람들은 자신들도 모르게 어깨를 부르르 떨고 말 정도로 처절한 증오를 느꼈다.

그러나 그 증오의 대상인 고대릉은 차분함을 잃지 않고 있었다. 담담한 눈길로 공손도중의 혈광(血光) 어린 눈빛을 맞받으며 그가 말했다.

"당신의 도전은 언제든지 받아주겠소. 그러나 한 가지는 명심하시오. 이 다음의 당신의 도전이 무인으로서 승부를 결하고자 하는 것이 아닌 이번처럼 나를 모략하고 음해하고자 하는 것이라면, 그때 나는 결코 오늘처럼 당신과의 정리(情理)를 고려하지는 않을 것이오."

순간 공손도중은 도저히 억제할 수 없는 수치와 분노에 치를 떨고 말았다.

"이… 이… 네놈이 감히……?"

얼마나 노했는지 그때까지 희미하게 공손도중의 눈에 서려 있던 혈광이 일시 번쩍 하고 안광으로 뿜어져 나오는 것만 같았다.

바로 그때 한 소리 벼락같은 호통이 있었다.

"못난 놈! 정신을 차리지 못하겠느냐?"

공손무량이었다.

장내를 쩌렁하게 울리는 그 통렬한 일갈에 공손도중이 흠칫 전신을 떨며 고개를 떨어뜨렸다.

이어 여전히 내력이 충만한 목소리로 공손무량이 나직하게 말했다.

"부 당주! 내 못난 손자 놈을 좀 부탁드리겠소."

약당 당주인 광의(廣醫) 부신(復信)에게 하는 말이었다.

부탁한다고 했지만, 실은 보고만 있을 거냐는 질책이었으며 긴급히 후송하라는 명령이기도 했다.

이때 공손무량은 비록 의연한 모습이었으나 그 눈빛 깊숙한 곳에서는 지독히도 억눌린 노기가 불꽃으로 타오르고 있었기에, 부신은 미처 대답을 할 경황도 없이 황급히 공손도중에게로 다가가 상처에 대한 응급조치를 하고 이어 사람을 불러 그를 약당으로 이송하도록 하였다.

그같이 바쁘게 돌아가는 일련의 상황에 대해 사람들은 그저 침묵으로써 지켜보고 있었다.

다만 몇몇 사람의 안색에서는 간간이 이채로운 표정들이 스치고 있었는데, 그중에는 언가의 대공자 언검룡도 포함되어 있었다.

그는 내내 유심한 눈길로 공손도중을 세심하게 살피고 있었는데, 지금도 부축을 받으며 대전을 나가는 공손도중의 뒷모습을 눈으로 쫓으면서 그의 안색은 서서히 굳어져 가고 있었다.

고대룡은 대전 중앙에 묵묵히 서 있었는데, 그의 시선은 바닥을 향하고 있었다.

좌중의 시선은 그를 향해 집중된 채 조용한 침묵을 지키고 있었다. 장내의 무거운 침묵을 깰 사람은 오로지 고대룡 한 사람뿐이라는 것을 웅변이라도 하는 것처럼.

석여령은 나직이 한숨을 내쉬었다.

지금 고대룡의 심정이 얼마나 외롭고 고독한 것인지, 마치 그 고독이 자신의 가슴으로 절절히 밀려오는 것만 같았다.

그때 고대룡의 고개가 천천히 들려졌다.

그는 시선은 먼저 정면 태사의 무황을 향하였다.

무황은 아무런 심경을 비치지 않고 다만 담담하게 고대룡의 시선을 받았다.

고대룡의 시선은 이어서 좌중으로 돌려졌다.

마치 좌중의 면면들을 하나하나 둘러보기라도 하듯 천천히 그들을 훑고 지나가는 것이었다.

그 눈길은 너무나 차분하여 차라리 차갑게 느껴졌기에 그의 눈길을 받은 사람들 중에는 괜한 당황스러움을 느끼기도 하였다.

독고자강을 거쳐 마침내 자신에게로 고대륭의 시선이 옮겨오자, 석여령은 차마 그의 눈길을 마주 보지 못하고 그만 고개를 떨구고 말았다.

고대륭이 그녀의 숙인 얼굴을 잠시 바라보고 있다가 문득 시선을 허공 중에 두고 입을 열었다.

"나의 결백을 의심하는 사람이 또 있다면 누구라도 검을 드십시오. 지금의 형편에서 나는 오로지 검으로밖에는 스스로의 결백을 입증할 방도가 없으니 누구의 도전이라도 기꺼이 받겠습니다."

대전에 그의 차분한 목소리가 조용히 퍼져 나갔지만, 일시 누구도 반응을 보이지 않았다.

그러나 좌중의 그 침묵은 차라리 당황이라고 해야만 했다.

천하의 중심 무황성에서, 천하제일인 무황을 위시하여 일대의 고수들을 앞에 두고 행한 한 어린 청년의 거침없는 선언이었다.

그러나 그것은 도도한 기백이라기보다는, 차라리 상처 입은 한 젊은 이가 꺾을 수 없는 세상의 권위에 대항하여 외치는 극단의 오기요, 반발이었다.

"갈(喝)!"

대전의 공기를 부르르 떨어 울리는 그 한마디 일갈은 위지천으로부터 나온 것이었다.

동시에 허공을 가르는 날카로운 파공성과 함께 무엇인가 흐릿한 물체 하나가 고대릉을 향해 날아갔다.

쉬이익!

그때 또 다른 호통 소리가 터져 나왔다.

"멈추시오!"

무황이었다.

무황은 위지천이 고대릉을 향해 던져 낸 찻잔을 향해 가볍게 우수를 떨쳐 내었다.

그러나 그는 마지막 순간에 내력을 발출하지 않고 다시 손을 거두어들였다.

무슨 이유 때문인지 위지천의 출수를 제지하려다가 한순간 방관하기로 급히 마음을 바꾼 모양이었다.

쾅!

작은 찻잔이 무엇인가에 부딪쳐 내는 소리라고는 믿어지지 않을 만큼 제법 커다란 폭음이 장내의 공기를 울렸다.

이어,

파파파팟!

산산조각나서 허공을 비산하는 자기(瓷器) 조각을 피하느라 부근에 가까이 앉은 몇몇은 가볍게 손짓을 하고 몸을 뒤틀어야만 했다.

고대릉은 검을 앞으로 내민 채 우뚝 서 있었다.

그의 안색은 일시적으로 약간 창백해진 듯하였으나, 그야말로 일시적인 착각이라도 되는 양 금방 원래의 차분한 얼굴빛으로 돌아갔다.

그때쯤 어떻게 된 영문인지를 파악하고 난 사람들의 표정이 묘하게 변했다.

위지천이 상당한 내력을 주입하여 던진 것이 분명한 찻잔을 정면으로 쳐내면서도 한 걸음도 물러서지 않고 제자리에 우뚝 버티고 서 있는 고대룡의 모습도 놀랍다고 해야 하는 것이었지만, 지금 사람들로 하여금 표정을 굳히지 않을 수 없게 만드는 것은 바로 고대룡의 검이 겨누고 있는 방향 때문이었다.

고대룡의 천중검은 지금 뚜렷하게 위지천을 겨누고 있었다.

감히 위지천을 말이다.

위지천이 천천히 몸을 일으켰다.

처음 고대룡이 검으로 찻잔을 쳐서 산산이 부수어 버렸을 때 그는 분노보다는 가벼운 놀람과 당혹감을 느껴야만 했다.

'놈! 나의 오성 공력을 정면으로 맞받아내다니… 진정 보통 놈은 아니로구나.'

그러나 그뿐이었다면, 그는 자리에서 몸을 일으켜 세우기까지는 하지 않았을 것이다.

비록 처음부터 중수(重手)를 염두에 두고 펼친 한 수는 아니었으나, 어쨌든 자신의 선수(先手)를 고대룡이 받아낸 마당에 재차 손을 쓰기에는 체면이 서지 않는 일이라고 해야 했기 때문이다.

당금 강호에서 무황과 어깨를 나란히 하는 이대무존의 지위와 명성을 지닌 그가 무명의 새카맣게 어린 청년 후배에게 직접, 그것도 예고 없이 찻잔을 던져 내는 행위를 한 것만으로도 사실은 이미 크게 체신머리를 잃는 행위인 것이다.

그런데 참으로 어이없게도 이 어리고 겁없는 애송이는 지금 감히 자신에게 검을 겨누고 있었다.

그것은 도저히 용납할 수 없는 도발이었다.

한낱 철없는 애송이의 도발에 조금이라도 위협을 느낄 것은 아니지만, 군이 지위와 체면을 따지지 않더라도 한 사람의 무인 된 입장으로서도 누군가 자신에게 정면으로 검을 겨누는 행위를 순순히 용납하기는 어려운 일이 아니겠는가.

최소한 애송이의 검을 든 팔목이라도 부러뜨려 놓아야겠다는 작정으로 몸을 일으켰지만 위지천은 막상 선뜻 손을 쓰지 못하고 있었다.

자신에게로 집중되어 있는 좌중의 시선도 시선이었지만, 문득 애송이가 들고 있는 검에서 묘한 부담이 느껴진 것이었다.

그렇다고 애송이의 검이 검기를 일으킨 것도 아니었고, 어떤 검세라고 할 만한 것을 뿜어내고 있는 것도 아니었다.

다만 완벽히 정지되어 있는 그 검극이 지금 정확하게 자신의 미간을 지향하고 있었다.

'무겁군!'

위지천은 일순 고대룡의 검에서 기이한 무거움을 느꼈다.

그것은 참으로 묘한 느낌이었다.

어쩌면 그것은 고대룡의 검에서 뿜어지는 무거움이 아니라, 위지천 자신이 스스로 느끼고 있는 일종의 심적 부담인 것 같기도 했다.

그런 생각을 떠올리다가 위지천은 곧 스스로의 어이없는 생각에 그만 쓴웃음을 짓고 말았다.

'허허! 심적 부담이라니⋯ 그렇다면 설마 저 아이가 심검지경(心劍之境)에라도 들었다는 말인가? 허허허!'

그러나 어떤 이유에서였든, 그리고 작든 크든 그가 지금 마음의 부담을 느끼고 있다는 것은 스스로도 부인할 수 없는 사실이었다.

그것은 마치 묘한 가려움과도 같아서 점차 스멀거리며 그의 신경을 거슬리고 있었다.

아울러 그 원인을 구명해 보고 싶은 욕구가 따라서 생겨나고 있었다.

'으음!'

꼬리를 물고 일어나는 생각들을 아예 떨쳐 버리기라도 하듯이 위지천은 가볍게 마음을 다졌다.

어쨌든 애송이의 오만방자함에 대한 징계를 더 이상 지체할 수는 없는 노릇이었다.

그런데 마침 그때 터져 나온 한 소리 위엄에 가득 찬 호통은 막 내디디려 하던 위지천의 발걸음을 여지없이 가로막고 말았다.

"검을 거둬라!"

무황의 위엄 서린 호통이었다.

물론 그 호통은 고대릉을 향한 것이었다.

그러나 무황의 호통에도 불구하고 고대릉은 위지천에게 겨눈 검을 거두지 않았다.

다만 검을 겨눈 자세 그대로 시선만 돌려 무황을 직시하는 것이었다.

무황의 뒤를 지키고 있던 호천단주 마초홍의 표정에 순간적으로 분노가 서렸다.

고대릉의 지금과 같은 태도야말로 가히 끝간 데 없는 방종과 오만이 아닌가.

그러나 무황이 별다른 반응 없이 묵묵히 고대릉을 응시만 하고 있자, 마초홍으로서도 무작정 나서기는 어려운 노릇이었다.

무황과 고대릉, 두 사람이 시선을 교환하고 있는 시간은 실제로 잠간이었지만, 지켜보는 사람들에게는 꽤나 길게 느껴졌다.

그렇게 짧고도 긴 시간이 마치 정지된 것처럼 지난 후, 이윽고 고대
릉은 천천히 검을 거두어들였다.

"영애가 저 아이의 이름을 말한 이상, 일단 저 아이의 혐의를 의심해
보는 것은 지극히 당연하다 할 것이오. 그러나 다만 이름을 말하였을
뿐, 구체적으로 흉수라고는 지적하지 않았으니 저 아이가 확실한 범인
이라고 단정하는 것에는 또한 상당한 무리가 있다고 해야 할 것이오.
해서 노부는 조금 더 시간을 가지고 추가적인 조사를 하는 것이 필요
하다고 생각하는데… 으음! 어떻소, 언가주? 가주와 가족들의 참담한
심정과 분노를 모르는 것은 아니나, 저 아이에 대한 처분을 내게 맡겨
주지 않겠소? 대신 이 사건에 대한 조사를 계속해 나가는 중에 만약 저
아이가 조금이라도 이 사건과 실제로 관련이 있는 것으로 밝혀진다면,
그때는 반드시 저 아이를 가주에게 넘겨 합당한 응징을 받도록 할 것
을 약속하겠소."

진중한 기색으로 건네는 무황의 말에 대해 언정연은 지그시 눈을 감
았다.

언정연의 그러한 모습은 언뜻 강한 불만으로 비쳤다.

딸의 처참한 죽음을 목격한 아비의 입장으로서, 딸이 마지막 육성으
로 직접 남긴 그 이름을 흉수로 단정하기에는 무리가 있으니 좀 더 시
간을 두고 보자는 무황의 말은 그가 결코 동의하지 못할 말이기 쉬웠
다.

그 입장을 대변하기라도 하려는 듯 당장에 공손무랑이 입을 달싹거
렸다.

그러나 마침 그때 언정연이 말을 하는 바람에 공손무랑은 자신이 말

을 할 기회를 놓쳐 버리고 말았다.

그리고 공손무랑의 표정은 그대로 굳어졌다.

언정연의 입에서 뜻밖의 말이 나왔기 때문이었다.

"그렇게 하겠습니다."

언정연의 대답은 공손무랑뿐만이 아니라 좌중 모두의 예상을 뒤엎은 것이었다.

묵묵한 시선으로 한동안 가만히 언정연을 바라보고 있던 무황이 문득 고대릉을 불렀다.

"고대릉!"

고대릉은 대답없이 가볍게 고개를 숙여 보였다.

"너는 지금 즉시 성을 떠나라."

무겁게 그 한마디를 뱉은 후 무황은 더 이상의 말을 덧붙이지 않았다.

그러하기에 무황의 그 한마디는 사람들에게 더욱 파격적이고도 복잡한 의미로 받아들여질 수밖에 없었다.

그것은 고대릉에 대한 무황의 개인적인 배려일 수도 있었고, 혹은 냉정한 추방일 수도 있었다.

배려라는 것은 고대릉에 대한 무황성의 분위기가 최소한 한동안은 다분히 적대적일 수밖에 없으니, 우선은 성에서 벗어나 있으라는 측면일 것이었다.

물론 무황이 이미 언정연에게 언약한 바 있으니만큼, 고대릉이 무황성을 떠난다고 하더라도 그에게 완전한 면죄부를 주겠다는 의미로까지는 생각되지 않았다.

추후에 고대릉에 대한 혐의가 밝혀진다면, 그때 그가 천하 어디에 있든 결코 무황성의 수배에서 벗어나지는 못할 것이기 때문이다.

한편 냉정한 추방이라는 것은 무황이 고대릉과의 관계를 아예 완전히 끊어버리려는 의도로 추측하는 측면이다.

일단 성밖으로 추방되고 난 연후에는 고대릉은 사실상 무황성과는 더 이상 아무런 관련이 없어지게 되는 셈이었다.

그렇다면 원한의 당사자인 언가나 공손 가문에서 고대릉에 대한 어떤 조치를 취하든 아무 거리낄 것이 없어지는 것이니, 사실상 고대릉의 목숨을 방치한다는 의미가 되는 것이다.

그러나 곧이어 나온 고대릉의 대답은 더욱 파격적이었다.

"저는 떠나지 않겠습니다. 적어도 저에 대한 누명이 벗겨질 때까지는 성을 떠날 수 없습니다."

"으음!"

이윽고는 무황의 입에서도 묵직한 침음성이 흘러나오고 말았다.

무황이 다시 입을 연 것은 한동안이나 침묵이 흐른 뒤였다.

"좋다. 그렇다면 너는 잠룡단으로 가거라. 노부의 말은 너를 잠룡단으로 배속시킨다는 뜻이다. 그것이 무엇을 의미하는지에 대해서는 굳이 말할 필요가 없을 것이다. 만약 네가 이를 받아들이지 않겠다면, 네게는 성을 떠나는 외에는 다른 선택의 여지가 없다."

일은 점입가경으로 흐르고 있었다.

위지천과 공손무량의 표정이 사뭇 일그러져 있었지만, 그들 역시도 당장에 어떤 참견을 하지는 못하고 있었다.

사실은 끼어들 시점을 놓쳐 버렸다고 해야 했다.

처음 무황이 언정연에게 고대릉의 처분을 자신에게 맡겨달라 말했을 때, 언정연이 그렇게 하겠노라고 대답한 이후로 사실상 모든 결정의 우선권은 무황이 잡게 된 것이라고 보아야만 했다.

그것을 확인시키기라도 하듯, 무황의 일 처리는 사뭇 명쾌하게 가속을 붙여 나가고 있었다.

"일종삼룡!"

지금까지 무황성의 수뇌부에게 그런 이름으로 불리기는 처음이었지만, 어쨌든 자신들을 총칭하여 부르는 무황의 목소리에 허종과 삼룡이 긴장된 한 목소리로 대답하였다.

"예! 성주님!"

"지금 이 순간부터 고대릉은 잠룡단 소속이다. 이 조치에는 일정 부분 근신의 의미가 있으니, 그대들 네 사람을 위시한 잠룡단 전체에게 고대릉의 관리 책임을 맡긴다."

그 말이 의미하는 바에 대해서 얼떨떨하기는 명을 받는 그들 네 사람이나 지켜보는 좌중의 사람들이나 마찬가지였으나, 허종을 필두로 삼룡이 모두 일단은 우렁차게 복명을 하였다.

"존명!"

무황이 자리에서 일어서자, 이 전주와 육 당주 등이 따라서 일어섰다.

그때 공손무랑이 문득 걸음을 옮겨 고대릉에게로 걸어갔다.

그것을 보고 허종과 삼룡이 조금은 서둘러 고대릉의 곁으로 다가섰다.

그들을 흘깃 스쳐 보는 공손무랑의 표정에 순간적으로 은밀하면서도 격렬한 한줄기 분노의 불길이 확하고 번졌다.

허종 등이 자신들도 모르게 움찔하는 사이에 어느새 본래의 안색으로 돌아온 공손무랑이 고대릉을 향해 나직이 말했다.

"어린 나이에 스스로의 뛰어남을 그토록 태연하고도 자연스럽게 숨겨올 수 있었다니⋯ 자네의 심기 깊음에 노부는 참으로 탄복을 하지 않을 수 없네."

그에 대해 고대릉이 가볍게 고개를 숙여 보이며 말을 받았다.

"뛰어나다 칭찬해 주시니 감사합니다. 그러나 무엇을 일부러 숨기거나 혹은 굳이 드러낼 까닭이 제게는 있지 않습니다."

차분하고도 담담한 대답이었다.

그러나 그 대답을 듣는 상대가 바로 공손무랑이라는 것을 생각한다면, 고대릉의 그 같은 차분함과 담담함은 대담함을 넘어 지극한 오만으로까지 비치는 것이었다.

과연 공손무랑의 미간이 설핏 좁혀지는 듯하였다.

그러나 그는 이내 미간을 바로 펴며 가벼운 미소를 떠올렸다.

고대릉의 태도야 어찌 되었든 방금 그가 한 말은 객관적 사실이라고 인정을 할 수밖에 없었다.

고대릉은 이미 성내의 젊은이들 사이에서 무적공자라는 별호로 꽤나 유명세를 떨치고 있었으니, 그가 스스로의 뛰어남을 감추어왔다는 말은 적합치 않다고 해야 하지 않겠는가.

다만 그럼에도 불구하고 고대릉의 진면목이 숨겨졌다면, 그것은 고대릉을 그저 제법 괜찮은 정도의 실력을 가진, 그러나 여전히 별 볼일 없는 시골촌놈 정도로만 지레 선입견을 두고 평가해 온 공손무랑 자신의 착오와 안목 부족을 탓해야만 할 것이었다.

문득 공손무랑의 미소가 짙어졌다. 그러나 시리도록 차가운 느낌을 동반한 미소였다.

"자네의 말솜씨가 또한 범상치 않다는 것을 이제야 깨닫게 되는군. 허허허! 그러나 너무 마음을 놓치는 말게. 성주께서도 이미 언급을 하셨지만, 자네는 이제부터 매 일거수일투족을 조심에 또 조심하여야 할 것일세."

그 순간 바로 곁에서 지켜보던 좌룡은 한가닥의 기이한 공포심을 느껴야만 했다.

그것은 일반적인 위엄이나 기세와는 다른 것으로 뭐라고 구체적으로 표현할 수는 없지만, 자신도 모르는 사이에 마음속으로 스멀거리며 파고들어 어느새 소름을 돋게 하는 그런 종류의 공포였다.

비록 짧게 엄습했다 이내 사라지기는 했지만, 그것은 매사에 명료한 사고를 지녔으며, 완고하고 위압적인 위지천에 비해 상대적으로 늘 청수(淸秀)한 품위와 겸손을 미덕처럼 지녀왔던 지금까지의 공손무랑에게서는 미처 본 적이 없었던 그의 새로운 면모였다.

그때 한쪽 옆에서 묵묵히 지켜보고 있던 무황의 눈빛에서도 문득 짧은 이채가 스쳐 가고 있었다.

이어 공손무랑이 고대릉에게서 몸을 돌리자, 엉거주춤 서 있던 육당주 등은 그제야 대전 입구를 향해 걸음을 옮기기 시작했다.

자신을 향해 다가서는 석여령과 독고자강을 보고 고대릉은 무표정하던 얼굴에 엷은 미소를 떠올렸다.

쓴미소였다.

석여령도 독고자강도 일순 뭐라고 선뜻 말을 건넬 엄두를 내지 못하였다.

그때 좌룡이 고대릉의 어깨를 가볍게 툭 치면서 말했다.

"어이, 고 공자! 우리도 그만 가자고."

그 말에 독고자강이 고대롱의 곁으로 한 걸음을 더 다가서며 은근한 눈빛으로 좌룡을 노려보았다.

그러자 좌룡이 빙긋이 웃으며 말했다.

"이 친구는 이제부터 우리 잠룡단의 소관이오. 만약 그에게 무슨 일이 생기기라도 한다면, 그 모든 책임을 우리 잠룡단이 져야 한다는 말이오."

무황의 명령을 되새겨 주기라도 하는 듯한 좌룡의 말에 독고자강은 얼굴을 굳혔으나 조금이라도 이의를 제기할 수는 없었다.

좌룡이 싱글거리며 고대롱의 소매를 슬쩍 잡아당겼고, 고대롱은 묵묵히 그를 따라 걸음을 옮겼다.

그리고 그 뒤를 마치 호송이라도 하듯 허종과 편룡, 그리고 우룡이 뒤따랐다.

대전의 입구를 벗어나기 직전 고대롱이 문득 뒤를 돌아보았다.

그의 눈길이 먼저 독고자강과 힐끗 눈을 맞추고 난 다음에 석여령에게로 향하였다.

담담한 눈빛이었다.

아니, 담담하다 할 수도 없을 정도로 차라리 무표정하였다.

석여령은 갑자기 솟구치는 이유 모를 섭섭함과 두려움에 자신도 모르게 그만 부르르 어깨를 떨고 말았다.

그때 마침 그녀의 곁에 이른 무황이 가만히 그녀의 어깨를 감싸 안았다.

그러나 그것도 잠시뿐, 이내 무황은 그녀를 남겨두고 뚜벅거리는 걸음으로 대전의 입구를 향해 걸어갔다.

그 뒤를 위지천과 공손무랑이 뒤따랐다.

그들, 당대의 세 거물들의 뒷모습을 보면서 석여령은 문득 싸한 슬픔이 몰려오는 것을 느꼈다.

조부의 뒷모습은 왜 그리도 고독하고 힘겨워 보이는지…….

이대무존의 뒷모습은 사뭇 기세가 등등해 보였다. 마치 늙고 병든 호랑이를 핍박하는 사납고 교활한 두 마리 늑대들처럼.

무황의 처소.

하나의 다탁을 사이에 두고 무황과 이대무존이 마주 앉아 있었다.

그들 사이로 사뭇 무거운 분위기가 돌고 있는 것으로 보아 한동안의 침묵이 유지되고 있는 모양이었다.

문득 위지천의 입매가 슬쩍 비틀리는가 싶더니 약간의 불만스러운 기색이 녹아 있는 목소리를 흘려내었다.

"성주의 오늘 조치는 너무 편파적이었다고 생각하지 않으시오?"

대전에서와는 사뭇 다른 말투였다.

비록 비공식적인 자리에서는 형제지간이나 절친한 친구지간으로 지낸다고 알려진 그들이지만, 지금 위지천의 표정과 말투에서는 그러한 친분과는 다소간 다른 느낌이 있어 보였다.

그러나 무례하다고 해야 할 위지천의 그 같은 말에 대해 무황은 담담하게 받아들였다.

"흠! 편파적이라……? 허허허! 두 분이 다 그렇게 생각하였소?"

두 사람이 다 대답이 없었다.

위지천은 미간을 좁혔고, 공손무랑은 가만히 무황을 응시하고만 있었다.

무황이 가볍게 미소를 떠올리며 천천히 말을 이었다.

"그 아이의 무공이 어떤 수준에 올라 있는지에 대해서는 두 분도 오늘 충분히 알게 되었을 것이오. 또한 그 아이가 무공을 배우기 시작한 지가 아직 일 년이 채 되지 않았다는 사실에 대해서도 두 분은 아마도 크게 이의를 제기하지는 않으리라 생각하오. 이미 그에 관해서는 호준과 도중으로부터도 상세한 얘기들을 들은 바 있을 것이기 때문이오."

"으음!"

위지천의 못마땅하다는 침음성을 흘려들으며 무황의 말투는 마치 어떤 사실에 대해 두 사람을 설득이라도 하려는 것처럼 사뭇 진지해졌다.

"자! 그렇다면 한번 생각을 해봅시다. 그 짧은 기간 동안, 더구나 겨우 두 가지의 기초무공만으로 지금 그 아이의 무공 수준이 과연 가능하다고 생각하시오? 설혹 그 기간 중에 그 아이에게 남모를 절세기연이 있었다고 가정하더라도 현재의 무공 수준에 이르기는 결코 가능하지 않은 일이라는 것은 누구라도 말할 수 있을 것이오."

위지천이 더 이상 참지 못하겠다는 듯 말을 자르고 나섰다.

"성주는 지금 무슨 말을 하고자 하는 것이오?"

약간의 짜증과 반발을 굳이 숨기려 하지 않는 투였다.

그같이 노골적인 위지천의 태도에 대해서도 여전히 개의치 않는다는 듯 무황이 빙그레 웃으며 대답하였다.

"허허허! 나는 지금 그 아이의 무공 내력에 대해 말하려는 것이오."

그러자 묵묵히 듣고 있던 공손무랑이 표정에 이채를 떠올리며 말을 끼어들었다.

"무공 내력이라면… 지금까지 알려진 이외에 그 아이에게 다른 무공이라도 있다는 말씀인 것 같은데……?"

"바로 그렇소. 그 아이의 놀라운 무위는 바로 어릴 때부터 수련해온 극상(極上)의 순양동자공(純陽童子功) 덕분이오."

"순양동자공……?"

위지천과 공손무랑이 거의 동시에 탄식하듯 반문하였다.

"그렇소. 다만 그 아이는 그것이 무공이라는 것을 알지 못하고 다만 마음을 가라앉히는 호흡법으로만 여겨 지금까지 익혀온 것이오. 허허! 본격적으로 무공을 익힌 지 일 년도 되지 않았다는 사실을 새삼 강조할 것도 없이, 지금 그 아이의 나이가 약관도 되지 않았다는 사실만으로도, 만약 순양동자공이 아니고서는 그것도 세상에 드문 극상의 순양동자공이 아니고서는, 지금 그 아이의 무공 수위를 도저히 설명할 수 없다는 것에 대해서는 두 분도 크게 이의가 없으리라 믿소. 또한 순양동자공 유의 무공이 어떤 제약 조건을 지닌다는 것에 대해서, 나아가 그것이 내공 증진에 있어서 극상의 효과를 발휘할수록 그것이 가지는 부작용이 어떠하다는 것에 대해서도 군이 말할 필요가 없을 것이오."

공손무랑의 얼굴로 잠시 복잡하고도 미묘한 표정이 흘렀다.

그의 머리 속으로는 의혹이 해소되었다는 시원함과 심중에 막 자리를 자리잡으려던 우환거리 하나가 뜻밖에도 저절로 해소되었다는 안도감, 그리고 무황의 심중에 또 다른 의도와 복안이 깔려 있을지도 모른다는 의심과 조심스러움 등등의 생각이 동시에 떠오르고 있었다.

사실 단기간에 내력을 증진시킨다는 측면에서만 보자면 순양동자공 류의 무공이야말로 천하의 그 어떤 내가절학(內家絶學)도 따를 수 없는 가히 획기적이라고 할 수 있는 탁월함을 지니고 있었다.

그러나 다른 모든 운용성이나 안전성을 도외시하고 오로지 내공 증진만을 목적으로 하는 순양동자공의 특성상, 그에 반하는 제약(制約)이나 부작용이 없을 수는 없었다.

일반적으로 강호에 알려진 바와 같이 여색을 접하는 순간, 그동안에 갈고 고련하였던 내공이 한순간에 깨어지고 만다는 것은 그 제약들 중의 다만 한 가지에 불과하였다.

만약 순양동자공이 여타의 내가무공에 비해 족히 두세 배의 내공 증진 속도를 보이며, 드물게 극상이라고 할 만한 순양동자공의 경우에는 무려 대여섯 배가 넘는 속도로 순후한 내공을 쌓을 수 있는데도, 제약이 다만 그 한 가지에 불과하다면 무인 된 자치고 누구라도 왜 한번쯤 그 무공을 수련해 볼 생각을 하지 않겠는가.

예를 들어 소림이나 무당과 같이 속세의 영달(榮達)을 버리고 오로지 수양과 도에 정진하는 것을 목표로 하는 문파들이라면 문하의 제자들에게 순양동자공 익히기를 오히려 장려할 법도 하지 않겠는가.

하지만 실상은 천하의 그 모래알같이 많은 무인들 중에서 막상 순양동자공을 익힌 경우를 찾아보기란 그야말로 드물었다.

물론 순양동자공 자체가 그리 흔하게 접해볼 수 있는 무학이 아닌 까닭도 있었지만, 진정한 이유는 순양동자공의 비결을 보유하고 있는 경우라 하더라도 결코 제자나 문하 제자들에게 그 무공을 익히도록 허락하지 않기 때문이었다.

특하나 극상급의 순양동자공이라면 그 무학적 가치로서는 가히 천고의 절학으로 인정을 하나, 막상 그것을 익히는 것에 대해서는 하나의 절대금기처럼 여겨지고 있었다.

순양동자공의 한계와 그로 인한 폐해는 사실 강호에 알려진 바보다도 훨씬 더 심각한 것이었다.

우선은 극단이라 할 만큼 한쪽으로만 너무 편중된 그 무리(武理)의 불안정성 때문에 늘 주화입마의 위험을 달고 있을 수밖에 없었다.

또한 극한의 양기(陽氣)만을 취하기에 그 성취도가 높아질수록 점점 더한 색욕에 시달리게 되며, 일정 수준 이상의 경지에 올랐을 때는 마침내 인간으로서는 도저히 억제할 수 없는 극한의 색욕에 빠지게 된다.

그때에 가서 치미는 색욕을 참는다는 것은 차라리 지옥의 고통을 참는 것보다 더한 인내를 요구하며, 마침내 참지 못하고 색욕에 굴복하는 순간 평생 동안 쌓아온 내공의 파멸은 물론이고, 본신의 정혈(精血)까지 고갈되어 마침내는 피골이 상접되는 처참한 몰골로 최후를 맞이하게 되는 것이다.

만약에 그러한 주화입마의 위험을 잘 넘기고, 또 색욕을 잘 참아낸다고 하더라도 내공의 운용성에 또한 커다란 제약이 따르게 된다.

역시 내공이 극한의 양기로만 치우치다 보니, 그 지극순양(至極純陽)의 내공을 무공으로 발휘하는 데에 제약이 있을 수밖에 없는 노릇이었다.

본래 무공이란 것은 음양의 조화가 필요하여서 초식만을 놓고 보더라도 그 초식이 제대로 위력을 발휘하려고 하면, 오로지 치고 뻗는 것에만 치중할 것이 아니라 받아들이고 오므리고 돌아가는 원리가 또한 필요한 법이 아니겠는가.

바로 그런 연유로 순양동자공으로 아무리 내력을 고강한 수준으로 증진시킨다고 하더라도, 막상 그 내공을 운용할 초식에 있어서는 내공이 강할수록 상대적으로 단순한 초식을 운용할 수밖에 없게 되는 것이다.

힘만 세다고 일류고수가 되는 법은 아니니, 결국 모든 것을 희생하여 순양동자공의 극한에 이른다 하여도 과연 고수라 불릴 수 있다는 보장이 없다는 의미이다.

그러니 순양동자공을 익힌다는 것은 그 얼마나 부질없고 허망한 일이겠는가.

공손무량은 가만히 고개를 끄덕였다.

과연 그동안 도저히 이해할 수 없었던 고대릉의 무위에 대해 이제는 이해할 수도 있겠다는 생각이 드는 것이었다.

'산골벽촌의 이름없는 선비 가문의 후손으로 순양동자공이 무엇인지조차 알지 못하고서 그 금단의 무공을 접하게 되었고, 또한 타고난 순후한 심성과 어느 정도의 자질까지도 뒷받침이 되었다면……? 그리고 또 하필이면 제왕백타련과 제왕만상검결의 그 기초적이고도 단순한 면이 그가 익힌 순양동자공과 마침 아귀가 맞아떨어지는 조화까지 부렸다면……? 허허허!'

손자의 일로 인해 사뭇 무거웠던 마음이 그제야 가벼워지면서 자못 통쾌한 생각까지 드는 바람에, 공손무량은 문득 가만히 피어오르는 웃음기를 끝내 누르지 못하고 말았다.

입가에 띠어두었던 빙그레한 미소를 더욱 짙게 하며, 무황은 한결 여유가 감도는 목소리로 다시 입을 열었다.

"언가 낭자의 검시 결과로는 홍수의 토정 흔적이 분명하다고 했소."

"으음!"

이제 무황이 무엇을 말하고자 하는지에 대해 확실하게 감을 잡은 듯 위지천이 묵직한 침음성을 흘려내었다.

"보다 확실히 하자는 의미에서 노부가 직접 그 아이의 맥문을 짚어 원정(元精)의 상실 여부를 살펴본 바도 있지만, 사실 도중과의 대결에서 보여준 그 아이의 심후하고도 충실한 내력만으로도, 그 아이가 이번 사건의 흉수가 될 수 없음은 명백해지는 것이 아니겠소?'

상황의 분석이 그쯤에 이르자, 내키든 그렇지 않든 위지천은 무황의 말에 수긍을 하지 않을 수 없게 되었다.

그가 조금은 굳은 표정으로 고개를 끄덕일 때, 공손무랑이 한결 차분해진 목소리로 무황에게 물었다.

"그렇다면 성주께서 그 아이를 잠룡단으로 보낸 이유 중에는 바로 그 순양동자공으로 인해 미구에 그 아이가 정말로 어떤 범행을 저지를지 모를 위험에 미리 대비하고자 하는 뜻도 포함이 된 것입니까?'

"허허허! 그렇소. 그 아이의 무공이 이미 그런 경지에까지 올라 있다면, 그것은 마치 일촉즉발의 화약고와도 같은 경우라고 할 수 있지 않겠소?'

대답 대신 더욱 깊숙하게 눈빛을 가라앉히는 공손무랑을 담담하게 바라보며 무황이 말을 이었다.

"노부도 짧게 순간 여러 가지 고민을 하였소. 그러나 다만 앞으로 위험할 여지가 있다고 해서 이제 갓 약관도 되지 않은 죄없는 어린 청년의 무공을 미리 폐하여 그 창창한 일생을 망치게 할 수는 없는 노릇이 아니겠소? 또한 비록 이번 사건의 직접적인 흉수는 아니라고 하더라도 피살자의 입에서 이름이 나온 이상, 사건과의 간접적인 관련 여부도 좀 더 조사해 보아야만 하오. 해서 그 아이를 잠룡단으로 가게 한 것이오. 일단은 잠룡단으로 하여금 그 아이를 관찰하도록 하면서 그동안에 어떤 새로운 단서와 계기가 생기기를 기다려 보고자 하는 것이오."

"아아! 그렇다면 할아버지께서는 왜 그 자리에서 바로 대릉 동생의 무고함을 분명하게 밝히지 않으셨나요?"

무황을 바라보는 석여령의 눈빛에 원망과 안타까움이 가득 서렸다.

무황이 또한 안타까운 어조로 대답했다.

"그랬다 하더라도 대릉이 완전히 혐의를 벗어내지는 못했을 것이다. 대릉이 흉수가 아니라는 것은 분명하지만, 일단 언가 낭자의 입에서 그의 이름이 나온 이상에는 그가 어떤 식으로든 관련이 되었을 것이라는 의혹에서까지 완전히 자유로워질 수는 없지 않겠느냐?"

"그럼 할아버지께서도 여전히 대릉 동생에 대해 의심을 하시는 것인가요?"

"이 할애비도 대릉을 믿는다. 다만 이 일에는 어떤 모종의 음모가 있는 것 같다는 생각이다. 그것이 대릉을 노린 것인지, 아니면 궁극적으로 이 할애비를 노린 것인지는 알 수 없지만 말이다. 음! 어쨌거나 어떤 음모가 있다고 본다면, 일단은 이런 정도로 일을 수습해 두는 것이 무리하게 결백을 주장하는 것보다는 나을 것이다. 급하게 흘러가는 상황에서 한발을 물러서서 여유를 가지고 보다 보면, 지금 당장에는 보이지 않는 사실들이 보일 수도 있지 않겠느냐?"

"하지만… 그가 이런 억울함을 잘 견뎌낼 수 있을까요?"

"힘들 것이나, 대릉은 분명 훌륭히 극복해 낼 수 있을 것이다. 나는 그의 순후한 성정을 믿는다. 어쩌면 이와 같은 역경조차도 결국에는 그에게 해보다는 득이 될 것이다."

"아아! 하지만… 저는… 그가 진정 어려울 때 힘이 되어주지 못한 저는… 후일 그를 어떻게 대하여야 할지……."

현무전 빈각.

언정연과 언검룡 부자는 다탁을 사이에 두고 마주 앉아 있었다.

아무 말 없이 서로를 망연히 바라보고 있는 그들의 안색은 긴장과 격동으로 가득 차 있었다.

방 안에는 그들 둘뿐이었음에도 불구하고 그들은 전음으로 대화를 하고 있는 중이었다.

"다시 살펴보았습니다. 과연 소미에게는 제혼술(制魂術)에 당한 흔적이 희미하게나마 남아 있었습니다."

"역시 침(針)이더냐?"

"예! 백회혈(百會穴)에 침이 꽂힌 흔적이 있었는데, 본 가의 무형신침(無形神針)과도 같이 일정 시간이 지난 후에는 사람의 몸에 녹아드는 것이어서, 만약 소자가 미리 짐작을 하고서 세밀히 살펴보지 않았다면 도저히 발견해 낼 수 없을 정도의 미세한 흔적이었습니다."

"음! 그렇기에 이 아비도 미처 발견하지 못하였고, 또한 무황성의 검시 결과에서도 드러나지 않았을 게다. 또한 네가 의문을 제기하지 않았다면 나는 소미의 시신을 다시 조사해 볼 생각조차도 하지 못하였을 것이다."

"이렇게 되면 흉수에 대한 윤곽이 어느 정도는 좁혀진 셈입니다. 먼저 소미가 사후(死後)에도 음성을 남길 수 있도록 안배해 놓은 것에서, 흉수가 심후한 공력과 더불어 고절한 제혼술법(制魂術法)을 익힌 자라는 것에는 의심의 여지가 없는 듯합니다. 한편 그럼에도 불구하고 그가 침을 보조 도구로 사용했다는 것은 그의 제혼술법이 아직까지는 최고의 경지에 이르지 못하였다는 것을 반증한다고 보아야 합니다."

"그렇다. 그리고 사사로운 원한이거나 단순한 음욕(淫慾) 때문이었다면 제혼술까지 써서 일부러 사건의 단서를 남길 이유가 없었을 것이다. 역시 뭔가 노리는 바가 있다는 것인데… 음! 물론 흉수에게 역발상적(逆發想的)인 의도가 있을 수도 있겠지만, 한 가지 분명한 것은 고대릉의 경우에는 그렇게 해서 얻는 이득이 조금도 없어 보인다는 것이다."

"소자의 생각도 그러합니다."

"음! 만약 어떤 음모의 수단으로 소미가 이용되었고, 그 음모가 고대릉을 노린 것이라면, 고대릉에게 원한을 가질 만한 자나, 혹은 고대릉을 제거함으로써 어떤 이득을 볼 인물이나 집단에 대해 혐의를 두어야 한다."

"성급한 생각일지 모르겠으나, 소자의 생각으로는… 그 제혼술이 아무래도……."

언검룡이 잠시 머뭇거리는 듯하자, 언정연이 표정을 굳히며 물었다.

"혹시 배교(拜敎)의 제령술(制靈術)을 말하려 하는 것이냐?"

"아! 아버님께서도……."

"비록 촉망 중이라 처음에는 알아보지 못했다만, 본 가 또한 제혼술에 있어서는 일가를 이루고 있다고 자부하는 터에 어찌 배교의 수법을 의심해 보지 않을 수 있겠느냐?"

언검룡이 조심스럽게 말을 받았다.

"당금 천하에서 배교의 제령술법에 대해 이 정도로 정통한 곳이라면……."

그때 언정연이 급히 언검룡의 전음을 잘랐다.

순간적으로 그의 얼굴은 무서울 정도로 굳어져 있었다.

"되었다. 지금으로서는 그 어떤 사실도 단정할 수 없고, 또한 그 어떤 가능성도 배제할 수 없으니, 다만 생각하는 것만으로도 족할 것이다. 이 일에 대해 우리는 신중에 신중을 기해야만 한다. 이 일이 곧바로 본 가의 사활(死活)과 연결될 수 있음이다."

언검룡의 전신이 한차례 부르르 하고 가늘게 떨렸다.

그리고 일시 그의 두 눈이 시뻘겋게 충혈되더니, 잠시 후 천천히 한마디씩을 씹어 뱉듯이 전음을 흘려내는 것이었다.

"신중하고, 또 냉정해질 것입니다. 그러나 소미를 해친 자들을 결코 용서하지 않겠습니다. 흉수가 누구라 해도, 설혹 도저히 건드릴 수 없는 그 어떤 거대한 존재라고 해도, 저와 가문이 지닌 모든 수단과 방법을 다 동원해서라도 반드시 그들을 파멸에 이르도록 만들고야 말겠습니다. 만일 그러지 못한다면, 형제와 가솔의 원한 하나 갚아주지 못하는 가문이라면, 질기게 살아남은들 장차 무엇을 바라고, 또한 무엇을 기약할 수가 있겠습니까?"

언정연은 가만히 눈을 감았다.

그러나 그의 어깨 또한 가늘게 떨리고 있었다.

현무전 공손무랑의 지하 연공실.

외부와는 완벽히 차단된 그곳에 공손무랑과 공손도중이 마주 앉아 있었다.

공손도중은 다친 오른쪽 어깨에 흰 천을 감고 있었으며 언제나 냉철하면서도 화사하던 옥안(玉顔)이 지금은 침울한 기색만이 가득하였다.

의기소침하여 한껏 가라앉아 있는 손자를 지그시 바라보고 있던 공손무랑이 다소 차가운 음성으로 입을 열었다.

"너는 이번에 참으로 어리석기 짝이 없는 짓을 저질렀다. 언가의 여식에 대해 굳이 그렇게까지 할 일은 아니었지 않느냐?"

"무슨 말씀이신지……?"

공손도중이 눈길을 아래로 떨어뜨리며 말끝을 흐리자, 공손무랑이 안색을 굳히며 나직이 호통쳤다.

"일이 이미 이 지경에 이르렀는데도, 너는 여전히 이 할애비를 속이려 드느냐?"

그러자 공손도중은 움찔 고개를 숙이고 말았다.

"소탐대실(小貪大失)이라! 큰일을 위해서는 작은 욕심이나 이득쯤은 가차없이 버릴 수 있어야 하는 것인데, 이번에 너의 하찮기 이를 데 없는 작은 집착 하나로 인하여 네 인생은 물론 가문에까지 돌이킬 수 없이 치명적인 누를 끼칠 뻔하였느니라."

공손도중이 감히 고개를 들 생각을 하지 못하고 머리를 더욱 아래로 떨구었다.

한동안이나 그런 모습을 지그시 바라보고 있던 공손무랑이 어느 순간 엄하게 굳히고 있던 안색을 풀며 돌연 가벼운 웃음소리를 내었다.

"허허허!"

그 소리에 공손도중이 슬며시 고개를 들자, 공손무랑은 이미 평상시와 다름없는 청수하면서도 담담한 노문사의 모습이 되어 있었다.

"기왕에 일은 벌어진 것이니, 그렇게 의기소침할 필요는 없느니라. 이번 일을 깊이 되새겨 향후의 큰 교훈으로 여기면 될 일이다. 한편으로 생각하면 이번에 네가 겪은 한번의 실수와 패배는 오히려 네게 커다란 이득이 되었다고 할 수도 있으니, 그런 측면에서 너는 오히려 크게 기뻐해야 할 일일지도 모르겠다."

"⋯⋯?"

침울하게 가라앉아 있던 공손도중의 눈에서 일순 반짝 하며 빛이 되살아났다.

공손무랑이 손자와 슬쩍 눈을 맞추고는 다시 빙그레 미소 지으면서 느긋하게 말을 이어나갔다.

"너는 본 가의 후계자로서 본 가에 대해 어떻게 생각하느냐?"

공손도중은 선뜻 대답하지 못했다.

이전 같았다면, 그는 시늉이라도 자랑스럽게 생각한다고 대답하였을 것이다.

그러나 지금 솔직한 그의 심정은 심히 불만스러운 것이었다.

그의 가문은 비록 강하나, 가장 강하지는 못한 것이다.

그렇기에 그가 지금의 이런 실패와 패배를 맛보고 있는 것이 아닌가.

'세상의 진정한 진리는 힘이다. 본 가가 진정 강하였다면, 나는 오늘과 같은 치욕은 결코 맛보지 않아도 좋았을 것이다.'

그 같은 손자의 심중을 헤아리기라도 한다는 듯, 공손무랑의 미소가 은근히 짙어졌다.

"본 가는 네가 알고 있는 것보다 훨씬 더 위대하다. 본 가의 역량은 천하제일을 넘어 가히 고금제일이라고 자부해도 좋다."

순간 공손도중의 눈이 부릅떠졌다.

그것은 조부의 말에 대한 반발이 아니라 경악이었다.

조부가 어떤 성품인지를 잘 알기에, 지금 조부의 말이 분명 어떤 근거를 가지고 하는 말이라는 것을 믿을 수 있기 때문이었다.

　은은하게 위엄과 자부심을 담은 공손무량의 목소리가 이어지고 있었다.

　"다만 아직까지 그 진면목을 세상에 드러내지 않고 있을 뿐이다. 또한 본 가의 역량을 제대로 발휘할 가주를 맞지 못하고 있기 때문이기도 하다. 나는 네가 그 역할을 해주기를 기대하고 있다. 그래서 네 아비를 제치고 너를 내 뒤를 이을 후계로 정한 것이다. 그만큼 너는 태어날 때부터 최고라 할 만큼의 뛰어난 자질을 지니고 있었다. 그럼에도 불구하고 아직까지 네게 이런 얘기를 하지 않고 있었던 것은, 아직까지 몇 가지 여건이 갖추어지지 않았기 때문이다. 그러나 이제 시기가 되었다. 이제 모든 여건이 갖추어졌고, 너는 곧 진정한 절대강자로 거듭날 것이다. 천하제일, 아니, 고금제일의 절대강자로……."

　공손도중이 마치 홀린 듯 뇌까렸다.

　"고금제일의 강자……."

　이어지는 가문의 비사(秘史)를 들으면서 공손도중은 내내 떨리는 가슴을 진정시키지 못하였다.

　그것은 그가 지금까지 전혀 알지 못하고 있었던 가문의 다른 면목이었다.

　"배교에 대해서 알고 있느냐?"

　"오래전에 멸망한 사교 집단으로 알고 있습니다만……."

　"강호에 알려진 바로는 그렇다. 그러나 실상 배교는 마교(魔敎)의 전신(前身)으로 그 모태가 되는 곳이다. 너는 그들의 무공에 대해서 아는 바가 있느냐?"

"잘은 알지 못합니다만, 환술(幻術)과 제혼술법(制魂術法)류의 좌공이학(左功異學)에 능하였다고 들었습니다."

공손무량이 입가에 자못 묘한 미소를 떠올리며 다시 물었다.

"흠! 좌공이학이라……! 그렇다면 너는 본 가의 통천제령심공(通天制靈心功)에 대해서는 어떻게 생각하느냐? 그것에도 환술과 제혼의 공능이 없지 않으니, 그 또한 좌공이학에 속하지 않겠느냐?"

그 질문에 공손도중은 선뜻 대답을 하지 못하고 멈칫거릴 수밖에 없었다.

그도 그럴 것이 통천제령심공은 가주와 가주 계승자 외에는 그 명칭조차도 비밀로 되어 있는 가주비전(家主秘傳)의 가문 최고무공인데, 어찌 감히 한낱 배교의 잡학 따위와 같이 좌공이학으로 분류할 수가 있겠는가?

조부의 말에 뭔가 다른 의미가 있으리라는 것을 짐작하면서도 공손도중의 목소리에는 설핏 힘이 들어가고 있었다.

"으음! 통천제령심공의 경우에는 결코 좌공이학이라고 할 수 없습니다. 물론 제혼과 환술의 공능이 일부 없는 것은 아니나, 그것은 다만 하나의 파생되는 묘용일 뿐, 그 본류는 광대무변한 정통무학의 무리를 포괄적으로 담고 있기 때문입니다. 사실상 강호에서 본 가의 최고절기로 알려진 탈명연환뢰 역시 통천제령심법의 한 갈래일 뿐이 아닙니까?"

공손무량이 문득 통쾌한 대소를 터뜨렸다.

"하하하! 그 통천제령심공이 바로 배교의 절전무공(絶傳武功)으로부터 유래가 된 것이라면 너는 믿을 수 있겠느냐?"

"……?"

너무도 뜻밖의 얘기에 공손도중은 미처 반문조차 하지 못하고 다만 멍하니 조부의 얼굴만 바라보고 있었다.

공손무랑이 문득 안색을 가라앉히며 담담히 말을 이었다.

"본 가의 통천제령심공의 모태가 되는 것은 바로 배교의 호교무공(護敎武功)이자 지존무공(至尊武功)인 통천제령환술(通天制靈幻術)이다. 비록 이미 천 년 전에 절전된 데다 그 이전까지도 배교의 교주에게만 비밀리에 전해지던 까닭에 강호에 알려진 바 없지만, 나는 감히 단언할 수 있다. 이 통천제령환술이야말로 무림유사 이래 가장 신비하고 가장 강력하며, 또한 가장 실용적인 무공이라는 것을. 그러나 지나치게 사기가 강하고 주술적인 색채가 짙어서 사람이 극성으로 익히는 데는 여러 가지의 심각한 제약과 부작용들이 있었다. 하지만 오백여 년 전 본 가의 선조께서 통천제령환술을 얻은 이래, 본 가의 기존 절학 및 천하의 절대절학들과 부단하게 비교 보완되고 다듬어지면서, 마침내 이 할애비의 대에 이르러 통천제령심공이 탄생된 것이다. 고금제일의 절대무학으로 말이다."

공손도중의 얼굴이 내심의 흥분으로 발갛게 상기되어 올랐으나, 그는 여전히 조부의 말을 그대로 다 믿기는 어려운 듯했다.

"하지만 소손은 이미 통천제령심공을 극성까지는 아니더라도 어느 정도의 경지까지는 익힌 바 있는데 어찌하여……?"

"어찌하여 근본도 없는 시골 무지렁이에게조차도 수치를 당할 정도밖에 안 되느냐 하는 그런 말이냐?"

"으음!"

흥분의 열기로 달아올랐던 손자의 얼굴이 금세 울화와 부끄러움으로 시뻘겋게 변해가는 것을 보며 공손무랑은 느긋하게 웃었다.

"허허허! 네가 익혔던 통천제령심공은 다만 입문의 단계에 불과하였을 뿐이다. 감히 비교할 것도 못 되겠지만 굳이 위력을 비교하자면 심공의 진정한 위력의 십분지일(十分之一)에도 미치지 못할 것이다."

"아아!"

공손도중의 입에서 마침내 긴 탄성이 새어 나왔다.

탄성에 뒤따라 공손도중에게 비친 것은 원망의 빛이었다.

"왜 진작에 그 같은 사실을 알려주시지 않았습니까? 저로 하여금 가문의 후계를 잇기로 기왕에 결정하셨다면 왜 진작에 제게 가문무공의 정수를 전수해 주시지 않은 것입니까? 진작에 알았더라면, 진작에 불패의 무공을 익혔더라면 그따위 애송이에게 오늘과 같은 수치는 당하지 않아도 되었을 것이 아닙니까?"

손자에게서 원망과 증오의 빛이 증폭되어 가는 것을 지그시 지켜보고 있다가 공손무량이 문득 차갑게 말했다.

"실패와 패배의 아픔을 가슴으로 짓씹어보지 않은 자는 진정한 정상에 설 수 없다. 일시적으로 만인지상의 위(位)에 오를 수 있을지라도, 그것은 다만 사상누각에 불과하여 곧 무너지게 되어 있다. 그런 의미에서 이번 일이 네게는 쓰나 보배로운 영약이 될 것이다. 본래는 좀 더 시기를 기다리려 하였으나, 지금 네게 가문의 진정한 내력을 말해주는 것은 그 때문이다. 실패와 패배의 교훈을 되새기되, 좌절하기를 바라지는 않기 때문이다. 지금까지 본 가의 역사는 준비하는 역사였다. 이 할애비 역시 가문의 비상을 위해 평생을 준비해 왔다. 그렇기에 필요에 따라서는 실패와 굴욕조차도 기꺼이 감수해 왔다. 그러나 이제부터는 다르다. 이제부터는 본 가의 시대를 열어야 한다. 바로 너의 시대다. 너는 이제 천하의 패자(覇者)로서 군림하여야 하는 것이다. 준비하는 자와 군림하는 자는 달라야 한다. 군림하는 자에게는 그 어떤 실패도 패배도 결코 용납되어서는 안 된다. 바로 이제부터 네가 걸어가야 할 길이 바로 그와 같은 군림행(君臨行)이니라."

공손도중은 다시 천하의 기재로서 가지는 은근히 오만하고도 냉철한 자부심에다, 예의 그 절세의 옥안이 빛을 발하여 본래의 그다운 모습을 되찾고 있었다.

"제가 어찌하면 되겠습니까?"

공손무량의 입가에 저절로 기꺼운 미소가 떠올랐다.

"우선은 네가 절대무적의 힘을 갖추는 것이 무엇보다 먼저이다. 패자의 제일요건은 결국 절대력(絶對力)이다. 우선 힘이 있고 난 다음에야 위엄이 생겨나고 관용이 베풀어지는 것이다."

"통천제령심공이 그와 같은 고금제일의 무공이라면, 그것을 극성으로 연성하는 것에는 긴 시간이 걸릴 것이 아닙니까?"

"왜 조급한 마음이 드는 게냐?"

공손도중의 대답이 없자 공손무량이 빙그레 웃으며 말했다.

"허허허! 방법이 없었다면 네게 이런 얘기를 처음부터 하지 않았을 것이다. 이전이라면 수십 년의 시간을 가지고서도 감히 보장하지 못하였을 것이로되, 지금이라면 단기간 내에 너를 절대무적으로 만들 수 있으리라 확신할 수 있다. 이제 모든 준비가 갖추어졌기 때문이다."

일순 공손도중의 두 눈에 짙은 호기심과 함께 뜨거운 열망의 빛이 어렸다.

"준비라고 하시면……?"

"이 할애비의 평생을 오롯이 다 바친 기나긴 준비였느니라. 내가 본격적으로 무림정세를 조율하기 시작한 것은 바로 이십 년 전의 정마대전 때부터였다."

공손무랑의 표정에 한줄기 회한과 함께 뿌듯한 자부심이 동시에 교차하였다.

이윽고 그의 입에서는 지난 세월의 감추어졌던 무림비사(武林秘史)가 담담하게 흘러나왔다.

이십여 년 전 공손무랑이 노린 것은 정파와 천마궁의 세력이 서로 부딪쳐 양패구상하는 것이었다.

그럼으로써 무림천하의 원기(元氣)가 크게 손상된다면, 그것을 회복하는 데 삼십여 년의 세월은 족히 소요될 것이고, 그 기간 동안에 공손가는 천하제패를 위한 완벽한 준비를 마칠 수 있겠다고 판단했기 때문이다.

그런 판단의 이면에는 당시의 천하패자인 천마궁(天魔宮)의 독패(獨霸) 체제가 점점 더 굳건히 굳어가고 있는 데 대한 두려움과 신흥 세력으로 급격히 부상한 위지천의 위지 가문, 그리고 구파일방과 오대세가 등이 새로운 중흥기를 맞이하여 일취월장의 속도로 성세를 키워가고 있는 데 대한 경계심이 있기도 하였다.

그러던 차에 마침 혜성같이 나타난 인물이 지금의 무황인 석광(碩优)이었다.

그는 오십의 늦은 나이로 강호에 나왔는데, 출도하자마자 거침없는 행보로 당대의 기라성 같은 고수들을 파죽지세로 격파해 나갔고, 이윽고는 단 삼 년이라는 짧은 시간 만에 당대의 천하제일인이던 천마궁주와 비견되는 혁혁한 무명과 강호의 인심을 얻게 되었다.

그에 은인자중하고 있던 공손무랑이 마침내 몸을 일으켰다.

무황의 책사(策士)를 자청하며, 무황을 중심으로 천하의 정파를 결집시킨 것이었다.

그의 화려한 기지(機智)와 능변(能辯), 그리고 천마궁을 무너뜨리고 정파의 강호를 되찾자는 대의명분이 빛을 발하며, 천하는 단번에 천마궁과 정파 연합 세력으로 양분되는 형세를 맞이했다.

무황과 위지천, 그리고 공손무랑 자신의 눈부신 활약과 구파일방, 오대세가의 일치 단합된 힘은 놀랍게도 정파 연합 세력으로 하여금 천마궁과 거의 대등하게 전세를 이끌어갈 수 있도록 만들었다.

"그때까지만 해도 나의 심려원모(深慮遠謀)는 순조롭게 들어맞는 듯해서, 마침내 정파와 천마궁은 마지막의 일대격전을 앞두게 되었다. 그런데 그 결정적 순간에 일은 나의 의도를 빗나가 버리고 말았다."

공손무랑의 치밀한 판단을 어긋나게 만든 것은 바로 무황과 천마궁주였다.

"당시 무황은 결코 천마궁주에게 단독으로 승부를 걸 처지가 되지 못하였다. 천마궁주는 대대로 천마로 불렸는데, 당시의 천마궁주는 지금까지도 고금제일인이라 추앙받는 초대 천마 이래로 역대 천마 중 가장 강한 천마였기에, 아무리 무황이라 하더라도 단독으로는 그의 상대가 될 수 없었기 때문이다. 또한 천마궁주는 스스로 무적의 존재이기는 하였지만, 천하제일세의 지존으로서 굳이 조금의 위험이라도 감수할 이유가 없었다. 사실 당시 그의 휘하이던 천마오로(天魔五老)만 하더라도 그 개개인이 무황과 위지천에 비해서도 크게 손색이 있지 않은 절대고수들이었다. 그런데 뜻밖에도 무황은 천마궁주에게 도전을 하였고, 또한 예상치 못하게도 천마궁주는 그 도전에 응하였던 것이다."

묵묵히 귀를 기울이고 있던 공손도중이 궁금함을 참지 못하고 물었다.

"무엇 때문이었습니까?"

"허허! 나 또한 그 이후로 한동안을 생각하였었다. 그래서 얻은 결론은 바로 그들 둘 모두가 패도(覇道)를 추구하고 있었기 때문이라는 것이다."

"패도라면……?"

"패권(覇權)이 아닌 무인으로서의 패도 말이다. 그것을 두고 어리석다고 해야 할지, 아니면 단순하다고 해야 할지 나로서는 지금에 와서도 이해할 수 없는 일이지만, 당시 그들에게는 천하보다도 승부를 결할 수 있는 적수로서의 서로가 더욱 필요했던 모양이다."

그때 일시적으로 공손무랑에게서는 약간의 불쾌감과도 같은 기색이 스쳤다.

그러나 그는 곧 안색을 반전시키며 느긋한 미소를 떠올렸다.

"하지만 전화위복이라고 해야 할지, 그 변수는 결국 내게 생각지도 못했던 하나의 기연을 안겨주는 결과를 낳았다."

천마궁주와 무황은 자신들의 승부 결과에 따라 천하의 향방이 결정됨에도 불구하고, 한 사람의 무인으로서의 서로를 믿었기에 주변의 염려와 만류를 단호히 뿌리치고 단신으로 결전의 장소로 향하였다.

운남(雲南) 천정산(天頂山).

누구의 간섭도 참관도 바라지 않았기에, 두 사람은 중원에서 멀리 떨어진 절지(絶地)로 결전의 장소를 정하였다.

"그러나 단신으로 그곳에 간 것은 천마궁주뿐이었고, 무황은 결과적으로 유력한 조력자들을 대동하고 그곳에 가게 되었다. 바로 위지천과 나, 그리고 소림과 무당, 개방의 지존들이 그 조력자들이다. 물론 그것은 무황의 의도가 아니라 전적으로 나에 의해 만들어진 상황이었다. 내 입장에서는 결단코 무황이 승리하도록 만들어야만 했다. 둘 중이기는 자가 향후 상당 기간 동안 천하의 패주로 군림하게 될 것인데, 천마궁주가 승리한다면 나로서는 향후의 천하 정세에 더 이상 관여할수 없게 될 것이고, 반대로 무황이 이긴다면 비록 이인자나 삼인자의 위치일망정 나는 얼마든지 내가 바라는 쪽으로 천하 정세를 조율할 수있을 것이기 때문이었다. 구파일방의 대표 격인 소림과 무당, 그리고 개방의 장문인들은 조금의 이의도 없이 내 생각을 따라주었다. 허허허! 정의 구현을 위해서, 마도의 지배를 끊기 위해서, 그 방법은 어떤것이 되어도 무방하다는 독선의 논리가 그들에게 있었기 때문이다. 그러고 보면 그들 정파나 천마궁이나 모두가 마찬가지인 것이다. 정파가정(正)의 명분으로 모든 것을 정당화하려는 것이나, 천마궁이 마(魔)와패(覇)의 명분으로 또한 모든 것을 정당화시키는 것이나 결국 다를 것이 무엇이겠느냐? 언뜻 두 집단의 명분은 극명하게 대비되는 것 같지만, 그 본질은 조금도 다르지 않은 것이다. 바로 천하의 패권이다. 결국 힘이다. 명분은 결국 힘이 강한 자에게, 그리고 마지막에 승리하는 자에게 있는 것이 아니겠느냐?"

공손도중은 참지 못하고 마른침을 삼켰다.
공손무랑의 얘기는 이제 가히 경천동지의 비화(秘話)로 접어들고 있었다.

"천마궁주의 무위는 과연 엄청났다. 둘이 맞붙기 전에 무황의 무공은 천마궁주에 어느 정도 근접할 것으로 평가되었지만, 막상 맞붙게 되자 둘의 무공 경지는 적어도 한 단계는 차이가 나는 것이었다. 천마궁주는 가히 무적지경(無敵之境)이었다. 그는 무적의 내공과 도검불침(刀劍不侵)의 신체를 지니고 있어서, 항간에 떠돌던 그가 전설의 천마지경에 거의 도달하였다는 소문이 크게 틀리지 않았다는 것을 우리는 절감해야만 했다. 아아! 이미 이십 년이나 지난 일이지만, 그때 붉은 장포를 펄럭이며 천지간의 공간을 온통 자신의 그림자로 가득 채우던 천마궁주의 신위를 생각하면, 나는 아직도 가슴이 떨리는 것을 진정시킬 수가 없을 정도이다. 천마궁주와의 단독대결에서 무황은 채 십 초를 넘기지 않아 패색이 뚜렷해지고 말았다. 그때 멀리 은잠해 있던 우리 다섯 명이 뛰쳐나가 무황과 합세하였는데, 일은 이미 돌이킬 수 없었으니 무황으로서도 어쩔 수 없이 우리와의 합공을 받아들일 수밖에는 없는 일이었다. 그리고 오십여 초의 부끄러운 사투 끝에 우리 여섯 명은 마침내 천마궁주를 천애절벽 아래로 떨어뜨릴 수 있었다."

공손도중이 잔뜩 상기된 얼굴로 긴 탄식을 토해내었다.

"아아!"

공손무량이 잠시 틈을 두었다가 문득 정색을 하며 말했다.

"그러나 그는 죽지 않았다."

그 말에 공손도중이 화들짝 놀라 자신도 모르게 반문했다.

"예?"

"우리는 그날 밤늦게까지 절벽 아래를 샅샅이 뒤졌지만 결국 그의 시신을 찾지 못했음은 물론 추락한 흔적조차 찾지 못했다."

"그렇다면……?"

"그렇다. 그는 다만 사라진 것이다. 그리고 그가 당시에 이미 도검불침의 신체를 완성한 것을 우리가 직접 확인하였으니, 그가 죽지 않았을 가능성은 보다 분명해지는 것이다."

"아아!"

공손도중은 다시금 탄식을 토해낼 수밖에 없었다.

그의 탄식 소리를 뒤따라 공손무량의 담담한 목소리가 이어졌다.

"또한 그러한 가능성이야말로 지난 이십여 년간 무림이 유사 이래 최대의 번성기를 맞고 있음에도 불구하고, 무황성이 별다른 저항 없이 무림의 태두로서 군림할 수 있었던 숨은 이유 중 하나라고 할 수 있다. 사실 당시 무황은 무황성의 설립을 강하게 반대했었다. 그는 무황성의 존재가 결국 천마궁을 대체하는 의미가 되고 말 것이라며, 정(正)이든 마(魔)든 무림을 어느 한쪽이 지배하는 것은 옳지 않다는 입장이었지. 후후! 지금도 그러하지만 그는 처음부터 천하패권에 대한 웅지(雄志)가 없었던 인물이다. 그는 한 사람의 무인으로서는 대단하다고 할 수 있지만, 결코 영웅이 될 수는 없는 인물이다. 그런 그가 오늘날과 같은 명예와 영화를 누리고 있는 것은 오로지 나의 덕분이라고 할 수 있다. 당시 노부는 무황성의 설립 필요성을 강하게 주장하였고, 위지가와 구파일방, 그리고 오대세가 등은 나의 주장에 절대적으로 동의하였다. 그들로서도 그럴 수밖에 없었던 것은, 바로 천마오로라는 절대의 고수들을 포함하여 천마궁의 일부 세력들이 여전히 잔존하였고, 무엇보다도 천마궁주의 생존 가능성 때문이었다. 비록 잠재적이지만, 그러나 그 절대적인 위협에 대응하기 위해서는 무황성이라는 상징적 동맹체가 반드시 필요하였던 것이지."

공손도중은 문득 조부의 안색이 갑작스럽게 밝아졌으며, 은은한 홍분의 기색마저 떠오르는 것을 발견하였다.

이어지는 공손무랑의 목소리에서는 과연 돌연한 활기가 느껴지고 있었다.

"나는 너를 고금제일의 절대강자로 만들겠다고 하였다. 또한 이제부터 네가 걸어가야 할 길은 바로 군림행이라고 하였다. 이제 너는 나에게 어떤 복안이 있는지 짐작할 수 있겠느냐?"

공손도중이 조심스럽게 대답했다.

"통천제령심공, 진정한 통천제령심공을 제게 전수해 주시려는 것이 아닙니까?"

"허허허! 너는 반만 맞추었다."

"……?"

"통천제령심공을 익히는 것만으로 절대무적이 될 수 있는 것이라면, 어쩌면 이 할애비의 대에서 이미 가문의 염원은 이루어졌을 것이다."

"으음!"

"통천제령심공이 고금제일의 절대무학이라는 것은 의심의 여지가 없는 것이지만, 그것을 익히는 것만으로는 결코 무적의 경지에 오를 수 없다. 설혹 극성으로 익힌다고 하더라도 말이다."

공손도중은 일순 혼란스러운 표정이 되고 말았다.

"어인 말씀이신지……?"

"통천제령심공이 배교의 통천제령환술로부터 기원되었다고 하지 않았느냐?"

"예!"

"바로 그 때문이다."

"……?"

"통천제령환술은 근원적으로 내[我]가 아닌 남[他]을 통제하고 조종하는 요결이다."

"하면……?"

"그렇다. 통천제령심공 역시 직접적으로 내가 강해지는 것이 아니라, 매개체를 통해 간접적으로 강해지는 이치로 이루어져 있다."

"으음!"

공손도중의 얼굴로 언뜻 실망의 기색이 스쳐 갔다.

그러나 공손무랑은 오히려 기이한 미소를 떠올리며 지그시 손자를 바라보았다.

"그러한 이치는 실로 간단치 않으나, 한편으로는 더할 수 없이 명쾌한 바가 있는 것이다."

조부의 얼굴에 떠오른 의미심장한 표정을 보고, 그제야 공손도중의 눈빛은 다시금 기대를 품었다.

"어떤 방법이 있는 것이로군요."

"허허허! 너는 모든 준비가 끝났다고 한 내 말을 벌써 잊은 모양이구나?"

"아!"

"흠! 명쾌하다고 하는 것은 바로 절대무적의 매개체를 찾는다면, 통천제령심공을 익힌 자 또한 더불어 절대무적이 될 수 있다는 것이다."

"절대무적의 매개체……?"

"그렇다. 그것은 바로 절대병기를 자유자제로 다룰 수 있다면, 그 절대병기의 주인 역시 극강(極强)해지는 것과 마찬가지의 이치이다. 통천제령심공의 묘용은 거기에 더해 그 절대병기의 강함과 예리함을 병기의 주인이 직접 몸으로 공유할 수 있다는 데 있다. 하면 그 주인은 절대병기를 가지는 데 그치지 않고, 그 스스로가 절대무적의 강함과 예리함을 지니게 되는 것이니, 그 위력이란 것은 가히 몇 배에 이르게 되지 않겠느냐? 그러니 그야말로 진정한 절대무적이 아니고 무엇이겠느냐?"

"아!"

"더욱이 그 절대병기가 단순한 병기가 아닌 주인의 명령대로 움직이는 활병기(活兵器)라면 더 말할 것이 없지 않겠느냐?"

공손도중은 연이은 경악으로 더 이상 탄성조차 내뱉지 못하고 있었다.

그런 중에 별안간 무슨 생각을 떠올렸는지 문득 그의 두 눈이 더 이상 커질 수 없을 정도로 부릅떠졌다.

"혹시… 혹시……. 아아! 설마……?"

손자의 놀람이 무엇으로부터 기인하였는지 능히 짐작한다는 듯이 공손무량은 느긋하게 미소를 지었다.

"아마도 네가 생각하고 있는 그것은 어김없는 사실일 것이다."

"아아아!"

공손도중은 마침내 길게 탄성을 부르짖고 말았다.

第三章

잠룡단(潛龍團)

잠룡단(潛龍團)

본래 무황성은 용둔산(龍遯山)의 넓고 평탄한 산자락에 터를 잡고
있었는데, 그 터가 워낙 넓다 보니 몇 개의 골짜기와 분지들을 아우르
고 있었다.

그중의 하나가 잠곡(潛谷)이라 이름 붙여진 자그마한 분지였다.

잠곡은 넓지는 않으나 자못 험한 지형을 이루고 있었다.

용둔산의 서쪽 산자락은 다른 쪽보다 급하게 뻗어 내리는 편이었는
데, 특히나 중간에 그 자락이 급작스럽게 끊어져 생긴 분지가 바로 잠
곡이었기 때문이다.

그러다 보니 삼면의 벽은 제법 가파른 암벽으로 이루어졌고, 바닥은
대부분 암반과 자갈로 이루어져 척박하기 이를 데 없었다.

잠룡단은 바로 이 잠곡에다 그 근거지를 두고 있었다.

잠룡단이라는 이름 역시도 바로 이 잠곡이라는 이름에서 유래가 되

었다는 말도 있었다.

잠곡의 삼면 암벽으로는 크고 작은 석굴들이 어지러이 뚫려 있었다.

암벽 면을 따라 높게 혹은 낮게 위치해 있는 그 석굴들 중 어떤 것은 그 높이가 바닥으로부터 자그마치 오 장여나 되는 곳도 있어서, 바로 아래에서 고개를 들고 올려다보면 까마득해 보일 정도였다.

그 석굴들은 바로 잠룡단 사람들의 거처였다.

잠곡에는 본래부터 자연적으로 뚫린 굴들이 제법 있었는데, 이후로 사람들이 필요에 의해 하나둘 추가로 뚫었던 것이 오늘에 이르러 백여 개를 훌쩍 넘기게 된 것이었다.

보통은 혼자서 하나의 석굴을 차지하고 독립적인 생활을 하였으나, 예외적으로 삼룡 중의 편룡을 중심으로 그를 추종하는 이십여 명의 사내들은 분지 남쪽 직벽(直壁) 아래의 일단의 석굴들을 중심으로 생활하며 은연중에 하나의 소집단을 형성하고 있었다.

사실 잠룡단은 창단 초기에 많은 의혹과 혹은 욕심의 대상이 되기도 했었다.

의혹의 관점은 주로 이대무존가의 입장에서 가지는 시각이었다.

그들은 늘 무황의 친위 세력들을 경계해 왔었는데, 호천단과 같이 공개적으로 드러난 친위 세력보다는 드러나지 않고 은폐된 친위 세력의 존재 가능성에 대해 늘 촉각을 곤두세워 왔었다.

그런 측면에서 처음부터 이렇다 할 계보가 없이 시작된 잠룡단이 혹시 무황이 은밀하게 키우고 있는 친위 조직이 아닌지 하는 의심을 받았던 것은 어쩌면 당연한 일이었다.

따라서 잠룡단의 창단 초기부터 이대무존가에서는 그 동향을 세밀히 관찰하는 한편, 자신들의 사람을 잠룡단에 투입하여 그 실상을 조사하였었다.

그러나 그들은 상당한 시일이 지나기까지 잠룡단에서 그 어떤 숨겨진 의도나 목적을 찾을 수 없었다.

어떤 의도나 목적이 있다고 보기에 잠룡단은 너무나 무질서했고 너무나 제멋대로였다.

물론 그들 중에 주목할 만한 고수들 혹은 비중있는 인물들이 없지는 않았으나, 그들을 하나의 조직으로 놓고 볼 때는 그저 단순한 오합지졸의 수준을 넘지 못했던 것이다.

이대무존가에게 잠룡단이 욕심의 대상이 된 것은, 처음에 가졌던 의혹의 관점을 반대로 뒤집어놓은 것과 같았다.

잠룡단의 인물들 중에 그 개인으로 상당한 영향력을 발휘할 수 있는 절대고수급의 숫자는 겨우 몇몇에 불과하였으나, 관건은 그들 스스로가 묘하고도 독특한 실전 경쟁 체제를 굳혀가면서, 언제부터인가는 그 구성원들 모두가 일류고수급 이상, 혹은 그 치열한 근성으로 최소한 일류의 전투 능력을 지닌 자들로 소위 정예화가 되었다.

비록 정규화된 세력으로서의 가치는 현저히 떨어졌으나, 만약 그들을 제대로 된 조직으로 다듬어낼 수만 있다면, 그 잠재적인 역량은 결코 무시할 수 없을 것이라는 판단이 나온 것이었다.

당시 이대무존가 내부의 두뇌 집단에서 잠룡단에 대해 분석한 내용 중에서는 '만약 그들이 어떤 계기로 뭉치고 제대로 된 지휘 계통을 갖추어 조직력을 지니게 된다면, 적어도 단위 소조직으로는 무황성에서 가장 강력한 조직이 될지도 모른다' 는 관측이 나왔을 정도였다.

그러나 그들은 곧 그 욕심을 포기하여야만 했다.

그들이 시도한 몇 가지의 노력은 실로 간단하게 실패로 돌아갔고, 결국 그들은 하나의 결론에 도달할 수밖에 없었다.

'어떤 획기적인 조치를 취하지 않고서 암중으로 잠룡단을 하나의 조직 체계로 다듬어낸다는 것은 불가능하다. 그들은 조직을 이룰 명분도 목적도 가지지 못했고, 무엇보다도 그들은 자신들을 통제할 어떤 질서 체계를 원하지 않고 있다. 그들은 다만 자유를 내세우며 실제로는 방종을 누리는 이단의 조직일 뿐이다. 따라서 건드리지 않고 그대로 놓아둠으로써, 종국에는 그들 스스로 퇴화되고 말 불익(不益)하면서도 불위협적인 존재이다.'

그러나 이대무존가에서는 그들이 기왕에 투입하여 놓았던 사람들을 그 이후로도 여전히 잠룡단으로부터 철수시키지 않았다.

그것은 잠룡단에 대한 만약의 가능성을 여전히 염두에 둔 때문이기도 하겠지만, 어쩌면 당시 치열하게 돌아가던 무황성 내부의 권력 다툼 속에서 잠룡단에 대해 취해졌던 심계들이 한순간에 폐기되면서 그에 관련된 사람들마저 함께 잊혀져 버린 것인지도 몰랐다.

자신들의 내부에 성(城)의 기득권층과 연계된 일부가 있다는 것에 대해서는 대부분의 잠룡단 소속들이 익히 짐작하고 혹은 인정하고 있는 바였다.

그러나 구체적으로 누가 어떤 조직과 연계가 되고 있는지에 대해서는 명확히 아는 사람이 없었고, 또한 누구도 군이 알려고 하지도 않았을뿐더러 언제부터인가는 그러한 사실을 논란거리로 하는 행위 자체가 금기시되었다.

처음 잠룡단으로 들어올 때 어떤 사정과 이유로, 혹은 어떤 목적을 가지고 들어왔던 간에, 지금에 이르러서는 처음의 그 이유나 의도는 이미 아무런 가치도 소용도 없어졌지 않은가.

현재의 그들 모두는 무황성의 집권 세력들로부터 철저히 무시되고 소외되는 생활을 길게는 이십여 년, 작은 경우라도 이미 십오 년 이상을 함께해 오고 있는 다만 동류요, 동지인 것이다.

하지만 그럼에도 불구하고, 최근의 언소미 간살 사건에서 고대릉의 혐의에 대해 일종삼룡이 보였던 입장의 차이는 기존의 그러한 인식에 대해 새삼 의심과 회의를 불러일으키는 계기가 된 바 있었다.

고대릉이 잠곡에 들어온 지 어언 한 달여가 지나고 있었다.

그는 분지 제일 안쪽 구석에 위치한 하나의 조그만 석굴을 거처로 삼고 있었다.

처음 잠곡에 들어오던 날 좌룡이 마침 비어 있는 곳이라며 정하여 준 곳이었다.

그동안 고대릉의 생활은 거의 칩거(蟄居)라고 할 만하였다.

잠곡 바깥으로 나가지 않음은 물론이고, 석굴에서 나오는 일조차 극히 드물었다.

그의 일과는 석굴의 입구에 나와 앉아서 하루종일 아무 하는 일 없이 멍하니 있는 것이 대부분이었다.

잠룡단의 사람들이 보기에 그것은 운기행공을 하는 것이 아닌 건 분명하였고, 좋게 보면 명상이요, 나쁘게 보면 그저 하릴없이 시간을 때우고 있는 것처럼 보였다.

고대릉이 먹을 음식과 물은 이틀에 한번씩 좌룡이 구해다 주었다.

처음에 잠룡단의 사내들은 고대릉의 석실 부근을 괜히 어슬렁거리기도 했다. 그것은 마치 고대릉에 대해 살펴보려는 듯도 했고, 한편으로 약간의 경계심을 드러내는 듯도 했다.

그러나 특별한 관심을 보이거나, 혹은 시비를 걸려 시도하는 자는 없었다.

물론 좌룡이 은연중 고대릉의 보호자 역할을 하기도 했지만, 보다 근원적인 것은 고대릉에게서 풍기는 분위기 때문이었다.

아무런 표정이 없어 멍하고 허탈한 기색만 가득한 듯하였으나, 잠시만 가만히 지켜보고 있자면 고대릉으로부터는 차갑고도 날카로운 예기가 스며 나온다는 것을 느낄 수 있었다.

어쨌든 그렇게 며칠이 지나는 동안 고대릉의 석굴 부근으로는 차츰 사람들의 발길이 뜸해지고 말았다.

고대릉이 처음으로 석굴을 벗어난 것은 그가 잠곡으로 들어온 지 한 달하고도 며칠이 훌쩍 지나간 어느 날이었다.

그가 가장 먼저 한 일은 잠곡의 내부를 이리저리 거니는 것이었다.

산책이라도 하듯 느릿하고도 평온한 걸음걸이였다.

그러나 그가 가는 길에 있던 잠룡단의 사내들은 의식적으로 고대릉에게 길을 내어주는 모습들이었다. 마치 그가 자신들에게 무슨 말이라도 걸까 꺼려하기라도 하는 것처럼.

고대릉은 이전과 별달리 변한 것이 없는 모습이었지만 그에게서 풍겨지는 분위기는 상당히 달라져 있었다.

차갑고 날카롭던 예기는 많이 수그러져서 이제는 별 표시가 나지 않았지만, 막상 그를 마주해 보면 여전히 은근하게 사람을 어렵고 불편하게 만드는 묘한 기운이 느껴졌다.

그리고 보면 고대릉이 이곳에 처음 들어왔을 때 그에게서 비치던 그

차갑고 날카로운 기세는 아주 사라진 것이 아니라 오히려 더욱 정제되어서 그의 내면 깊숙이 스며들어 마치 하나의 기품과도 같이 자리를 잡은 듯하였다.

어쨌든 고대릉과 마주치는 잠룡단의 사내들은 자신들도 모르게 어깨를 쭈뼛거리며 비켜섰다가, 고대릉이 지나간 다음에야 스스로도 무안해졌던지 공연히 어깨를 으쓱하곤 했다.

사실 고대릉에게서 느껴지는 그런 묘한 기운이 없었다면 잠룡단의 사내들이 괜히 먼저 고대릉에게 길을 양보하지는 않았을 것이다.

비록 고대릉이 강호오공자 중의 공손도중마저 격파할 정도로 대단한 무공을 지니고 있다고는 하지만, 다만 무공이 처진다고 주눅이 들어 지레 기세를 꺾을 잠룡단의 사내들은 아닌 것이다.

더구나 자신들의 본거지인 이곳 잠곡 내에서, 어쨌거나 신입이라고 해야 할 고대릉이 제대로 된 입곡(入谷) 인사도 없이 한 달여 동안이나 죽치고 있다가, 이제 마치 제가 주인이라도 되는 양 느릿하게 곡내를 활보하는 건방(?)을, 아무런 간섭이나 제지도 없이 그냥 지켜보지는 않았을 것이다.

그날로부터 고대릉은 매일 오후 황혼 무렵에 자신의 석실을 벗어나 잠곡을 거닐었고, 그럴 때마다 잠룡단 전체는 사뭇 묘한 분위기에 빠져들어야만 했다.

간혹은 고대릉이 지나는 길에 우뚝 버티고 서서 오기를 부려보는 자가 있기도 했다.

그러나 그럴 때 고대릉은 걸음을 멈추고서 마치 상대가 비켜줄 때까지 언제까지라도 기다리고 있겠다는 듯이 다만 무심한 눈길로 상대를 바라보고만 있었다.

그러면 결국에는 상대가 버티지 못하였다.

어느 정도까지는 억지로 버틸 수 있었으나, 결국 비키지 않고는 도저히 견디지 못할 정도의 기이한 위압감을 느껴 마침내는 주춤주춤 옆으로 비켜서고 마는 것이었다.

좌룡 역시도 고대룡을 대하는 데 있어서 점차로 어려움을 느끼고 있었다.

이전처럼 스스럼없이 편하게 대하기가 영 거북스러워진 것이다.

언제부터인가 그는 고대룡의 눈길을 오래 마주 보지 못하였다.

그가 느끼기에 고대룡의 눈빛은 이전에 비해 훨씬 깊어졌다.

그런데 다만 그가 그렇게 느끼는 것에 불과한 것인지는 확실치 않았으나, 고대룡의 그 깊숙한 눈빛 속에서 때때로 그는 번갯불같이 번쩍거리는 투명한 정광을 볼 수 있었다.

그리고 그 투명한 정광을 느낄 때면 아무리 담대한 그라고 해도 그는 감히 고대룡의 눈길을 마주 볼 수가 없었다.

그 때문인지 좌룡은 자신도 모르게 고대룡이라는 어린 청년에 대해 조금씩 조심스러워하고 있었다.

다만 고대룡의 차고 맑은 눈빛에서 좌룡은 그가 자신을 친근하게 여기고 있다는 것을 느낄 수는 있었다.

고대룡의 변화된 모습 중 또 하나는 그가 말이 없어졌다는 것이다.

그는 잠곡에 들어온 이래로 마치 아예 말을 잊어버린 사람처럼 한마디도 말을 하지 않았다.

고대룡은 오늘도 황혼 무렵에 석굴을 나섰다.

얼마 넓지 않은 분지 내를 한 바퀴 다 돌아올 때까지도 황혼은 여전히 서산 마루를 붉은빛으로 물들이고 있었다.

일몰 직전의 가을 석양은 자못 눈이 부셨다.

고대룽은 곧바로 석굴로 들어가지 않고 입구 옆의 석벽에 기대어 섰다. 금방이라도 스러지고 말 석양의 볕이 아쉬워 잠시라도 더 쬐려는 듯.

그때 분지의 입구 쪽에서 작은 소란이 일고 있었다.

그러나 고대룽은 여느 때처럼 그저 무심하게 붉은 석양빛에만 시선을 던져 두고 있었다.

잠곡 안에서 크고 작은 소란은 매일이다시피 있는 일이었고, 자신과 관련이 있는 것도 아닐 것이기 때문이었다.

그런데,

퍽!

퍼퍽!

제법 묵직한 타격 소리들이 들리더니, 이윽고 두어 마디의 고통을 삼키는 신음 소리가 이어졌다.

"윽!"

"우욱!"

고대룽의 귀가 저절로 입구 쪽으로 열렸다.

그가 잠곡에 들어온 이래 들어본 것 중에서는 가장 거칠다고 할 수 있는 소음들이었는데 소리만으로도 누군가 두세 명을 한꺼번에, 그것도 가볍게 상대하고 있다는 것을 알 수 있었다.

'제법 강한 자로군.'

고개를 돌려볼까 말까를 두고 고대룽은 잠시 실없는 갈등을 하고 있었다.

이전의 그라면 자못 어울리지 않는 갈등(?)이라고 해야겠지만, 어떤 상황을 대하는 이러한 느긋함 역시 그의 변한 모습 중의 하나였다.

그러나 고대릉은 이내 그런 가벼운 갈등조차도 부질없다 여기고 지그시 눈을 감고 말았다. 어차피 자신과는 무관한 일이라는 생각이 들어서였다.

바로 그때 한마디 교갈(嬌喝) 소리가 짜랑하게 분지를 울렸다.

"더 이상 나를 귀찮게 만든다면 머리 위의 물건들이 성하지 못할 것이다."

맑으면서도 거친, 묘한 이중성을 담고 있는 특이한 목소리였다.

그리고 고대릉이 아는 한 그런 목소리를 가진 인물, 여인은 천하에서 오직 한 사람뿐이었다.

'흑요……?'

다음 순간 고대릉의 고개는 반사적으로 소리가 들려온 쪽을 향해 돌아갔다.

흑요였다.

그리고 그녀 곁에 서서 주변의 소란과는 전혀 무관한 듯 고대릉을 향해 물끄러미 눈길을 보내고 있는 늙수그레한 중년인 한 사람.

'아아! 의숙!'

등평이었다.

반년을 훌쩍 넘겨 맞이하는 재회였다.

한순간 감격스럽고 서러운 감회가 마구 솟아나 고대릉의 가슴을 꽉 메워 버렸다.

낯선 곳에 홀로 떨어져 고단하고 외로운 처지였다가 문득 그리운 부모형제를 만난 듯하였다.

　냉정한 마음의 평정이 한순간에 깨어져 나가는 것을 느꼈지만, 고대릉은 굳이 복받치는 감정을 추스르려 하지 않았다.

　냉정함을 가장하는 것이 결코 강한 것이 아님을 이제는 아는 까닭이었고, 또한 진정으로 자신을 위해주는 사람들에게는 굳이 강한 척을 할 필요가 없다는 것을 이제는 아는 까닭이었다.

　등평은 천천히 걸음을 옮겨 고대릉에게로 다가왔다.

　그 뒤를 따르며 흑요가 짐짓 주변을 위협하는 기세를 뿌렸으나, 주변의 사내들은 그들이 고대릉의 손님이라는 사실만으로도 이미 더 이상의 시비를 일으킬 생각이 없어졌는지 멀거니 지켜보고만 있었다.

　등평은 고대릉의 표정 속에서 피어오르는 그 같은 격동의 기색만 보고도, 그간 그가 겪었을 마음의 고초를 능히 짐작할 만하였다.

　"가주님!"

　애틋하고 안타까움으로 가득한 목소리로 흑요가 고대릉을 불렀다.

　고대릉이 목이라도 메이는지 차마 대답은 하지 못하고, 다만 가만히 미소 지으며 고개를 끄덕였다.

　좁은 석굴 안에 등평과 고대릉이 마주 앉아 있었다.

　흑요는 석굴의 입구를 지켜서 있었는데, 그녀의 수려한 아미는 곱게 찌푸려져 있었다.

　좁은 석굴 안에 비좁게 마주 앉아 있는 고대릉의 모습이 아무래도 그녀의 심경을 불편하게 만들고 있는 모양이었다.

　그런 그녀에게서 두어 걸음 떨어진 곳에서 눈치라도 살피는 듯이 다소간 어정쩡한 모습으로 서 있는 사람은 바로 좌룡이었다.

마침 바깥에 나갔다가 돌아오는 길이던 좌룡은 얼굴을 대면하기는 처음임에도 불구하고 마치 한 식구라도 되는 양 살갑게 대하여 주는 등평의 너스레 덕분에(?), 지금 그렇듯 어정쩡하니 '잡혀 있게 된 것이었다.

사실 등평은 무황성에 돌아와서 고대룡을 만나기 전에, 그간 고대룡의 주변에서 일어났던 일들에 대해 먼저 파악을 하였었다.

그렇기에 그가 좌룡에게 보인 고마움과 친근감은 진정에서 우러나온 것이었다. 물론 다른 의도가 전혀 없는 것은 아니었지만.

처음에는 당찬 여걸의 풍모와 가인(佳人)의 미태(媚態)를 함께 갖춘 흑요의 이중성에 호기심 어린 눈길을 힐끗거리던 좌룡은 지금 석굴 안쪽으로 잔뜩 귀를 기울이고 있었다.

잔잔하게 흘러나오는 등평의 목소리에, 아니, 그 목소리가 말하는 심상치 않은 의미에 그는 어느 순간 자신도 모르게 빠져들고 만 것이었다.

"힘의 논리입니다. 가주께서 힘을 갖추시면 그에 걸맞게 세상은 또 달라지게 될 겁니다. 우선은 가주께서 세상을 보는 눈이 달라지게 될 것이고, 결국은 세상이 가주님을 보는 시각이 달라지게 되는 겁니다. 허허허! 그것이 바로 힘이 가진 마력이고, 그렇기에 세상의 뛰어나다고 하는 자들이 서로 다투어 힘을 가지려고 하는 것이지요."

고대룡을 대하는 등평의 표정은 담담하면서도 따뜻하여, 마치 한참이나 나이 어린 막내동생의 억울한 하소연을 들어주는 늘그막의 큰형 같이도 보였다.

등평의 말에 대해 잠시 음미하는 듯하던 고대룡이 문득 맑은 목소리로 물었다.

"힘이 있으면 모든 것이 바라는 대로 된다는 말씀이십니까?"

"허허허! 사람의 욕심이란 복잡하기 짝이 없으면서도 또한 끝이 없는 것이니, 힘이 있다고 해서 모든 것이 바라는 대로야 이루어질 수 있겠습니까? 그러나… 최소한, 자신이 원하지 않는 상황을 억지로 감수해야 하는 경우는 당하지 않을 수 있겠지요."

등평이 잠시 물끄러미 고대릉을 바라보고 있다가 낮은 목소리로 말했다.

"머지않아 천하에는 난세(亂世)가 올 것입니다."

고대릉이 자신도 모르게 흠칫하였다.

그로서는 난세란 말을 또다시 듣는 것이었다.

당시에는 깊이 생각하지 않았으나 이미 남궁위덕이 그와 헤어지면서 난세를 언급했던 바 있었다. 그때 그는 난세는 강한 자를 필요로 하는 법이니 고대릉 또한 힘을 키우라고 했었다.

이후에 무황이 또한 난세를 언급한 적이 있었다.

그 역시 강호에 난세의 기운이 느껴지고 있다며 고대릉과 독고자강에게 난세에 대비하여 역량을 키우라고 했었다.

그런데 지금 등평이 다시금 난세를 언급하고 있었다.

"난세라……? 무엇이 난세라는 것입니까?"

고대릉의 물음에 등평의 안색이 다소간 어두워졌다.

"아직까지는 저도 정확히는 알지 못합니다. 그러나 뭔가 커다란 기류가 이미 암중으로 흐르기 시작했다는 조짐이 강호 곳곳에서 감지되고 있습니다. 아마도 곧 강호는 일대 격변기를 맞이하게 될 것이며, 그것은 이곳 무황성이라고 해서 예외가 될 수는 없을 것입니다. 아니, 오히려 이곳 무황성에서부터 풍운이 시작될지도 모르는 일입니다. 무황성이야말로 당금 천하의 중심이니 말입니다."

문득 고대룡은 자신의 가슴속으로 지나가는 한가닥 무언지 모를 격동을 느꼈다.

등평이 한결 진지한 기색으로 말을 이었다.

"무인이 난세를 맞이하는 방법에는 두 가지가 있습니다. 하나는 난세를 피해 몸을 숙임으로써, 세상이 안돈될 때까지 일신을 보전하는 방법이요, 다른 하나는 오히려 난세를 풍운 삼아서 타고 날아오르는 방법입니다. 한 마리 창룡이 되어서 말입니다. 가주께서는 둘 중 어느 쪽을 택하시겠습니까?"

고대룡이 잠시 생각하다 대답했다.

"무인으로서 난세를 사는 방법이 진정으로 그 두 가지뿐이라면, 저는 이미 강해지고자 뜻을 세워 무인의 길에 들어서 있는 처지이니 달리 선택의 여지가 없겠군요?"

등평의 얼굴에 빙그레한 미소가 떠올랐다.

"그러시다면 가주께서는 지금부터 대비를 하셔야 합니다."

"대비라면……?"

"어떤 풍운에도 흔들리지 않고 중심을 잡을 수 있는 힘을 갖추어 나가는 일입니다."

고대룡이 언뜻 입매를 굳히며 다시 물었다.

"의숙께서 말씀하시는 힘은 무공입니까?"

등평이 다시 빙그레 웃으며 가만히 고개를 저었다.

"무공은 다만 작은 힘일 뿐입니다."

"음!"

문득 반짝 하고 한가닥의 정광이 스쳐 가는 고대룡의 눈빛을 보면서 등평의 표정은 사뭇 진지해졌다.

"한 사람의 무공이 아무리 높다고 해도, 그 혼자로서 발휘할 수 있는 역량에는 결국 한계가 있는 법입니다. 때로 그 역량의 한계란 것은 너무나 터무니없을 정도로 보잘것없기도 하지요. 아무리 절대고수라 한들 한 손으로 열 손을 당할 수 없는 이치가 그래서 존재하는 것입니다. 물론 일부당천(一夫當天)이란 말이 있기는 하나, 그것은 무공을 모르는 범인(凡人)들을 상대할 경우에나 상상해 볼 수 있을 뿐, 만약 무인을 상대로 하는 경우라면 어림없는 과장에 불과할 뿐입니다. 세상은 넓어서 고수, 달인의 소리를 듣는 능력자들은 어느 시대에나 무수히 있게 마련이고, 비록 절대에는 이르지 못하였으나 그에 조금 미치지 못하는 기인이사들 또한 얼마든지 존재하는 법입니다. 게다가 세상의 인심은 본래 흉험(兇險)한 것이어서, 정상에 선 자에게는 언제나 기척없이 등 뒤를 노리는 음모와 술수가 따르기 마련인데, 그와 같이 어두운 곳에서 행해지는 암수는 더욱 방비하기가 어려운 법입니다."

"하면 그러한 한계와 위협들조차도 능히 극복할 수 있는 큰 힘이 따로 있다는 말씀입니까?"

"그렇습니다."

고대룡의 눈빛에 문득 약간의 갈증이 피어올랐다.

그동안 여러 가지의 이유와 계기를 거치면서 강해진다는 것은 이미 그에게 지고지선(至高至善)의 목표가 되어 있었다.

그러므로 이제 등평이 말하는 큰 힘, 무공을 초월한다는 그 큰 힘에 대해서도 그로서는 크나큰 호기심을 갖지 않을 수 없는 것이다.

"세상의 모든 무인이 무(武)의 절대경지를 추구하지만, 원래 무도(武

道)란 것은 그 끝이 없는 것이기에 결국 무의 절대경지 역시 애초부터 존재할 수 없는 것인지도 모릅니다. 그런 점에서 고금을 통틀어 진정한 무의 절대강자는 존재하지 않았다고 할 수 있겠지요. 그러나 천하에 난세가 올 때마다 천하의 패권을 차지하고 군림한 패자들은 늘 존재하였습니다. 난세가 영웅을 낳는다고 하지 않습니까? 허허허! 그러나 그들을 천하패자로 만들어준 힘은 결코 한 사람 영웅의 힘이 아니라, 바로 그 영웅을 중심으로 뭉친 조직의 힘이었습니다."

등평의 목소리에 은은하게 열기가 더해지고 있었다.

"한 개의 손을 열 개, 백 개, 나아가 수천 수만 개로 만들어줄 수 있는 것이 바로 조직입니다. 잘 짜여진 조직은 다만 사람의 머릿수만큼이 합해진 힘을 내는 것이 아니라, 그 몇 배, 몇십 배의 증폭된 힘을 낼 수 있는 것이고, 그렇기에 그 힘은 가히 예측하기 어려울 만큼 무한히 확장되어 나갈 수도 있는 것입니다."

"무황은? 아니, 천마(天魔)는……? 고금제일인이라는 천마는 어떻습니까? 그 또한 절대(絶對)라고 할 수 없는 것입니까?"

문득 던져 내는 고대릉의 그 같은 물음에는 지금까지 등평이 했던 말에 대한 약간의 반발이 묻어 있었다.

그런 고대릉의 반응에 대해 다소간 곤혹스러워졌는지, 등평은 잠시 대답을 하지 않고 고대릉을 바라보았다.

그러나 금방 그의 얼굴에는 다시금 빙그레한 미소가 떠올랐다.

"천마의 무공이 가히 절대에 근접한 것이었다고 하더라도, 만약 그가 천마궁이라는 휘하 조직의 뒷받침을 받지 못했더라면, 그 개인으로는 결코 오늘날까지 회자되는 고금제일인의 전설을 만들지 못하였을 것이라고 저는 감히 단언할 수 있습니다. 천마의 경우가 그러할진대,

무황의 경우는 더 말할 나위가 없을 것입니다."

등평의 대답이 끝났으나, 고대룡은 한동안 등평의 눈을 가만히 응시하고 있었다.

그러다 이윽고 고대룡이 천천히, 그러나 힘있는 어조로 입을 열었다.

"저는 그런 큰 힘을 가지기를 바라지 않습니다. 제가 바라는 것은 다만 제 자신이 강해지는 것입니다. 비록 금방 한계에 도달하고 만다고 해도 저는 제 스스로의 힘으로 세상과 부딪쳐 나갈 것입니다. 제 한 몸으로 직접 세상의 강자들과 부딪치면서 저를 강하게 단련시켜 나가겠습니다."

그때 등평은 고대룡에게서 어떤 강한 의지와 열정을 볼 수 있었기에 자신을 응시하는 고대룡의 눈빛에서 문득 눈이 부심을 느껴야만 했다.

그러나 등평은 미소를 지우지 않으며 느긋하게 고개를 끄덕였다.

"정히 의지가 그러하다면 그렇게 하십시오. 가주께서는 천하의 강자들과 겨루어 천하에서 가장 강한 사람이 되십시오. 그러나 그렇게 되기 위해서는 결국 조직이 필요할 것입니다."

"……?"

"가주께서 겨루고자 하는 세상의 강자들은 이미 직간접적으로 조직, 혹은 그에 버금가는 우호 세력들을 가지고 있습니다. 무황이 그러하고, 구파일방과 오대세가가 그러합니다. 당장에 가주님 연배의 강호오공자 모두가 또한 각자의 배경을 가지고 있지 않습니까? 그런 그들이 과연 일개 무인에 불과한 가주님의 도전을 있는 그대로 받아들이겠습니까? 설혹 그들이 무인정신에 충실하여 그렇게 하고자 하여도, 그들의 사문과 가문에서 그렇게 하도록 놓아두지 않을 것입니다. 그들의 승패

는 그들 개인의 명예뿐만이 아니라, 그들이 속한 사문과 가문의 명예와
도 직결이 되어 있는 문제이기 때문입니다."

"으음!"

고대릉이 자신도 모르게 흘려내는 침음성을 듣고서 등평의 어조는
한결 누그러졌다.

"그러나 만약 가주께 훌륭한 조직이 뒷받침된다면 가주께서는 필요
에 따라 다양한 종류의 명분을 취할 수 있을 것입니다. 조직의 힘이란
그런 것입니다. 나의 존재를 부각시켜 상대로 하여금 도전을 받아들일
수밖에 없도록 만들 수 있고, 또한 상대가 무공 이외의 그 어떠한 음모
나 술수도 부리지 못하도록 하여 공평한 승부를 겨룰 수 있도록 하는
힘이 또한 조직으로부터 나오는 것입니다. 그러니 가주께서 진정 강해
지고자 하신다면, 우선 조직을 먼저 취하십시오."

"그러나 그것은 결국 조직의 힘을 비는 것이니 제가 원하는 바가 아
닙니다."

"후훗! 가주께서 원하신다면 조직은 다만 배경으로만 존재하게 둘
수도 있을 것입니다. 또한 정히 조직이 부담스럽게 생각되신다면, 일
단 무공으로서 천하제일인의 위(位)에 오르시고 난 다음에……."

등평이 일부러 말을 끊었다가 빙긋이 웃으며 다시 말을 이었다.

"그 다음에 조직을 버리십시오."

"음!"

등평의 말이 거기에까지 이르자 고대릉은 일시 뭐라고 말을 하지 못
하고 곤혹스럽게 미간을 찡그리고 말았다.

등평의 입가에 맺힌 미소가 기이한 의미를 담으며 짙어졌다.

'후훗! 조직은 주머니 속의 물건과 같지 않아서, 일단 한번 얻고 나

서는 다시 버리기가 어려운 법입니다. 그것은 바로 조직이 사람 간의 끈끈한 인간관계로 이루어지는 것이기 때문이지요.'

정말 우연히도(?) 마침 그때 좌룡 역시도 등평이 내심으로 중얼거리는 말과 비슷한 말을 머리 속으로 떠올리고 있었다. 물론 그 의미는 전혀 다른 것이었지만.

'허어! 이 두 사람은 참으로 쉽게도 전각을 지었다가 허물었다가 하는구나. 난세가 오니 조직을 취(取)하라고……? 그리고 천하제일인이 된 다음에 다시 조직을 버리라고……? 흐흐흐! 조직을 가지는 일이며, 천하제일인이 되는 것이 무슨 제 마음대로 꺼내었다 넣었다 할 수 있는 주머니 속의 물건이라도 된다는 말인가?'

좌룡은 놀라기보다는 차라리 어이가 없어지는 심정이었다.

그러나 그때 마침 들려오는 등평의 은근한 목소리에 좌룡은 일순 뜨거운 것에 데이기라도 한 듯 전신을 움찔하며 놀라고 말았다.

"병법에서 이르기를 일단 일을 시작하기로 하였다면 지금 당장에, 그리고 가장 가까운 곳으로부터 시작하라고 하였으니, 우선은 잠룡단을 도모해 보시는 것은 어떻겠습니까?"

"허어!"

자신도 모르게 탄식을 흘려내고 마는 좌룡에 대해서는 눈길조차 주지 않고서 등평은 은근한(?) 목소리로 말을 이어가고 있었다.

"현재의 잠룡단이 아무리 보잘것없는 집단이라고 하더라도, 무황성의 삼단 중 하나입니다. 그리고 가주께서는 지금 무황성의 소속이 아니면서도 잠룡단의 소속이라고는 할 수 있는 애매한 입장에 처해 있습니다. 이유야 어찌 되었든 성주인 무황의 명에 의해 잠룡단에 속해 있기 때문입니다. 애매하다는 것은 상황을 한번만 뒤집어놓으면, 가장 유리한 조건이 될 수도 있는 법입니다. 필요에 따라 자신에게 맞는 명분을 취하면 될 일이니 말입니다."

고대릉은 무슨 생각을 하는 것인지, 별다른 표정의 변화 없이 묵묵히 듣기만 하고 있는데, 석굴 바깥의 좌룡으로부터는 다시금 탄식 소리가 새어 나오고 있었다.

"허어!"

그러자 등평이 힐끗 좌룡 쪽을 쳐다보며 싱긋 미소를 떠올렸는데, 그 미소가 자못 의미심장해 보였다.

등평이 표정을 가다듬고 나서 다시 말을 계속했다.

"모두가 오합지졸이라고 평하지만, 기실 잠룡단이 가진 잠재력은 결코 무시할 수 없을 정도입니다. 우선 무황성의 삼단 중 하나라는 자체가 가장 큰 무형의 전력입니다. 만약 지금까지와 같이 무황의 암묵적인 용인이 앞으로도 계속된다는 보장만 있다면, 그것은 천하 어디에서도 통할 수 있는 하나의 강력한 지위이자 명분이 될 것입니다. 다음으로 실질적인 전력을 놓고 보더라도 잠룡단의 저력은 결코 만만한 게 아닙니다. 소속 구성원들 모두가 일류고수급의 무공 수위인데다, 주요 계층들 대부분이 삼십대 후반에서 사십대의 나이로 정마대전을 직접 몸으로 겪었습니다. 또한 이십여 년간 이어져 온 강호의 평화기에도 이들만은 조직 내부적으로나 무황성 내에서 무투(武鬪)를 일상생활로 해온 덕분으로, 무공의 고하와는 별개로 싸움 자체에 단련이 되어 있다고 할 수 있습니다. 무공이 강하다는 것과 싸움에 능하다는 것이 결코 같은 의미가 아니라는 것은 이제 가주께서도 익히 아시리라 믿습니다."

그때 좌룡이 자신도 모르게 두어 걸음을 움직여 석굴 입구로 다가왔기에 흑요가 날카로운 눈길을 쏘아냈다.

그에 좌룡이 퍼뜩 정신을 차린 듯 머쓱한 표정으로 어깨를 으쓱하고는 괜히 먼 곳을 두리번거리는 체하였다.

그러는 동안에도 등평의 말은 멈추지 않고 이어졌다.

"만약 그들을 수습하여 제대로 된 체계를 갖출 수만 있다면, 잠룡단은 단시간 내에 그 어떤 조직보다도 강한 조직으로 거듭날 수 있을 것입니다. 조직이라는 것은 무조건 크고 방대하다고 해서 강한 것은 아닙니다. 오히려 강력하고 충성심 강한 소수의 구성원들로 이루어진 조직이야말로 진정으로 강한 조직이라고 할 수 있습니다. 그 같은 조직을 소위 핵심 조직이라고 합니다. 이러한 핵심 조직만 확실하게 구축해 놓는다면, 세력의 규모를 확충하는 것은 크게 어렵지 않게 됩니다. 상황과 필요에 따라 적절한 전략과 협상을 병행하여 구사한다면, 다른 조직과의 연계를 통해서도 얼마든지 우호적인 세력을 확보할 수 있으니 말입니다. 물론 먼저 핵심 조직으로 충분한 힘과 명분을 구축하는 일이 무엇보다 우선되어야 합니다."

등평은 가만히 몸을 일으켰다.

고대룡은 여전히 침묵하고 있었다.

등평은 자신이 할 수 있는, 또한 해야 하는 말은 충분히 다 했다고 생각하였다.

이제 자신의 말 중에서 어느 부분을 어느 만큼 받아들이는가 하는 것은 전적으로 고대룡이 스스로 판단해야 할 몫이었다.

물론 등평이 고대룡의 성격을 모르지 않는 이상, 그가 자신이 말한 모든 것을 그대로 받아들이리라고는 결코 기대하지 않았다. 비록 그것이 가장 최선의 방법이라고 할지라도 말이다.

그의 어린 가주는 그가 했던 말을 기반으로 하여 조금은 색다른 방향을 결정할 수도 있을 것이고, 혹은 아주 다른 새로운 어떤 방향을 결정할 수도 있을 것이다.

여하간 최종의 판단과 결정은 결국 고대릉이 할 바였고, 등평 자신은 이제 그 판단과 결정에 따르면 되는 일이었다.

다만 이 시점에서 등평이 가장 중요시 여기고 있는 것은 바로 지금이 어떤 변화를 도모해야 할 시점이라는 점이었다.

등평이 진정으로 기대하는 것은 바로 고대릉이 그 변화의 필요성을 절실하게 깨닫고, 어떤 방법으로든, 또는 어떤 변화이든 실제로 시도하는 것이었다.

일단 고대릉으로부터 어떤 변화가 시작되면, 그것은 마치 도화선에 불을 붙이는 것과 같아서 그들이 원하든 그렇지 않든 잇따른 변화들이 빠르게 진행될 것이라는 것이 등평의 판단이었다.

그만큼 그들을 둘러싼 주변의 상황은 어떤 변화를 받아들이고 그것으로 또 다른 변화를 촉발시킬 제반의 여건과 분위기가 이미 충분히 무르익어 있었다.

고대릉의 침묵을 깨뜨리지 않으려 조심스럽게 석굴을 물러 나오다가 등평은 문득 고대릉의 얼굴에 맺혀 있는 한가닥의 엷은 웃음기를 발견하였다.

아마도 그 웃음기는 벌써부터 고대릉의 얼굴에 떠올라 있었을 것인데, 등평은 다른 생각에 복잡하여서 이제야 그것을 보게 된 것 같았다.

순간 등평은 내심으로 가만히 탄식하였다.

'아아! 맑으면서도 차갑다. 그런 중에도 담담한 여유가 느껴지는 웃

음이다. 가주는 우리와 떨어져 있던 지난 반년여 동안에도 또다시 커다란 성장을 이루었구나.'

등평은 석굴을 나와 흑요의 곁에 섰다.

그러나 그는 자신을 향해 짐짓 눈을 부라리고 있는 좌룡에게는 눈길조차 주지 않고서 느긋하니 뒷짐을 지고 멀리 허공으로 시선을 두었다.

그러자 마침내 참지 못한 좌룡이 입속에서 웅얼거리는 소리로 투덜거렸다.

"니미랄! 도대체 무슨 헛소리들을 그렇게 진지하게 하는지… 원! 사정 모르는 사람이 들었으면, 무슨 천하를 좌지우지하는 대단한 거두(巨頭)들의 밀담이라도 되는 줄 알겠네?"

그러나 사뭇 시비조였음에도 불구하고 좌룡의 투덜거림 속에는 미처 털어버리지 못한 한 조각의 기이한 찜찜함이 묻어 있었다.

그것은 좌룡 스스로도 이해할 수 없는 한가닥의 묘한 설렘과도 같은 감정의 편린이었다.

그때 등평이 좌룡을 돌아보며 묘한 웃음을 지었다.

그런데 그 웃음이란 것이 마치 실실거리는 것과도 같아서, 면전에 사람을 두고 노골적으로 놀리는 듯 보이는 것이었다.

좌룡의 갸름한 눈매가 더욱 가늘어지면서 급기야는 쭉 찢어지고 말았다.

그러나 그가 막 거칠게 말을 퍼부으려고 할 찰나에 문득 자신을 부르는 등평의 목소리 때문에 좌룡은 그만 실없이 어깨만 움찔하고 말았다.

"좌룡! 당신은 이제 어떻게 하겠소?"

좌룡이 짐짓 세차게 콧바람을 불어내며 쏘았다.

"큿! 뭘 말이오?"

"허허! 방금 우리가 하는 얘기를 다 들었으면서 웬 딴청이오? 이제 우리 가주께서 잠룡단을 접수하겠다고 결심을 하신다면, 필히 당신을 포함한 일종삼룡을 모두 거두어야 할 게 아니오?"

좌룡이 눈빛이 희번덕거렸다.

"뭐요? 누가 누구를 거두어……?"

그러나 등평은 조금도 기죽은 기색이 없이 느긋하기만 하였다.

"흠! 잠룡단과 같이 체계가 갖추어지지 않은 무질서한 집단을 취하는 가장 빠르고도 확실한 첩경은 바로 강력한 힘으로 굴복을 시키는 방법이지. 이러면 어떨까? 잠룡단의 모두를 일 대 일로 상대하여 하나하나 꺾어버린다면……? 호오! 그러면 가장 완벽하겠군. 하하하! 어차피 우리 가주께서는 스스로를 단련시키고자 하는 의욕이 강하신데, 마침 잠룡단의 전체 숫자가 겨우 백여 명에 불과하니 그 방법이라면 능히 일석이조의 이득을 기대할 수 있지 않겠는가?"

등평의 말이 그 같은 지경에 이르자, 좌룡 역시도 이제는 화를 낼 생각조차 들지 않는 모양으로 대책없는 탄식만 쏟아내고 말았다.

"허어!"

좌룡의 입장에서는 그야말로 점입가경이 아닐 수 없었다.

'일 대 일 대결을 통해서 잠룡단의 모두를 꺾어버리겠다고……?'

그러나 무엇보다 좌룡의 기분을 더럽게 만드는 것은 등평이 지금 좌룡 자신의 존재를 완전히 무시하고 있다는 것이었다. 사람을 바로 목전에 두고서 말이다.

좌룡 자신이야말로 바로 잠룡단을 대표하는 일종삼룡 중의 한 사람이 아니던가?

'허허! 고대릉이 그토록이나 대단하단 말이지?'

좌룡 역시 고대릉이 어떤 정도의 무공을 지니고 있는지 곁에서 직접 보아온 사람 중의 하나였고, 고대릉이 강호오공자 중의 하나인 공손도 중을 꺾었을 때, 그 또한 놀라고 경탄하였었다.

그러나 아무리 그렇더라도 고대릉이 자신의 상대가 되리라고까지 생각을 해본 적은 없었다.

솔직한 말로 고대릉이 무적공자라 불린다면, 그 역시도 아직까지 한 번도 패하지 않은 무적의 전력을 지키고 있는 사람이었고, 더구나 고대릉의 나이 때 그는 이미 정마대전이라는 선혈이 난무하는 참혹한 전쟁터에서 실전무도를 닦았던 사람이었다.

문득 좌룡의 입가로 피식거리는 웃음이 매달렸다.

'크훗! 그런 터에 일종마저 꺾겠다고⋯⋯? 허종 율사극(律士極)의 환보(幻步)가 어떤 것이며, 그의 비기 십이비도술(十二飛刀術)이 얼마나 가공한 것인지 알지도 못하면서?'

좌룡의 인상이 이내 확하고 구겨지더니 자못 짜증스럽게 말을 뱉었다.

"클! 생각으로야 무엇인들 이루지 못하겠소? 뭐 땡기는 대로 해보시오. 이 바닥이야 어차피 이기는 놈이 장땡이니, 원한다면 나 또한 언제라도 한판 붙어줄 용의는 충분히 있으니까. 제기랄! 그런데 노형은 아무래도 사람 웃기는 재주 하나는 타고난 것 같소?"

그리고는 마치 웃지 않고는 도저히 참을 수 없다는 듯 좌룡은 실실거리며 웃기 시작했다.

그런 좌룡을 흐뭇하게(?) 바라보면서 등평 역시 빙그레 미소를 떠올리고 있었다.

그런데 그 담담한 미소에 좌룡의 실실거리는 웃음은 왠지 과장되고 부자연스럽게만 보이는 것이었다.

좌룡은 본래 거침없이 자유로운 성품에다, 나름대로는 사리의 판단이 빠르고 비위 또한 능글맞을 정도로 좋다는 소리를 듣는 사람이었지만, 그런 그로서도 등평을 만나자 아무래도 그 노회함에서 한 수 차이가 져 보였다.

그러나 등평과 좌룡의 묘한 신경전은 그리 오래가지 못했다.

잠곡의 분지 내에는 어느새 완연하게 어두움이 내려앉아 있었는데, 동편 하늘에 슬그머니 모습을 나타낸 만월의 어슴푸레한 달빛을 받으면서 일단의 흑영(黑影)들이 그들을 향해 다가오고 있었던 것이다.

그들 이십여 사내들은 마치 석굴을 중심으로 포위망이라도 좁혀오듯이 다가와 각자의 그림자들을 끌며 서서히 부챗살 모양으로 벌려 섰다.

약간의 어리둥절함으로 그들을 지켜보던 좌룡이 이윽고 뭔가 심상치 않음을 느끼고는 앞으로 한 걸음을 나서며 외쳤다.

"이봐! 뭐야? 지금 뭣들 하자는 거야?"

그러자 앞쪽에 선 자들 몇몇이 자못 곤란하다는 듯 어깨를 움찔거렸는데, 그때 그들의 뒤쪽에서 한 중년 사내가 앞으로 걸어나왔다.

좌룡이 힐끗 그를 보며 물었다.

"오 형! 대체 무슨 일이오?"

좌룡이 오 형이라고 부른 그 중년 사내는 바로 잠룡단의 삼룡 중 편룡이었다.

편룡이 좌룡과는 시선을 맞추지 않고 뒤쪽의 등평과 흑요를 날카롭게 쏘아보며 대뜸 말을 뱉었다.

"이곳은 외부인들이 함부로 들어올 수 있는 곳이 아니다. 더구나 감히 잠룡단의 사람을 상하게 한 행위는 결코 용서할 수 없다."

편룡의 목소리에 자못 등등한 기세가 서려 있었다.

순간 좌룡이 당혹스러워하며 급히 말을 받았다.

"이보시오, 오 형! 뭔가 오해가 있는 듯한데… 여기 이 두 분은 고 공자의 가신들이오. 더구나 이전에 며칠간 본 성의 손님으로 지낸 바도 있으니 아주 모르거나 무관한 외부인들은 아닌 것이오. 그리고 좀 전의 소란은 서로 간에 잠시 오해가 있어서 벌어졌던 것뿐이고, 크게 다친 사람도 없으니 새삼 문제 삼을 일은 되지 못하오."

그러자 편룡이 좌룡을 향해 안색을 굳히며 말했다.

"자네는 지금 무슨 소리를 하는 것인가? 저들이 누구이든 잠룡단 사람이 아니니 외부인인 것이 분명하고, 그런데도 불구하고 본 단의 사람을 상하게 하면서까지 입곡을 하였는데, 그것이 어떻게 오해이고, 또 어떻게 문제 삼을 일이 되지 못한다는 말인가? 더구나 본 단은 성주로부터 고대릉의 감시와 관리 임무를 명령받은 바 있는데, 그런 이상 고 대릉이 사적으로 외부인과 접촉하는 것을 임의대로 용납할 수 없는 일이 아닌가?"

급기야 좌룡의 인상이 슬며시 구겨졌다. 그리고는 이내 툴툴거리는 소리를 뱉어내는 것이었다.

"허어! 오 형은 언제부터 그처럼 충실하게 성주의 명을 따르게 되었소? 하긴 뭐 그나마도 무황성에서 밥 먹고 살려면 성주의 명을 받드는 것이야 어쩔 수 없다고 해야겠지만, 제기랄! 아무리 그렇다고 해도 이쯤 되면, 거 너무 알아서 기는 거 아니오?"

시비조로 돌변한 좌룡의 면박에 편룡의 인상이 대번에 험하게 일그러졌다.

"뭐라? 알아서 기어……? 이봐, 한휴(韓烋)! 말이 너무 지나치지 않나? 자네 눈에는 내가 그처럼 쉬워 보이나?"

편룡의 전신에서 날카로운 기세가 확하고 일어났다.

그러나 좌룡은 전혀 물러설 기색이 없이 오히려 기세를 돋우고 있었다.

"흥! 사실이 그렇지 않소? 내 웬만하면 그 일은 다시 들먹이지 않으려고 했는데, 지난번 의사청에서 우리 모두의 뒤통수를 깐 것도 마찬가지 아니오?"

"이 친구가 점점……?"

사태가 갑자기 이룡(二龍) 간의 날카로운 대치로 번져 가자, 주변을 지켜 서 있던 사내들의 얼굴에 저마다 애매하고 곤란한 기색이 완연해졌다. 그러나 그들 중 누구도 두 사람의 대치에 함부로 끼어들 생각은 하지 못하는 기색들이었다.

갑작스럽게 촉발된 팽팽한 긴장이 주변의 공기를 서서히 옥죄어가고 있었다.

등평의 눈빛이 한순간 반짝 하고 빛을 발하였다.

이러한 상황은 그로서도 전혀 예상치 못했던 일이었다.

그러나 실은 그가 내심 바라고 있던 가장 바람직한 상황이 찾아온 것이라고 할 수 있었다. 예상보다 훨씬 더 일찍.

등평이 본래 사려가 깊은 인물이라, 고대룡을 만나기 전에 나름대로의 수완을 발휘하여 고대룡과 관련된 주변 사정들에 대해 조사하고 분석한 바가 있었는데, 그중에는 잠룡단의 내부 속사정들이 포함되어 있었음은 물론이었다.

그가 고대릉을 만나자마자 조직의 필요성에 대해 역설을 하고, 그 대안으로 잠룡단을 도모해 보라고 한 것은 결코 좌룡이 말한 대로의 헛소리는 아니었던 것이다.

물론 객관적으로 그의 말은 엉뚱하고도 난감하기까지 한 것이었으나, 그 말을 한 사람이 바로 등평인 이상에는, 그것은 고대릉이 처한 현재의 상황과 조건에서 가장 이득이 되는 실현 가능한 목표가 되는 것이었다.

'가문의 힘은 은밀하고 간접적이니, 향후 직접적이고도 과시적인 선봉의 역할을 해줄 전위조직(前衛組織)이 절대적으로 필요하다. 그런 점에서 이미 널리 알려져 있으며, 또한 거칠고 저항적이며, 단위조직으로서의 적당한 규모를 가지는 잠룡단이야말로 최고의 선택이 될 것이다.'

등평은 자신의 그러한 목표를 위해 가장 관건이 되는 일이 바로 일종삼룡을 조금이라도 더 일찍 그가 생각하는 상황의 중심으로 끌어들이는 것이라고 설정을 한 바 있었다.

사실 그러한 설정은 등평이 그의 어린 가주 고대릉에 대해 강한 신뢰를 지니게 되었다는 점으로부터 시작이 되었는데, 그 신뢰는 이미 가능성의 차원이 아니라 실질적인 강함에 대한 신뢰였다.

한 가지 등평 스스로도 이해를 못하고 있는 것이 있었는데, 그것은 바로 그가 고대릉에 대한 자신의 그러한 확고한 신뢰에 대해 스스로도 지나치다고 생각을 하고 있다는 것이었다.

그런데 더욱 묘한 것은, 그럼에도 불구하고 자신의 그 신뢰에 대해 조금의 의심도 하지 못하고 있다는 점이었다.

'가주는 이미 강하다. 강자를 따르는 것은 주인없는 무리의 자연스러운 속성이니, 관건은 가주가 강하다는 것을 확실히 입증시켜 주느냐 하는 일이다. 힘을 보여주되, 가장 효율적으로 보여주어야만 한다. 힘이란 것은 가능하면 단시간 내에 명쾌하게 쓰는 것이지, 시간을 끌거나 그 도가 지나치면 결코 좋은 결말을 보지 못하는 법이다. 일종삼룡은 잠룡단의 힘의 정점(頂點)이다. 그들을 굴복시키는 것이, 곧 잠룡단을 굴복시키는 것이다. 그러나 무작정 꺾어서는 역효과가 나기 쉽다. 세상에는 힘으로 눌러서 굴복시킬 수 있는 사람이 있는 반면에, 스스로가 굴복해 들어오도록 만들어야 좋을 사람이 있는 것이다. 내가 판단하기에 일종삼룡이야말로 바로 그런 유형에 속하는 인물들이다. 우선은 일종삼룡을 심리적으로 압박하여 그들 스스로가 전면에 나서도록 만드는 것이 먼저이다.'

등평의 계획인즉, 잠룡단 내에 이미 편룡을 중심으로 한 하나의 소집단이 있으니, 이제 고대룡이 적당히 힘을 발휘하여 강한 면모를 세우고, 거기에 등평 자신이 또한 적당히 수완을 발휘하여 또 다른 하나의 소집단을 형성시킨다는 것이었다.

일종삼룡이 아무리 조직에 대해 무관심하다고 해도 상황이 그렇게 진전되면, 그들도 어느 정도의 심리적 압박을 받지 않을 수는 없을 것이었다.

'그리되면 그들 쪽에서 먼저 접근을 해오지 않을 수 없을 것이다. 그들이 지금까지 그 숱한 편견과 멸시 속에서도 끝까지 잠룡단을 떠나지 않고 있는 것을 보면, 그들에게는 분명 잠룡단을 계속 존속시켜 나가야만 할 어떤 이유와 의지가 있는 것임에 분명하기 때문이다. 그리고 그때에는 어쩌면 서로 간에 적당한 명분을 공유하는 것만으로도, 어떤 방법이 나올 수도 있을 것이다. 비록 상당히 형식적이겠지만, 그러나 그 형식적인 것 자체로도 가주가 본격적으로 강호에 자신의 입지를 세우는 시작으로서는 더없이 훌륭한 시작이 될 것이다. 이후의 실질적인 것이야 시간적 여유를 가지고 점차로 채워 나가면 될 것이고, 또한 그것을 위한 방법들은 얼마든지 있다.'

사실 등평이 노리는 것은 보다 복잡했다.

그에게 있어서 잠룡단이란 목표는 더욱 큰 개념의 목표를 위한, 다만 하나의 과정에 불과한 것인지도 몰랐다.

그래서 만약 잠룡단이라는 목표를 결국 얻지 못한다고 해도, 그 실패의 과정에서 고대릉이 조직을 이끄는 능력을 얻을 수 있다면, 그것만으로도 충분히 만족할 수 있다는 생각이었다.

실패하든 성공하든, 그러한 가운데서 얻는 경험과 깨달음은 향후 그의 어린 가주가 무영가를 이끌어가는 데 있어서 더할 수 없이 소중한 자산이 될 것이 분명했다.

그러니 실패한다 해도 그것은 결코 실패가 아닌 것이었다.

다만 최선을 다할수록 무한한 이득을 볼 수 있는 시도이니, 등평으로서는 자신은 물론 그의 어린 가주가 진정으로 최선을 다해볼 수 있도록 상황과 여건을 만들어줄 수 있으면 되었다.

등평이 평소에 생각하는 바, 개인의 역량과 조직을 이끄는 능력은 확연히 다른 것이었다.

'가주는 우선 어울리는 법부터 배워야 한다. 개인의 역량은 혼자만의 노력으로도 얻어질 수 있는 것이지만, 조직을 이끄는 능력이라는 것

은 우선 그 스스로가 조직 속으로 들어가서 함께 어울려 그 일원이 되는 것으로부터 출발하는 것이다.'

어쨌든 등평이 고대하고 있던 상황은 저절로 왔다.

그러나 문제는 역시 그 상황이 너무 빨리 왔다는 것이었다.

등평 자신은 아직까지 이러한 상황을 맞이할 구체적인 준비가 전혀 되어 있지 않은데 말이다.

그러나 그럴수록 등평의 머리는 치열하게 돌아가고 있었다.

세상이란 늘 그런 것이 아닌가?

바라는 기회일수록 예고없이 찾아오는 법이다.

현명한 사람이라면 그런 기회를 맞았을 때, 미리 준비가 되어 있든 그렇지 않든 어떤 방법이든 강구하여 취할 수 있어야 하는 것이다.

그러나 한순간 등평은 자신이 얼마나 무기력한지를 절감하지 않을 수 없게 되었다.

그가 어떤 방법을 강구해 내기도 전에 하나의 조용하면서도 낭랑한 목소리가 그 기회를 마구 흔들기 시작하였는데, 그럼에도 불구하고 그로서는 그 목소리에 대해 조금도 제지를 하거나 간섭할 처지가 못 되었던 것이다.

"나는 나 자신이 누구에게 용납받기를 원하지 않소. 천하의 그 누구라 해도 나를 용납하고 말고 하도록 내가 용납하지 않겠다는 말이오. 그런데 당신은 방금 나를 용납할 수 없다고 하였으니, 당신은 필히 당신 자신이 과연 그럴 만한 역량이 있는지를 입증해야만 할 것이오."

고대릉의 목소리는 팽팽한 긴장에 차 있던 분지의 어둠 속으로 조용히 퍼져 나갔다.

그리고 잠시 후, 분지 여기저기에서 작은 소란들이 조심스럽게 생겨나기 시작했다.

석굴들에서, 또 사방의 으슥한 구석 여기저기에서 혼자 혹은 삼삼오오로 사내들이 모습을 드러내고 있었다.

남의 일이라면, 그것이 설혹 싸움 구경이라도 좀처럼 관심을 보이지 않는 잠룡단의 사내들이, 지금 이룡 간의 날카로운 대치에 이어 마침내는 고대룡이 편룡에게 정면으로 도발을 하는 양상으로 일이 번져 나가자, 마침내 무관심을 깨고 모여들고 있는 것이었다.

좌룡과 편룡의 대치야 결국은 감정적인 대립으로 끝나고 말 공산이 큰 것이지만, 고대룡과 편룡의 경우는 그 기대치가 확연히 달랐다.

무적공자 고대룡의 이름을 모르는 사람은 없었다.

그가 어떤 사람인지는 자세히 알지 못해도, 일단 승부에 임했을 때 그가 얼마나 거침이 없는지에 대해서는 그동안의 소문만으로도 이미 충분히 알고 있었다.

편룡과 무적공자 고대룡의 대결.

그것은 가히 일대 사건이라고 할 만한 것이었다.

얼마 지나지 않아 그다지 넓지 않은 분지의 주위 여기저기에는 수십의 새로운 그림자들이 저마다 한자리씩을 차지하고 있었다.

삼면 절벽에 반사된 달빛으로 은은하게 비치는 사내들의 모습은 벽에 기대고, 바닥에 앉고, 혹은 팔짱을 끼고 서는 등등으로 제각각이었다.

그것은 고대룡의 석굴을 중심으로 질서 정연하게 둘러서 있는 이십여 편룡의 무리들과는 사뭇 대조가 되어서, 잠룡단 특유의 무질서하고도 자유로운 특질을 보여주는 듯했다.

어쨌든 이제 분지에는 백여 명의 잠룡단 전체가 다 모인 셈이 되었다.

편룡은 짐짓 느긋한 표정으로 좌우를 돌아보았다.

그런 그에게서 언뜻 비치는 모습은 승부에 익숙한 자의 모습이 아니라 명령을 내리는 데 익숙한 자의 모습이었다.

그 눈빛에 반응하기라도 하듯 부채꼴 진형을 유지하고 있던 사내들 중에서 다섯 명이 고대룡을 향하여 한 발씩을 앞으로 내디뎠다.

그러나 고대룡은 담담한 모습으로 편룡에게만 눈길을 주고 있었다.

그때 흑요가 문득 앞으로 한 걸음을 나아가서 우뚝 버티고 서며 차가운 일갈을 뱉었다.

"죽고 싶은 자는 다가오라!"

그녀의 손은 늘씬한 허리를 두르고 있는 애검 혈요의 손잡이로 가 있었는데, 그 모습이 참으로 요염하였다.

그러나 한편으로 그녀의 전신으로부터는 차가운 냉기가 서서히 번져 나오기 시작하고 있었다.

그것은 단순한 차가움이 아니었다. 바로 섬뜩한 살기(殺技)였다.

그 살벌한 긴장을 깬 것은 흑요의 반보 뒤로 와서는 자못 여유있는 미소를 떠올리며 입을 연 등평이었다.

"우리 가주께서는 일 대 일의 승부라면 상대가 그 누구이든, 그리고 오늘밤 잠룡단 전체를 다 상대해야 한다고 하더라도 결코 마다하지 않으실 분이오. 그러나 당신들이 머릿수를 믿고 다수로써 이득을 취하려 한다면, 먼저 여기 본 가 예호원주의 검이 얼마나 매서운지부터 맛봐야 할 것이오."

위협을 하는 것인지, 아니면 싸움을 부추기는 것인지 참으로 애매한 말이었다.

그러나 비록 애매하기는 하였지만, 그 같은 등평의 말은 주변 사내들의 인상을 일시 씁쓰름하게 변하도록 만들어 버렸다.

그도 그럴 것이 고대룡이 이미 편룡에게 분명한 도전의 의사를 밝힌 마당에, 편룡은 오히려 뒤로 한 걸음을 물러나 자신의 패거리를 앞세우려 하고 있는 것은 명백한 사실이 아닌가.

더구나 그에 대해 혹요가 대응하고 나섬으로써, 결과적으로는 여인 하나에 대해 사내들이 우르르 덤벼드는 양상이 되고 만 것이었다.

등평은 그런 상황을 은근히 꼬집으면서, 한편으로 고대룡과 편룡의 일 대 일 승부를 부추기려는 의도였다.

사실 잠룡단의 사내들이 고대룡에게 호의까지는 아니더라도, 특별히 악감정을 가질 이유란 없는 것이었다.

고대룡이 무적공자로 성내의 젊은 층들 사이에서 그 이름을 날리게 된 것도, 따지고 보면 그 시작은 바로 그가 잠룡단과 비룡단 사이의 갈등에 끼어들면서부터가 아닌가.

비록 직접적인 유대 관계는 없었다고 하더라도, 그리고 서로가 의도하지는 않았다고 하더라도, 그 이후로도 비룡단이라는 동일한 상대를 두고 어쨌든 간접적으로는 고대룡과 잠룡단은 같은 편에 서서 대응을 해온 사이인 것이다.

그렇기에 고대룡이 언소미 간살 사건의 유력한 용의자로 혐의를 받는 입장으로 지난 몇 달간 잠곡 내에서 칩거하다시피 지낼 때에도 그들은 마치 관심이 없는 듯 그저 조용히 지켜보고만 있었던 게 아닌가.

본래 거칠기 이를 데 없는 그들은 자신들과 태생이 다른 사람이 자신들의 속으로 들어오는 것을 쉽게 용납하지 못하였다.

그럼에도 불구하고, 특수한 처지의 고대릉에 대해 그들이 몇 달간이나 지켜보는 것으로 일관해 왔다는 것은, 역설적으로 그들이 고대릉에 대해 줄곧 적지 않은 관심을 보여왔다는 것을 의미하였다.

또한 고대릉으로서도 그 기간 동안 누구의 비난이나 악의적 관심을 받지 않고 차분히 스스로를 되돌아볼 수 있었다.

그리고 그러는 동안 고대릉과 그들 사이에는 뭐라고 설명하기 곤란한 묘한 공감대가 형성되었던 것이다.

분지의 구석진 곳으로부터 갑작스럽게 몇몇의 작은 소란이 일고 있었다.

"퉤에!"

"니미랄!"

어떤 자는 소리 내어 침을 뱉었고, 또 어떤 자는 노골적으로 불편한 감정을 섞어서 투덜거렸다.

그러자 편룡 측의 이십여 사내들이 괜히 어깨를 쭈뼛거리고 혹은 고개를 아래로 떨구고 마는 것이었다.

주변에서 들려오는 그 작은 소란들이 바로 자신들을 향한 적나라한 불만의 표시라는 것을 모르지 않기 때문이었다.

그들은 금세 곤란하고 불안한 기색으로 연신 편룡 쪽을 흘금거렸다.

그러는 사이에도 주변의 소리들은 점차로 야유로 변해서 점점 더 폭넓게 번져 가고 있었다.

"우우~!"

그때 편룡이 차갑게 소리쳤다.

"모두 조용히 해라! 이 일은 사사로운 감정을 앞세워 처리할 문제가 아니다! 우리 잠룡단 전체의 입장을 잘 살펴서 냉철하게 처리해야 할 일이란 말이다! 그러니 함부로 소란을 일으키는 자가 있다면 나 편룡은 결단코 그자부터 먼저 처벌을 할 것이다!"

다소 급하게 뱉어내기는 했지만 그 말에는 편룡의 심후한 공력이 그대로 스며 있어서 소란스러웠던 장내는 일시에 조용해져 버렸다.

그러나 편룡의 위세에 눌린 그 잠시간의 진정은 이내 좀 더 강하고 거친 거부와 반발의 기운을 불러일으키는 듯했고, 그로 인해 장내에는 촉박한 긴장이 급격히 고조되어 갔다.

바로 그때였다.

긴장의 정점을 한순간에 꺾어버리는 한 소리 허허로운 탄식 소리가 허공을 울렸다.

"허어! 무엇이 잠룡단 전체의 입장이라는 말인가? 그리고 언제부터 잠룡단 내에서 누가 누구를 처벌할 수 있게 되었나?"

사람들의 뒤쪽으로부터 나타난 두 사람은 수수한 백의장삼의 평범해 보이는 노인 하나와 일부러 몸을 움츠려 다소곳이 서 있는 듯한데도 그 타고난 장대한 기골이 눈에 확 들어오는 중년 사내 하나였다.

그들은 바로 허종과 우룡(愚龍)이었다.

그리고 그들이 나타남으로써 이제 장내에는 잠룡단의 일종삼룡이 모두 등장한 셈이었다.

허종은 고대룡이 있는 쪽을 향해 천천히 걸어왔다.

그 뒤를 덩치 큰 사내 우룡이 묵묵히 따랐다.

그러자 그들이 지나는 길의 사내들이 몇 걸음씩을 움직여 길을 비켜

주었다.

이윽고 고대릉과 편룡 무리들이 대치하고 있는 중간 지점에 도달하여 멈춰 선 허종이 나직이 외쳤다.

"모두 물러나라."

비록 어떤 기세나 위엄이 들어가 있지는 않았지만, 기이하게도 사람을 위축시키는 느낌이 묻어나는 그런 목소리였다.

또한 누구에게 말한다는 대상을 정하지 않고 그냥 하는 말 같았지만, 허종의 그 나직한 말이 있자마자 편룡 측의 이십여 사내들은 주춤거리는 기색이 확연하였다.

사내들은 멈칫거리며 어색한 눈짓으로 편룡 쪽을 살폈다.

편룡은 잠시간의 갈등을 하는 듯했으나 이내 얼굴을 일그러뜨리며 거칠게 외쳤다.

"우리 모두를 위하는 일이다! 뒤는 내가 책임질 터이니, 너희들은 누구의 말에도 상관하지 말고 놈들을 제압해라!"

그러자 이십여 사내들이 곤혹스러워하면서도 다시금 흑요와 고대릉을 향해 자세를 가다듬었다.

바로 그때 마치 거대한 종을 울리는 것 같은 굉량한 일갈이 터져 나오며 일시 장내 모든 사람들의 귀를 먹먹하게 울리는 것이었다.

"갈! 물러나라고 했다!"

심후한 공력이 실린 허종의 그 일갈에 타격을 받은 듯 그의 주위에 있던 대여섯 명의 사내가 순간적으로 휘청거리며 두어 걸음을 물러섰다.

그리고 그런 모습에 두려움을 느꼈는지 나머지 편룡 측의 사내들도 흠칫거리며 덩달아 한두 걸음씩을 뒤로 물러서는 것이었다.

나지막하게 변했으나 여전히 내력을 갈무리한 허종의 목소리가 다시 장내를 울렸다.

　"이곳은 잠곡이다. 비록 좁지만 바로 우리 잠룡단의 대지인 것이다. 다른 곳에서는 무시받고 소외받는 처지이나, 이곳에서만큼은 우리가 주인이다. 지난 이십여 년간 우리는 이곳에서 누구의 율법도 아닌 우리만의 율법으로 살아왔다. 서로 간의 싸움은 인정한다. 그러나 그 어떤 경우에도 패거리를 갈라 상쟁(相爭)하는 일은 있을 수 없다. 지금도 마찬가지이다. 고대룡은 비록 처음부터 우리와 함께 했던 것은 아니나, 이미 지난 몇 달간 우리 모두는 그가 이곳에 머무는 것에 대해 용인해 왔다. 그런 만큼, 그가 이곳에 머무는 한에는 그와 관련된 싸움 또한 잠곡의 율법을 따르는 것이 마땅하다. 하니 그와의 싸움은 역시 당사자끼리의 싸움이 되어야만 한다."

　편룡이 역시 내력을 담아 말을 받았다.

　"우리는 그를 용인한 적이 없소. 다만 그를 감시하고 관리해 왔을 뿐이오. 한데 그의 일탈 행위를 제재하고자 하는 일에 잠곡의 율법을 적용할 이유가 어디에 있단 말이오?"

　허종이 어느새 담담해진 눈길로 잠시 편룡을 바라보다가 문득 눈길을 돌려 천천히 주변을 돌아보았다.

　그런 허종의 모습은 마치 편룡의 반박에 대해 모두의 생각을 묻는 것처럼 보였다.

　허종의 눈길을 따라 주위를 돌아보던 편룡은 한순간 흠칫하며 어깨를 움츠리고 말았다.

　주변의 분위기가 결코 그에게 우호적이지 않다는 것을 불현듯 깨달았기 때문이다.

그러다 편룡의 눈빛이 다시금 크게 흔들렸다.

그의 명령을 듣던 이십여 사내들 중에서 두셋이 주춤거리며 뒤로 발걸음을 빼더니, 이내 큰 걸음으로 물러나기 시작하는 것이었다.

그리고 그것이 동기가 되었는지 이윽고는 나머지 사내들 모두가 고개를 숙인 채 뒤로 물러나서는 금방 사방의 다른 사내들 속으로 흩어져 갔다.

그러자 좀 전에는 분명히 구분이 되던 두 개의 무리들이 서로 섞여 이제는 조금의 분별도 할 수 없는 하나가 되고 말았다.

그 예상 밖의 사태에 몇 번이나 호통을 내지를 듯 멈칫멈칫하던 편룡은 결국 쓴웃음을 짓고 말았다.

그 이십여 명의 사내들에 대해 그는 그들이 완전한 자신의 휘하라고 여기고 있었는데, 막상 허종의 일갈에 그의 통제력이 와르르 무너지는 것을 보면서 분노보다는 차라리 허탈해지고 말았던 것이다.

어쩌면 그는 처음부터 커다란 착각을 하고 있었던 것인지 몰랐다.

잠룡단의 본질적 속성이 무엇인지 충분히 알고 있다고 생각했으면서도 결국은 알지 못하고 있었던 것이다.

그러나 지금 이런 황망한 일을 당하면서 새삼 깨닫는 것 한 가지는, 비록 조직이 아니라 할지라도 어쨌든 잠룡단은 원래부터 한데 묶여 있었고, 그들을 묶는 가장 큰 구속력은 바로 잠룡단이라는 무형의 동질감 그 자체라는 것이었다.

그동안 자신이 이십여 사내들을 휘하로 거느리고 있긴 하였으나, 그렇더라도 자신을 포함한 그들 모두는 결국 잠룡단이라는 테두리 안에 속해 있었을 뿐인 것이다.

그런데 이제 그가 그 테두리를 벗어나려 하자, 그들은 너무도 쉽게 그것을 거부하고 원래 그들의 자리로 돌아가고 만 것이다.

'허허허! 그동안 내가 공들여 이루었다고 생각해 왔던 것들은 결국 이처럼 한순간에 허물어지고 말 사상누각에 불과한 것들이었던가? 허허! 그렇기에 그동안 허종과 나머지 이룡들은 내가 꾀하는 일에 대해 방관만 하고 있었던 것인가?'

편룡이 순순히 고대룡과의 일전을 받아들이자 허종을 비롯한 모두는 멀찌감치 물러서서 공간을 만들어주었다.

고대룡과 마주하고 선 편룡이 차분하게 가라앉은 표정으로 입을 열었다.

"지난 이십여 년간 나는 무황성의 누구와도 승부를 겨룬 적이 없었다. 그 이유가 무엇인지 너는 짐작하겠느냐?"

고대룡은 대답하지 않았다.

어차피 지금 편룡의 질문이 그에게 어떤 대답을 요구하는 것이 아니라는 것을 짐작하기 때문이었다.

편룡이 가볍게 웃으며 말을 이었다.

"사람들이 나의 승부를 용인하지 않았기 때문이다. 나에게 있어 승부란, 승패가 아닌 생사를 구분 짓는 개념이기 때문이다. 그러나 무황성이 설립되기 전까지 나는 숱한 승부를 경험했다. 그리고 지금 나는 여기에 서 있다. 너와 대결한 이후에도 또한 나는 이렇게 서 있을 것이다."

편룡의 말은 이번 승부에서 반드시 고대룡을 죽이겠다는 단호한 의지의 선언이었다.

묵묵히 듣고 있던 고대룡이 이윽고 담담하게 말을 받았다.

"좋습니다. 당신의 승부가 생사를 가르는 것이라면, 나 또한 그렇게 하겠습니다."

고대릉의 말은 공손하였다. 그러나 그 또한 상대를 죽이겠다는 살의를 담담하게 담고 있었다.

오 장여 떨어진 곳에서 등평은 가만히 고대릉을 지켜보고 있었다.

그는 고대릉이 승리할 것을 조금도 의심하지 않고 있었지만, 그렇다고 걱정마저 되지 않는 것은 아니었다.

한편 생각해 보면 어린 가주에 대해 무모하리만치 확고한 그의 믿음은, 어쩌면 그 자신의 집착과 바람이 지나쳐 만들어진 근거없는 믿음인지도 몰랐다.

하지만 지금 이 순간에도 그는 그의 어린 가주에 대한 믿음의 근거를 하나씩 하나씩 보강해 나가고 있는 중이었고, 지금 고대릉이 보이는 냉혹한 여유 또한 그런 근거 중 하나가 되고 있었다.

'가주는 확실히 강해졌다. 무공은 모르겠으나, 승부사로서의 기세와 기질은 이전에 비해 훨씬 더 강해졌다. 이제는 적어도 기세에 있어서 만큼은 그 누구와 맞서더라도 결코 밀리지 않을 것이다.'

"별호 편룡, 나이 당년 사십이 세, 본명 오상(晤祥). 특기 사항 정마대전 당시 무황 직속의 전투 부대에서 활약하였으며, 사적으로는 공손 가문의 비밀호법 중 일인이었다는 정보가 있음. 그가 잠룡단에 투신한 이유에 대해서는 구체적으로 알려진 바 없으나, 당시 잠룡단의 위세 확장을 염려한 이대무존가에서 모종의 밀명을 받고 의도적으로 투신한 것으로 보는 관측이 유력함."

편룡과 고대릉이 서로 이 장의 거리를 두고 막 자세를 갖추었을 때

난데없이 흘러나온, 마치 서류를 읽는 듯한 건조하고도 다소 딱딱한 그 목소리는 바로 등평의 것이었다.

편룡은 물론이고 허종과 이룡, 그리고 모든 사람들의 시선이 일순 등평에게로 집중이 되었다.

그들 중 몇몇은 등평이 그 같은 내용을 어떻게 알고 있는가 하는 측면에서 놀라움을 금치 못했고, 다른 대다수는 처음으로 듣는 그 내용 자체에 대해 놀랐다.

허종의 눈빛이 아주 잠깐 엷은 광채를 뿌렸다.

'역시 보통 인물이 아니었던가?'

그러나 등평에게로 향했던 사람들의 시선은 이내 다시 두 사람의 대치 쪽으로 돌려졌다.

스르릉!

예리하면서도 경쾌한 발도 소리 때문이었다.

편룡의 손에 한 자루의 도가 미끈한 몸체를 달빛에 드러낸 채 은은한 광채를 뿌리고 있었다.

그 좁은 도신의 형태는 도라기보다는 차라리 검에 가까웠다.

그러나 분명한 도배(刀背)의 구분이 있었고, 도인(刀刃) 부분에서는 달빛 탓인지 흐릿하게 붉은색의 광채가 스며 나오는 것만 같았다.

장내의 침묵이 더욱 팽팽하게 긴장을 띠어갔다.

잠룡단의 사내들이야 누구라고 할 것 없이 싸움 장면에 대해서는 이골이 날 정도로 익숙하다고 해야겠지만, 그래도 정식으로 병기를 사용하는 생사결의 승부는 평상시에는 거의 볼 수 없는 광경이었다.

더구나 승부의 당사자들이 바로 편룡과 고대룡이 아니겠는가.

한쪽은 명실 공히 잠룡단을 대표하며, 나아가 무황성 전체를 보더라도 중진급 중에서는 특출하다고 할 수 있는 고수요, 다른 한쪽은 비록 아직 약관에도 미치지 못하는 어린 나이이지만 어느 순간 혜성과도 같이 나타나 그동안 무황성의 젊은 층들을 열광시킬 만큼 거침없는 무패의 승부를 벌여온 무적공자가 아닌가.

그때 다시 등평의 목소리가 나직이 울렸으나, 이번에 사람들은 눈은 그대로 두 사람의 대치에 둔 채, 귀로만 그 말을 들었다.

"혈류도(血流刀)! 백여 년 전 천하를 풍미하였던 철혈패도(鐵血覇刀)의 애도. 당시 천하에서 그의 절기 구전파풍도(九轉破風刀)를 정식으로 다 받아낸 자는 다섯 손가락 안쪽이었다고 함. 산악과도 같은 기세로 아홉 번 잇달아서 펼쳐지는 구전파풍도는 패도의 정수로 가히 강호일절로 평가됨."

문득 편룡이 나직한 침음성을 토해냈다.

"으음!"

그러나 워낙 들릴 듯 말 듯 나직하였기에, 일 장의 거리에 있던 고대룡을 제외하고는 누구도 그 침음성을 듣지 못하였다.

대신 사람들은 편룡이 천천히 앞을 향해 겨누어가는 도에 온 신경을 집중하였다.

편룡의 느릿하면서도 단순한 그 한 동작에서는 날카로운 예기의 한 조각이 마치 무형의 뇌전처럼 번쩍 하고 뻗어 나오는 듯했다.

치리릿!

보고 있던 사람들 중의 몇몇이 자신들도 모르게 움찔하고 어깨를 추슬렀다.

그러나 정작으로 그 예기를 맞받은 고대룡은 미동도 없이 편룡의 눈만 응시하고 있었다.

고대룽은 태연해 보였고, 그의 주위에는 보이지 않는 한 무더기의 차가움이 그를 감싸고 있는 듯했다.

담담한 차가움이었다.

꿀꺽!

등평은 자신의 뒤쪽에서 누군가 마른침 삼키는 소리를 들었다.

고대룽이 막 천중검을 들어 중단세를 취하는 순간이었다.

'아아!'

등평의 내심에서 문득 한가닥의 탄식이 저절로 솟아올랐다.

냉혹한 승부사!

지금의 고대룽은 능히 그렇게 불릴 만하였다.

고대룽은 확실히 변했다.

그의 변화를 절감하고 있는 등평이 다시금 놀라지 않을 수 없을 만큼 고대룽은 변했다.

승부에 대한 주저함과 파괴와 선혈에 대한 두려움과 자신의 검에 상대가 받을 고통에 대해 연민하던 과거의 마음 여린 고대룽의 모습은 지금 조금도 찾아볼 수 없었다.

일단 승부에 임한 지금 고대룽에게는 필요에 따라서는 얼마든지 비정할 수 있는 냉혹함과 그에 따른 자연스러운 위엄이 새로이 생겨나 있었다.

승부에 임했을 때 위엄을 보인다는 것은, 스스로의 냉철함과 강력한 힘에 대한 확신으로부터 나오는 것이다.

한 사람의 무인으로서 그 같은 위엄은 더할 나위 없이 바람직하다 여기면서도, 한편으로는 무언지 모를 아련한 아쉬움이 남는 등평이었다.

'무엇이 그를 저렇듯 생소한 모습으로 변화시킨 것일까? 세상의 천박한 음모와 각박한 인정을 겪고 난 때문일까? 가주의 저런 변화를 늘 기대해 왔으나… 아아! 막상 이렇듯 가슴 한구석이 저려오는 것은 또 무슨 이유 때문일까?

아주 잠깐, 처음 장백산에서 내려올 때의 티없이 맑고 순수하던 고대릉의 모습이 등평의 뇌리를 스쳐 가고 있었다.

편룡의 도가 한 무리의 화려한 도광을 뿌렸다.

파팟!

파파팟!

화려하나 변화가 많은 것은 아니었다.

오히려 지극히 절제된 도식이었다.

예비 동작이나 눈속임을 위한 허초가 전혀 없이 매 일도가 모두 상대의 살을 베고 뼈를 끊어내려는 집요한 살기를 담고 있었다.

다만 초식이나 형식에 얽매이지 않고 탐색하듯이 상대의 전신 구석구석을 노리기에, 그리고 비할 데 없이 빠르면서도 도초(刀招)답지 않게 유려한 궤적으로 이어지기에 일견 화려해 보이는 것이었다.

편룡의 혈류검은 순식간에 고대릉의 몸 주위에 한 겹의 도막을 치듯이 빽빽하게 칼 그림자를 형성하였다.

챙!

채챙!

일순 도와 검이 맞부딪치는 날카로운 금속성이 단발적으로 일었다.

그러더니 그 소리는 이내 폭발적인 급박함으로 변해갔다.

차차차차창!

그 급박한 부딪침으로 보건대, 고대릉의 천중검 역시 혈류도에 비견되는 속도로 움직이고 있음에 분명했다.

그러나 희미한 달빛에 의지해 두 사람의 격돌을 지켜보고 있는 사람들은 천중검의 움직임을 보지 못하였다.

다만 혈류도가 뿌려내는 도광과 두 자루 도검이 부딪치는 소리와 그 순간에 번쩍이며 명멸하는 무수한 불똥들만으로 그 치열한 공방을 짐작할 수 있을 뿐이었다.

천중검이 움직이는 반경은 상대적으로 크지 않았다.

무엇보다도 천중검 특유의 은은한 묵광이 달빛에 빛나지 않고, 오히려 어둠에 묻혀 버렸기에 그 움직임은 전혀 돋보이지 않았다.

그러나 접전의 격렬함은 잠깐뿐이었고, 공방의 양상은 이내 급변하였다.

깡!

캉!

검과 도의 부딪침은 방금의 급박함에 비해 답답할 정도로 그 시간 간격이 커졌다.

그러나 사람들의 긴장이 더욱더 팽팽해진 것은 띄엄띄엄 부딪치는 매 일격마다에서 엄청난 힘이 느껴지고 있기 때문이었다.

그리고 비록 간헐적이긴 하나 매번 혈류도의 궤적에는 걷잡을 수 없는 격렬함과 속도가 붙었다.

그것은 바로 튕겨나는 반발력 때문이었다.

천중검과 부딪친 직후의 반발력은 극심한 듯하여, 혈류도는 매 격돌의 순간마다 격렬한 동작을 거치고 나서야 다시 도세를 추스를 수 있었다.

전체적인 공방의 속도가 완만해진 것도 실은 그 때문이었다.

그러는 중에 공방의 주도권은 확연하게 고대릉에게로 넘어와 있었다.

고대릉은 서두르지 않았다.

그러나 그가 여유를 부리고 있는 것은 아니었다.

다만 상대에게 필살의 한 수가 남아 있다는 것을 짐작하기에 그것을 기다리고 있는 중이었다.

한순간 편룡이 혈류도를 거두어들이면서 천천히 뒤로 물러서고 있었다.

그리고 이 장여를 줄곧 물러선 다음에 혈류도를 눈높이로 끌어 올려 진격세(進擊勢)를 취했는데, 그 순간 그와 혈류도는 마치 하나의 거대한 도와 같은 기세를 형성하였다.

스윽!

첫걸음을 내디디면서 그 도세는 확연한 예기로 도극(刀極)을 이루었다.

그리고 편룡은 곧바로 앞을 향해 쏘아져 나갔다.

다다다닷!

"구전파풍도!"

아마도 등평의 것일 나직한 외침 하나가 사람들의 경각심을 돋우었다.

우우웅!

소리인지, 아니면 다만 기류의 흔들림인지 모를 기이한 느낌이 편룡이 만들어낸 도세로부터 흘러나왔다.

팟!

펀룡의 도세는 고대룡의 일 장 앞에 이르러 급격하게 회전을 이루어 내었다.

그리고 그 급박한 기세 그대로 도세는 고대룡과 정면으로 부딪쳤다.

쾅!

고대룡은 우뚝 선 채 격돌의 충격을 늠름히 버티어내었으나, 바로 그때 움찔하며 뒤로 밀려나던 도세가 다시 한 번의 회전을 이루어내고 있었다.

패앗!

얼마나 거칠고 급박한 회전이었던지 주변의 공기가 회오리치며 일으켜 내는 격류가 한참이나 떨어져 있던 사람들에게까지 그대로 전해지는 듯했다.

콰앙!

이번의 격돌에서도 고대룡은 흔들림없이 버텨내었고, 펀룡의 도세는 처음보다 조금 더 멀리 튕겨났다.

그러나,

패애앗!

펀룡의 도세는 또 한 번의 격렬한 회전을 이루면서 한층 더 위태롭고도 거칠게 되돌아오고 있었다.

콰아앙!

그렇게 연이은 회전과 격돌이 그야말로 태풍이 휘몰아치듯 걷잡을 수 없는 격렬함으로 거듭하여 이루어지고 있었다.

쾌애애애액!

이윽고 편룡의 도세는 마치 스스로를 파멸시켜 버리고 말 듯한 처절한 몸부림의 회오리로 아홉 번째의 회전을 이루어내면서 고대룡에게로 부딪쳐 갔다.

쿠우우웅!

거창한 충돌음이 터져 나오는 순간, 하나의 인영이 거칠게 격돌의 중심에서 바깥쪽으로 튕겨져 나갔다.

마치 어떤 거대한 힘에 잡아 채이기라도 하듯이 삼 장여를 튕겨져 나간 그 인영은 그대로 바닥으로 내팽개쳐지고 말았다.

거칠게 타오르던 불꽃이 한순간에 사그라지고 말 듯이, 마치 사방의 모든 것을 갈기갈기 찢어버리고 말 듯 몸부림치던 구전파풍도의 광란은 그렇게 사그라졌다.

장내의 사람들은 기이한 침묵을 지키고 있었고, 고대룡은 천중검을 하단세로 늘어뜨린 채 덤덤하니 서 있었다.

삼 장 바깥에 피투성이가 된 채 널브러져 있는 편룡을 바라보는 그의 눈빛에는 아무런 감정도 담겨 있지 않았다.

"후우!"

"흐음!"

몇 군데에서 억눌렸던 한숨을 길게 내쉬는 소리와 탄식이 흘러나온 것은 잠시간의 시간이 더 지난 다음이었다.

뒤이어 여기저기서 약간의 술렁거림이 시작되고 있었다.

일부에서는 착잡한 심정을 토로하는 웅성거림이 있었고, 또 다른 일부에서는 다소 격한 심정을 표출해 내는 소리도 있었다.

숨겨진 내력과 사정이야 어찌 되었든 간에, 어쨌든 지난 이십여 년간 편룡과 그들은 소외된 자들로서의 서러움과 희로애락을 함께 나누던 사이였는데, 이제 그 편룡이 처참한 몰골로 그들의 대지 잠곡의 차가운 땅바닥 위에 누워 있는 모습을 보고도 아무런 격정 없이 담담하기만 할 수는 없는 일일 것이었다.

그때 허종이 흘깃하고 곁의 좌룡을 보자, 좌룡이 가늘게 한숨을 내쉰 다음 고개를 끄덕여 보였다.

그리고 좌룡은 성큼거리는 큰 걸음으로 분지의 중앙으로 걸어나가 굵은 목소리로 외쳤다.

"모두 웅성댈 것 없다. 어이! 육전(陸田)!"

그의 부름에 흑의의 청년 하나가 잽싸게 앞으로 걸어나왔다.

"예! 좌룡 형님!"

그는 언젠가 고대룡이 처음으로 비룡단과 악연을 맺을 때 그 원인이 되었던 바로 그 육전이었다.

"자네가 나서서 정리를 좀 해주어야겠네."

좌룡의 말에 육전이 정색을 하면서도 특유의 입심으로 말을 받았다.

"이미 다 끝난 상황인데, 시체나 치우는 것 외에 뭐 새삼 정리를 하고 말고 할 것이나 있겠습니까?"

좌룡이 빙긋이 웃으며 말했다.

"허허! 사람 목숨이 그처럼 쉽게 끊어질까? 괜한 소리 하지 말고 편룡에게 응급 치료를 받도록 해주게."

"예? 그럼⋯⋯?"

육전이 얼른 한쪽에 쓰러져 있는 편룡 쪽으로 고개를 돌리는데, 그보다 먼저 무리들 속에서 두 명의 사내가 잰걸음으로 편룡 쪽으로 다가서고 있었다.

이어 두 사내가 조심스럽게 편룡의 몇 군데 혈을 문지르자, 과연 편룡이 정신을 차리고 두어 차례 힘겹게 잔기침을 토해내면서 뭐라고 사내들에게 말을 하는 것이었다.

잠시 후 모두가 지켜보는 가운데, 두 사내가 편룡을 부축해 일으켜서는 천천히 움직였다.

그런데 그들이 움직이는 쪽이 편룡이 거처로 삼는 석굴 쪽이 아닌 곡의 입구 방향인 것을 보고 일부에서 약간의 웅성거림이 일었다.

그때 좌룡이 나직이 소리쳤다.

"그들을 보내줘라."

일시 웅성거림이 커졌지만 이내 잦아들면서 모두는 편룡과 두 사내가 걸음을 옮기는 모습을 묵묵히 지켜보기만 하였다.

이윽고 그들 세 사람이 곡을 완전히 벗어났을 때, 좌룡이 다시 외쳤다.

"지금부터 잠시 잠곡을 폐쇄한다. 별도로 얘기가 있을 때까지 입구를 차단하고 그 누구도 안으로 들여보내지 마라."

장단을 맞추듯이 육전이 뒤따라 소리쳤다.

"자! 자! 모두들 멍하니 서 있지 말고 움직이자고!"

그러자 사내들이 하나둘 어슬렁거리면서 입구 쪽을 향해 걸음을 옮겼다.

이곳은 잠곡에서 가장 높은 위치에 있는 석굴이다.

입구는 좁았으나 내부로 들어서자 십여 명은 족히 수용할 수 있는 제법 넓은 공간이 있었고, 돌과 나무로 만들어진 침상과 탁자, 그리고 의자 등이 간소하면서도 정갈한 느낌으로 비치되어 있었다.

석굴은 바로 허종의 거처였다.

석실을 둘러보던 등평의 눈길로 묘한 의미가 스쳐 갔다.

'허종은 잠룡단 내에서 그 어떤 명시적이며 공식적인 지위도 지니지 않고 있지만, 이처럼 가장 높은 석굴을 거처로 삼는 것으로써 스스로가 잠룡단의 최고 서열임을 암묵적으로 과시하고, 혹은 인정받고 있는 것인지도 모른다.'

그때 허종의 담담한 목소리가 있었다.

"노형(老兄)이 본 잠룡단을 한번 도모해 보겠다는 뜻을 피력했다고 들었소만……."

그런데 허종을 바라보고 있던 등평의 안색이 슬며시 굳어졌다.

말을 하는 그 짧은 도중에 허종의 기도가 묘하게 변하는 것을 본 때문이었다.

처음에는 원래 생긴 그대로 평범하게 늙은 시골촌로의 모습이어서 가벼운 가운데 굳이 특이한 점이라면 한가닥의 허무한 기운이 있는 정도이더니, 말끝을 흐릴 즈음에는 기이하리만큼 무거운 기세가 뿜어지고 있었다.

허종이 잠시간 만에 뿜어낸 그 무거움은 능히 위엄이라고 할 만하였다. 그것도 여차하면 호통을 내지르며 호된 꾸짖음을 쏟아내고 말 듯한 섬뜩한 위엄이었다.

약간의 굳은 얼굴로 잠시 묵묵히 허종을 마주 보던 등평이 문득 싱긋한 웃음기를 떠올리며 입을 열었다.

"과분합니다. 저는 이름없는 무림말학에 불과한데 무림의 대선배께 노형 소리를 들으니 가슴이 떨려 감히 대답을 하지 못하겠습니다."

그 엉뚱하고도 실없는 소리에 순간 허종에게 떠올라 있던 기세가 사라지고 대신 얼굴에는 빙그레한 웃음기가 맺혔다.

이어 허종은 자못 흔쾌하다는 듯 웃음소리를 흘리며 말을 받았다.

"허허허! 좋소, 좋아! 내 그럼 노제(老弟)라고 부르리다. 허허허! 노제!"

"예! 말씀하십시오. 율(律) 대협!"

장단을 맞추며 얼른 내놓는 등평의 대답에 설핏 허종의 안색이 다시금 굳어졌다.

눈빛에 한가닥 이채를 떠올린 허종이 등평에게 물었다.

"허허! 율 대협이라……! 그러고 보니 노제는 이 늙은이에 대해 아는 것이 적지 않은 것 같구려. 괜찮다면 어디 노제가 노부에 대해 아는 것을 잠시 들어보면 안 되겠소? 하하하! 사실은 노부 자신도 노부에 대해 너무 오랫동안 잊고 살았기에 말이오."

허종에게서 다시금 한가닥의 기세가 솟아오르고 있었다.

그런데 이번의 그 기세는 무거우면서도 그 속에 은근히 사람을 주눅들게 하는 묘한 예기가 숨어 있었다.

그러나 등평은 처음과는 달리 조금도 거리낌없이 웃으며 말을 받았다.

"하하하! 제게 무슨 재주가 있어 남들이 모르는 것까지야 알 수 있겠습니까? 제가 아는 것은 다만 몇 푼의 은자와 약간의 발품을 팔아 얻은 간단한 정보에 불과하지요. 그러나 율 대협께서 듣고자 하시니, 저는 조금의 가감도 없이 제가 얻은 정보 그대로를 말씀드리겠습니다."

등평의 그 같은 말에 대해 허종 본인은 물론, 좌룡과 우룡, 그리고 고대룡과 흑요 또한 굳이 호기심을 감추지 않고서 등평의 입을 주시하였다.

그 관심들을 즐기듯이 등평이 잠시 시간을 끌다가 이윽고 입을 열었다.

"별호 허종. 본명 율사극(律土極). 나이 당년 육십팔 세로 추정. 무황성의 일세대 인물. 정마대전 당시 무황과 함께 정파 측의 핵심 전력으로 뛰어난 활약을 하였음. 이후 무황성이 창립되고 얼마 되지 않아 홀연 스스로 잠룡단으로 투신을 하였음. 지나치게 독불장군 식의 성격에다가 가진 배경 또한 없어서 내부 권력 다툼에서 밀렸다는 설이 있음. 일신무공은 극상급으로 무황과 이대무존에 근접한다는 평가가 있음. 특징적으로는 보법(步法)에서 일가를 이루었다고 평할 만함. 환보(幻步)라고 불리는 그의 보법은 극성으로 펼칠 경우 열두 개의 환영이 동시에 생기는데, 그들 각자가 다른 자세를 취하면서 상대를 공격한다고 함. 그의 허종이라는 별호는 바로 이 환보에서 유래되었음."

등평의 짤막짤막하게 끊어지는 말이 이어지는 중에 한 소리 무거운 침음성이 흘러나왔다.

"으음!"

바로 허종의 깊은 탄식 소리였다. 그리고 그의 얼굴은 확연히 표시가 날 정도로 굳어 있었다.

그러나 등평은 허종의 그 같은 반응에는 전혀 상관없이 자신의 말을 계속 이어갔다.

"그러나 그의 무공 중 진정으로 무서운 것은 열두 자루의 작은 비도로 펼치는 십이비도술임. 특히 열두 개의 환영에서 동시에 떨쳐지는 십이 비도를 피해낸 사람은 아직까지 아무도 없다고 함."

허종의 안색은 몇 차례나 잇달아 변하였다.

기실 그는 내심의 놀라움을 진정시키고, 또한 복잡하게 일어나는 생각들을 정리하느라 상당한 심력을 소비하고 있는 중이었다.

'허어! 이들의 역량은 도대체 어디까지란 말인가?'

현재까지 파악된 고대룡의 능력과 어쩌면 드러난 것보다도 더욱 엄청날지 모르는 고대룡의 잠재적 가능성이야, 그가 이미 잠룡단의 생존과 부활을 위해 필요하다고 욕심을 내고 있을 만큼 대단한 것이었다.

그러나 처음에는 그저 세사에 닳고 닳아 지나칠 정도로 노회하고 약삭빠른 중년 사내 정도로만 보았던 등평의 숨은 능력은 또 어디까지란 말인가?

그러고 보니 한두 차례 여인답지 않은 패기를 선보인 것 외에는 일절 자신을 내세우지 않고 있는 흑요 또한 새삼 만만치 않아 보이는 것이었다.

그러다 허종은 문득 안색을 풀며 너털웃음으로 입을 열었다.

"허허허! 대단하군. 참으로 대단해! 이제 보니 노부는 노제에 대해 너무 모르는 것이 많은 것 같소. 하나 어쨌거나 노제는 노부와 능히 말이 통할 사람 같으니 우리는 이제 본격적으로 우리의 공통관심사에 대해 솔직한 의견을 나누어보도록 합시다."

이쯤 되면 허종으로서는 한풀 기세를 꺾은 것이라고 할 수 있는데, 그러나 등평은 짐짓 영문을 모르겠다는 투였다.

"율 대협께서 말씀하시는 그 공통의 관심사라는 것은……?"

허종이 다소 과장스럽게 손을 내저으며 짐짓 목청을 높였다.

"어허! 왜 이리 딴전이신가? 그리고 그 마음에도 없는 그 대협 소릴랑은 그만 집어치우시오. 노부가 이미 노제라고 하였으면, 당연히 그에 맞추어 율 형이라고 부르면 될 것을……."

그러나 등평은 어깨까지 움츠려 가며 황송스럽다는 표정을 만들어냈다.

"제가 감히 어찌… 연배로 보나 배분으로 보나……."

"어허! 이제 보니 노제는 처음부터 이 늙은이와는 깊은 얘기를 나눌 뜻이 없었던 것이 아니오? 혹시 이 늙은이와는 얘기를 나눌 필요조차도 없다고 여기는 것이오?"

그렇게 아예 은근한 으름장을 놓고 마는 허종에 대해 등평은 못 이기는 체 숙이고(?) 들어갔다.

"아… 아닙니다. 그럴 리가 있겠습니까? 율… 율 노형!"

허종이 손뼉을 치며 자못 호탕한 웃음소리로 얼른 말을 받았다.

"하하하! 좋소, 좋아! 노제는 이제야 좀 내 마음에 드는군. 자! 그럼 더 이상 서로 길게 사설을 논할 필요 없이 곧바로 본격적인 논의로 들어가도록 합시다."

그렇게 말하며 고대룡과 등평에게 한차례씩 유심한 눈길을 주고 난 허종이 조금은 강압조의 투로 물었다.

"그런데 설마 하니 이제 와서 우리 잠룡단에 대해 관심이 없어졌다고 하지는 않겠지?"

그런 허종의 모습은 마치 조바심이라도 치는 듯하여 좌룡의 이마에는 저절로 몇 가닥의 굵은 주름이 잡혔고, 그렇지 않아도 원래가 퉁방울 같던 우룡의 눈은 한층 더 크게 떠졌다.

"허허허! 저야 마음이 굴뚝같아서, 율 노형께서 아시는 대로 우리 가주님께 이미 그에 관한 주청(奏請)을 드린 바도 있으나, 우리 가주님께서 일절 응답을 하지 않으시니, 저로서는 더 이상 그 문제에 대해 왈가왈부할 입장이 되지 못합니다. 그러니 그 문제에 관해서라면 율 노형께서는 우리 가주님과 직접 말씀을 나눠보시는 것이 좋을 것입니다."

이제는 너무도 태연히 노형 소리를 붙여대는 등평의 뻔뻔스러움에
슬며시 이마를 찌푸리면서도, 한편으로 허종은 어쩔 수 없이 난감한 표
정이 되고 말았다.

'허어!'

비록 만만찮게 노회하고 뻔뻔스럽기까지 하지만, 그래도 말을 주고
받기에는 등평 쪽이 편했다.

사정이야 어찌 되었든 막상 자신이 속한 잠룡단의 향배를 논하고자
하는 것인데, 이제 약관도 되지 않은 새파란 나이의 고대릉에게는 선뜻
말이 떨어지지 않을 것 같은 것이다.

허종의 그런 내심을 모를 리 없는 등평 또한 사실상 내심으로는 조
바심이 없지 않았으나, 겉으로는 짐짓 태연한 체 한가로운 눈길로 석굴
의 천장에 올망졸망 맺힌 석순(石筍)들을 살피고 있었다.

"이보시게, 고 공자!"

그렇게 서두를 떼어놓고서 일종은 다시 입을 닫아버렸다.

그것은 쑥스럽다는 듯이 보이고도 했고, 혹은 자신이 이제부터 하려
는 말에 뭔가 중대한 의미가 담겨 있다는 예고의 의도가 있는 것 같기
도 하였다.

잠시 뜸을 들인 다음에 허종이 다시 말을 계속했다.

"단도직입적으로 말하겠네. 자네는 혹시 우리 잠룡단의 단주가 되어
볼 생각이 없는가?"

석굴 내에 일시 조용한 경악이 흘렀다.

좌룡과 우룡은 흠칫 어깨를 떨며 두 눈을 있는 대로 부릅떴고, 웬만
한 일에는 꿈쩍도 하지 않을 것 같던 흑요마저도 놀라움의 표정을 감
추지 못하고 있었다.

그리고 등평의 표정에도 약간의 놀라움과 긴장이 떠올라 있기는 마
찬가지였다.

그로서는 아마도 이러한 상황을 기대하고, 또 어느 정도까지는 짐작
도 하였을 법하지만, 그러나 당연히 어떤 협상의 과정이 있고 난 다음
이라고 생각을 하였지, 허종이 이렇듯 급작스럽게 상황을 미리 앞서 나
가리라고는 미처 예기치 못하였던 것이다.

등평의 두 눈이 은근한 빛을 발했다.

그러나 그의 눈은 허종이 아니라 고대릉에게로 향해 있었다.

"저는 그럴 생각이 조금도 없습니다. 저는 태생적으로 조직에 몸담
는 것을 좋아하지 않는 데다, 재능이 모자라고 기개도 굳지 못해 한 조
직을 이끌 만한 재목이 되지 못하는 사람입니다."

그 같은 고대릉의 대답은 허종의 말에 대해 그다지 오랜 시간을 끌
지 않고 곧이어 나왔기에, 조금의 망설임이나 주저함도 느껴지지 않는
것이었다.

그 단호한 대답에 허종의 표정이 일시 멍하니 변하고 말았다.

그리고 등평의 표정으로도 사뭇 조급한 기색이 스치고 있었다.

'제기랄! 상황이 이처럼 촉박하게 흘러갈 줄 알았더라면, 미리 좀 더
자세하게 전후 사정과 이해타산에 대해서 설명해 놓을 것을……'

매사에 태연하고 느긋한 성격이던 등평의 얼굴에는 지금 약간의 붉
은 열기까지 감돌고 있었다.

그때 애써 표정을 수습한 허종이 입을 열었다.

"한 조직을 이끄는 위치에 선다는 것은 상당한 능력과 역량이 요구
되며, 때로는 곤란함과 번거로움, 그리고 일신의 희생까지도 강요당할
수 있는 일이니, 결코 좋아할 일만은 아니라고 해야겠지. 허허허! 그러

나 어떤 경우에는 다만 그 자리에 존재하고 있는 것만으로도 훌륭한 수장이 되는 특별한 경우도 있는 법일세. 사실은 지금 우리 잠룡단이 바로 그런 경우일세. 자세한 사정은 차차로 얘기하겠지만, 작금의 여러 가지 상황과 정세에서 우리 잠룡단은 절실하게 우리의 구심점이 되어줄 존재를 필요로 하고 있네. 하니 자네가 본 단의 단주가 된다면, 그저 우리의 중심에 서 있어주기만 하면 되는 것이네."

등평의 얼굴에 다시금 묘한 기색이 스쳤다.

'이것 봐라……?'

허종의 말에 분명 뭔가 석연치 않은 구석이 있음에도 불구하고, 등평이 더욱 주목한 것은 허종의 조바심이 오히려 등평 자신보다도 훨씬 더한 것 같다는 점이었다.

등평이 한결 느긋해지며 허종의 표정과 눈빛을 유심히 살폈다.

이 순간 등평의 머리 속은 찰나간에 수많은 가설을 세워 나갔고, 동시에 그 각 가설에 대한 대안들을 수립하였다가 지우기를 무수히 거듭하고 있었다.

그러나 등평이 그 어떤 가설과 대안을 선택하기도 전에, 고대릉의 말이 먼저 나왔고 그의 사뭇 단호한 어조는 홀연 뚜렷하게 상황을 주도하는 바가 있어, 등평은 그때부터 속수무책으로 고대릉의 말 한마디 한마디에 모든 신경을 집중할 수밖에 없게 되었다.

"그렇다면 왜 노선배님이나 혹은 삼룡 중에서는 직접 단주의 위에 오르지 않는 것입니까? 일종삼룡이 잠룡단의 실질적 수뇌라는 것은 새삼 말할 필요도 없이 모두가 인정하고 있는 사실이 아닙니까?"

허종은 가만히 머리를 저었다. 그리고 이어지는 그의 목소리에서는 사뭇 진중한 기색이 녹아나고 있었다.

"모든 일에는 때와 명분이 있는 법일세. 노부를 포함한 잠룡단의 모두는 처음부터 다만 잠룡단의 단원이었을 뿐이네. 그것은 우리 모두가 원한 바였고, 지금도 그렇게 원하고 있네. 따라서 우리들 중의 그 누구도 단주가 되기를 바라지 않으며, 설사 억지로 단주가 된다고 하더라도 결코 기대하는 만큼의 역할을 해낼 수는 없을 것이네. 그것이 바로 우리가 우리의 단주를 반드시 외부로부터, 그것도 완전히 새로운 인물을 구하지 않으면 안 되는 이유이네."

약간의 비장감마저 띠어가는 허종의 말이었으나, 고대릉의 대답은 여전히 단호하였다.

"귀 단의 사정에 제가 꼭 따라야 할 이유는 없는 것이고, 거듭 말씀드리지만 제게는 조금의 관심도 없습니다."

그러자 허종이 문득 허허롭게 웃으며 말을 뱉었다.

"허허! 그러나 작금의 상황은 이미 우리에게나 자네에게나 다른 선택의 여지가 없게끔 흘러가고 있는 듯하네."

그때 허종은 고대릉의 눈빛이 자신을 똑바로 응시하는 것을 보았다.

그런데 담담하게 그 눈빛을 맞아가던 허종의 눈빛이 한순간에 흔들리고 말았다.

맑고도 차가운 눈빛 가운데, 찰나적으로 발산되어 나오는 한가닥 한성(寒星)과도 같은 광채가 순간적으로 그를 움츠러들게 만들고 만 것이다.

'이… 이런!'

지금까지 그 어떤 상대를 대하면서도 한번도 겪어보지 못했던 곤혹스러운 상황에 대해 허종은 차라리 쓴웃음을 떠올릴 수밖에 없었다.

그때 고대릉이 기이하게 가라앉은 목소리로 입을 열었다.

"저에 관한 선택은 제 스스로 하는 것이지, 그 어떤 상황도, 또한 그 누구도 제게 선택을 강요하거나 간섭할 수는 없습니다."

그 순간 허종의 입가에 맺혔던 쓴웃음마저도 자취를 감추고 말았다.

등평 역시도 망연히 고대릉의 입만 바라보고 있을 수밖에 없었다.

"저는 이제 무황성을 떠날 것입니다. 지난 몇 개월간 이곳에 머물렀던 시간으로 그동안 무황성이 제게 베풀어주었던 호의에 대한 최소한의 도리는 갖추었다고 생각하기에, 이제는 떠날 수 있습니다. 그리고 일단 제가 떠나기로 결심한 이상, 만약 누군가 무력으로 저를 막는다면, 저 역시 기꺼이 무력으로써 길을 열고 나갈 것입니다."

선언하듯 내뱉는 고대릉의 말에 허종은 문득 결코 숙이지 않는 불굴의 기세를 느낄 수 있었다.

허종이 놀라는 가운데서도 가만히 생각해 보니, 그러한 기세는 방금 갑자기 생겨난 것이 아니었다.

지금 고대릉은 여전히 담담한 가운데서도 그같이 묘한 기세를 발산하고 있었는데, 아마도 그것은 그가 고대릉과 이야기를 시작한 처음부터 내내 발산되고 있었던 것을, 다만 허종 그 자신이 이제야 문득 발견해 낸 것이었다.

허종의 표정이 다시금 짧은 순간에 몇 번이나 바뀌었다.

그러나 마지막에 그가 얼굴에 떠올린 표정은 차라리 그 본래의 평범하면서도 덤덤한 모습이었다.

"그렇다면 잘되었네. 우리도 함께 가도록 하세. 사실은 우리 잠룡단 역시 조만간에 무황성을 떠나야겠다는 생각을 안 해본 것은 아니니……."

이번에는 고대릉이 일시 당혹스러운 기색이 되고 말았다.

그리고 등평 역시도 덩달아서 묘한 표정이 되었다.

그러나 두 사람은 멍하니 허종을 바라보고 있는 좌룡과 우룡의 모습은 미처 보지 못하였다.

그러는 중에 허종이 덤덤하게 말을 잇고 있었다.

"다만 자네에게 조금만 도와달라는 부탁을 하겠네. 사실 우리가 무황성을 벗어나는 일에는 험난한 어려움과 위험이 따르지 않겠나? 그러니 한시적으로만 우리가 일사불란하게 뭉칠 수 있도록, 자네가 그 중심 역할을 좀 해주게. 그리고 자네는 무황성에 대한 최소한의 도리는 갖추었다고 말했지만, 정작으로 지난 몇 개월간 무상으로 거처를 내어주고 바깥의 번잡스러움으로부터 귀찮음을 당하지 않게 울타리 역할을 해준 우리 잠룡단에 대해서는 그 최소한의 도리를 갖추지 않은 셈이 아닌가? 만약 자네가 예의를 아는 사람이라면, 우리에게도 그 최소한의 도리를 해주길 바라네."

묘한 논리였다.

비록 돌연한 제안에다 궤변으로 이어지는 능글맞은 언변이었으나 듣는 사람으로 하여금 쉽사리 거절을 하지 못하도록 옭아매는 그 능수능란한 말재주에는 등평마저도 내심 감탄을 금치 못하였다.

그러나 등평의 감탄은 본질적으로 그가 허종의 의도하는 바에 대해 전폭적인 지지를 보내고 있기 때문에 나오는 감탄이었다.

고대릉이 뭐라고 대답할 말을 찾지 못하고 있자 등평이 자연스러움을 가장하며 슬쩍 끼어들었다.

"율 노형께서는 이제 좀 더 자세하게 잠룡단의 사정에 대해 말씀을 해주시는 것이 좋겠습니다. 말씀하신 바 그대로 우리 가주께서는 비록

연치(年齒) 어리시나 예의와 도리를 결코 가볍게 여기는 분이 아니시
니, 그동안 호의를 베풀어주신 귀 단에 어떤 어려운 사정이 있고, 또한
그것이 우리 가주께서 능히 도움을 주실 수 있는 사안이라면, 결코 매
정하게 모른 체하실 분이 아니십니다."

등평의 그 말에 고대릉의 얼굴에는 은은하게 홍조가 드리워졌다.

그야말로 멀쩡하게 사람을 세워놓고 제 마음대로 어르고 달래는 격
이 아닌가.

허종과 등평이 죽이 맞아서 함께 장단을 맞추자는 수작이 분명하였
다.

그러나 타고나기를 다변(多辯)이나 능변(能辯)이 아닌 고대릉이었고,
게다가 이미 자신이 해야 할 말은 다 하였다고 여기고 있는 터라, 좋든
싫든 그들의 수작(?)을 일단 지켜보는 수밖에는 다른 도리가 없는 일이
었다.

처음은 궤변과 그에 대한 변죽처럼 시작한 등평과 허종의 대화였으
나, 그들은 몇 마디 주고받지 않아서 금세 진중한 기색이 되었다.

"율 노형의 말씀은 상황에 따라서는 잠룡단이 무단으로 무황성을 벗
어날 수도 있다는 의미이신 듯한데… 그러나 그것은 곧 무황성에 대한
항명이 되는 것인데……."

등평의 의식적으로 말끝을 흐리자 허종이 무겁게 대답했다.

"여러 가지의 의미에서 항명은 이미 시작되었네. 허허허! 그리고 그
항명에는 고 공자도 무관하다고 할 수 없을 것이네."

등평이 묘한 눈빛을 빛내며 물었다.

"무슨 말씀이신지……."

"바로 좀 전의 편룡이 공손 가문의 사람이라는 것은 노제가 이미 말한 바 있지 않은가? 경위야 어떻게 되었든 성주의 명을 수행하겠다는 그를 상처 입혀 내쫓은 것은 고 공자이고, 본 단은 그것을 방조하였으니 그것은 곧 항명이 아니겠는가?"

등평은 이제 그다지 놀라는 기색도 없이 말을 받고 있었다.

"그 일이야 그럴 만한 사정이 있어서 그리된 것이니, 성의 수뇌부에 자세한 자초지종을 밝히면 될 일이 아닙니까?"

작금의 상황이 결코 단순하지 않다는 것과 허종이 말하는 속뜻을 짐작 못할 등평이 아닐진대, 지금 그가 이처럼 허종과의 문답을 계속 끌고 가는 것은 아마도 고대룡에게 상황을 자연스럽게 전달하려는 의중일 것이었다.

허종 역시 그런 등평의 의중을 짐작하였는지 가볍게 고개를 끄덕이며 천천히 말을 받았다.

"허허허! 무황성은 이미 위지 가문과 공손 가문의 천지가 되어버린 마당인데, 과연 누구에게 자초지종을 밝힐 것인가?"

"허어! 그 무슨 말씀이십니까? 성주가 엄연히 건재하고 있는데, 어찌 무황성이 그들 두 가문의 천지가 되었다는 것입니까?"

"바로 그들에 의해서 조직적인 항명, 아니, 반역이 이루어지고 있기 때문일세."

"음!"

"그 반역은 성주에 대해 무황성의 대다수가 조직적으로 동참하여 일으키고 있는 돌이킬 수 없는 반역이지. 허허허! 그리고 사실 그 같은 반역은 이미 무황성의 설립 당시부터 태동이 되어왔다고 할 수 있는 것이네."

"아!"

등평의 탄식은 이제 일부러 지어내는 것이 아니라, 진정한 놀라움을 담아가고 있었다.

허종은 침중한 안색이 되어 무겁게 말을 덧붙였다.

"어쩌면 그러한 모든 것이 또한 처음부터 성주의 의중이었는지도 모를 일이지만⋯⋯."

어느새 좌중의 모든 관심은 허종의 말 한마디 한마디로 빨려들 듯이 집중되고 있었다.

"무황성이 설립되고 난 직후부터 성주는 철저하달 정도로 스스로를 고립시키기 시작했었네. 무황성은 다만 하나의 상징으로만 존재하면 되는 것이지, 결코 강호무림을 지배하는 위치에 있어서는 안 된다는 입장을 스스로 실천하고자 한 것이었네. 그는 무황성이 강호에 어떤 영향력을 행사한다는 것은, 정마대전을 치르면서 피로 궤멸시킨 천마궁이나 조금도 다를 바가 없는 것이라고 늘 말했지. 그것에 대해 처음에는 무황이 천하제일인으로서 결벽에 가까운 자부심을 나타내는 정도로 여기는 사람들도 있었네. 그러나 이후로 시간이 지나면서도 무황은 자신의 친위 세력이라 할 만한 조직을 거의 구축하지 않았네. 기껏 호천단 정도가 친위 세력이라고 할 만하였지만, 그나마도 사실은 그 대부분의 구성원들이 이대무존가 출신의 고수자들이었으니, 실제로는 친위 조직이라 하기도 애매한 것이지. 여하간 무황의 그러한 생각은 참으로 훌륭하다고 할 수 있어서, 많은 강호동도들로부터 존경을 받기도 했으나, 허허허! 그러나 결과적으로 그것은 다만 하나의 대책없는 이상론일 뿐이었네. 무황은 천하제일인의 위(位)와 무황성의 성주라는 명예를 얻는 것만으로도 충분히 만족할 수 있었는지 모르지만, 그의 이름 아래 무황성에 모인 인물들은 무황의 그런 이상론을 있는 그대로 받아들일 수가 없었겠지. 후후후! 그러기에는 그들이 이미 치른 희생이 너무 막대하였고, 또한 여전히 강력한 힘과 아직도 식지 않은 야망이 그들에게는 있었으니까. 바로 이대무존가를 말함일세. 비록 무황성의 조직편제상으로 이전 위에 일각인 장생각(長生閣)을 두어 구파일방과 오대세가를 포괄하고 상호 균형을 유지하게 하였지만, 그 일각이 구파일방과 오대세가와의 명분의 끈만 연결해 놓은 허울 좋은 기구라는 것은 모두가 다 아는 사실이지. 아무에게도 견제받지 않는 이대무존가가 성의 실세를 장악한 것은 어쩌면 당연한 수순이었네. 사실 이대무존가는 원래 야심이 큰 가문이었지. 특히 위지 가문은 정마대전 이전부터 단일세력으로는 천마궁을 제외하고는 가히 천하에서 가장 막강한 조직이었네. 그런 배경을 바탕으로 위지천은 일찍부터 천하패권에 대한 욕심을 굳이 감추지 않았던 인물이지. 다만 갑자기 등장한 무황이라는 걸출한 영웅의 그림자에 가려 그의 야망을 펼치지 못했을 뿐이네. 그러나 그는 이제 다시금 본격적으로 자신의 존재를 부각시키기 시작했네. 사실 원로급을 포함하여 성의 주요 직책을 차지하고 있는 고수들의 대부분은 위지 가문의 인물들이지. 더구나 공손 가문마저 그에게 허리를 숙이고 있으니 그가 거리낄 것은 없는 셈이고. 얼마 전 석여령 소저에 대한 청혼 건은 그가 본격적이고도 공식적으로 성주의 권위를 누르고 실질적으로 성을 통제하기 시작한 분수령이라고 할 수 있었네.”

길게 이어지는 허종의 얘기를 진지하게 듣고 있던 등평이 문득 물었다.

“성주에게는 진정으로 그들 이대무존가의 야망을 견제할 어떤 수단도 없는 것입니까? 아무리 그에게 친위 세력이 없다고 해도 그는 이 시대가 배출한 최고의 영웅이며 무인인데, 천하제일인을 넘어 가히 고금 제일인에까지 비견되는 그의 일신무공에다 강호에 대한 그의 영향력 또한 결코 작은 것은 아니지 않습니까?"

허종이 무거운 안색으로 대답했다.

"물론 무황의 권위에다 또한 그에게 주어진 천하맹주령(天下盟主令)을 발동한다면 구파일방과 오대세가, 그리고 천하의 주요 세력들을 동원할 수도 있겠지. 그러나 아마도 그에게는 그럴 생각이 애초부터 없었던 것이고, 그것은 지금도 마찬가지일 것이네. 설사 그가 위지천 등에게 핍박을 당하고 있다 해도 말일세."

"으음?"

"허허허! 노부가 이처럼 주제넘게 감히 무황의 생각과 입장을 대변하는 것에 대해 의혹을 가질 수도 있겠으나, 기실 그와 노부는 한때 한 사람의 무인으로서 지위와 명성의 차이를 넘어 서로의 진정을 나누던 사이였었네. 후후후! 그동안 성주가 알게 모르게 잠룡단의 방패 역할을 해준 것도 아마도 그 한때의 옛정 때문이었는지도 모를 일이지. 만약 그렇지 않았다면 기껏 백여 명 규모의 단위 조직에 불과한 잠룡단이 어떻게 지금까지 그 명맥을 유지해 올 수 있었겠는가? 허허허! 그냥 한번 해보는 농일세. 하여간 막 무황성이 설립된 직후에 노부는 그에게 불만이 참으로 많았었지. 천하를 평정한 모든 공은 이대무존가와 구파일방, 그리고 오대세가가 독점하여 자기네들끼리 분배를 하였고, 배경이 약하거나 혹은 그나마도 소속이 없는 경우에는 세운 공이 얼마가 되었든 간에 일단은 무시가 되었네. 그리고 그들 힘있는 자들 간에 벌어지는 그 추악한 이전투구의 권력 분쟁이라니… 노부는 분노와 실망, 그리고 지독한 염증을 느끼지 않을 수 없었네. 하여 스스로 잠룡단에 들기로 결심하고 성주를 만나 이런저런 불만을 털어놓았을 때, 성주는 묵묵히 내 말을 듣기만 하였을 뿐 어떠한 변명도 하지 않았네. 그러다가 문득 이런 말을 했었지. 노부가 부럽다고 말이네. 자신도 노부처럼 그렇게 모든 것을 훌훌 털어버리고, 현실에서 벗어나고 싶다고 했지. 그리고 그는 처음으로 자신의 깊숙한 고민을 내게 비쳤네. 허허! 그가 진정으로 염려하고 두려워하는 것에 대해서 말일세. 뜻밖에도 그것은 바로 천마궁과 천마궁주에 관한 얘기였네."

"천마궁주……?"

허종이 풀어내는 무황성의 비사에 숨조차 크게 쉬지 못하고 있던 좌룡과 우룡이 동시에 경악의 외침을 토해냈다.

등평 또한 놀라움을 감추지 못하고 급하게 말을 쏟아냈다.

"이미 죽은 천마궁주를 두려워하다니요? 또한 천마궁의 일부 잔당들이 어디엔가 존재하고 있을 수는 있겠으나, 기껏 잔당들에 대해 천하의 무황이 두려움을 가진다는 것은 도무지 이해가 되지 않는 일입니다."

허종이 무겁게 안색을 굳혔다.

"성주는 천마궁주의 죽음에 대해서 확신하지 못하였네. 아니, 오히려 그의 생존 가능성 쪽에 상당한 무게를 두고 있는 눈치였지. 비록 노부에게는 더 이상의 상세한 사정을 말하지 않았으나, 당시 천마와 마지막 대결을 벌였던 성주 자신이 직접 그렇게 말을 하였으니만큼, 그 일에는 분명 어떤 내막이 있다고 보여지네. 그리고 성주는 자신이 결코 천하제일이 아니라고 했네. 진정한 천하제일인은 바로 천마궁주라고 했지. 또한 천마궁의 잔당들에 대해서도 그렇게 쉽게 생각할 일만은 아닐세. 당시 천마궁의 최고고수들이었던 천마오로가 건재한 채 모습을 감추었던 것을 생각한다면 그렇다는 말일세. 그들 천마오로 개개인의 무위에 대해서는, 지난날 성주가 평가하기를 성주 자신이나 이대무존에 비해서 그다지 차이가 나지 않는 정도라고 하였네. 절대고수들이라는 얘기지."

"으음!"

등평의 침음성에 허종이 더욱 어둡게 안색을 물들이다가 문득 가느다랗게 한숨을 불어 내쉬며 다시 말을 이었다.

"그 뒤로 노부는 잠룡단 내에서만 칩거하였고, 성주와는 다시 만날 기회가 없었네. 허허허! 몇 달 전 고 공자의 사건 때 그의 얼굴을 본 것이 이십 년 만의 첫 대면이었지. 그러나 나는 음지에서나마 늘 그를 지켜보고 있었고, 점차로 그의 깊은 심중을 이해할 수 있게 되었네. 허허허! 혹 노부 혼자만의 괜한 추측일지도 모르지만 말일세."

입이 마르는지 허종이 잠시 입술을 축이고 난 다음에 말을 계속했다.

"이미 말했지만, 그는 본래 명리에는 크게 관심이 없는 사람이어서 무황성의 설립 자체조차도 달갑게 여기지 않았었는데, 그런 그가 오늘날까지 성주의 자리에 머물러 있는 것은 역시 천마궁주와 천마궁의 부활로 인해 야기될 난세에 대한 우려 때문이 아닌가 싶네."

등평이 이마에 두어 가닥의 주름을 만든 채로 물었다.

"만약 그렇다면 그는 좀 더 일찍부터 적극적으로 그에 대한 대비를 했었어야 하는 것이 아닙니까? 그런데 실제를 보면, 그는 오히려 스스로를 고립시키고, 결과적으로는 휘하 세력들의 갈등과 분열을 조장하여 힘을 약화시킨 꼴이 아닙니까? 그리고 무림의 태두로서 지금이라도 그가 마땅히 해야 할 일은, 뒤로 빠져 앉아서 휘하들에게 휘둘리거나 하는 답답하고 약한 모습을 보일 게 아니라, 난세가 오지 않도록 미연에 조치를 취하고, 어쩔 수 없이 맞아야 할 난세라면 최대한 대비를 해나가야 하는 것이 아니겠습니까?'

허종이 가만히 고개를 끄덕이고 있다가 문득 말했다.

"허허허! 그렇네. 그러나 어쩌면 그것이야말로 범인들과는 다른 바로 무황의 위대함인지도 모르지. 오랫동안 생각하고 또 지켜본 끝에 노부는 얼마 전부터 그런 생각을 하게 되었네."

"으음?"

"무황은 무림을 어느 특정 단체나 인물들의 것이 아닌 바로 모든 무림인들의 것이라는 생각을 늘 하고 있었지. 그래서 정마대전 이후에 자신이 해야 할 일은 어느 특정 계파가 아닌 무림 전체가 부강하도록 하여, 만약에 또다시 천마궁과 같은 패도 세력이 부활했을 때, 과거와 같이 어느 특정 집단이나 세력이 주도하는 힘이 아닌 무림 전체의 자발적인 힘으로 그들에 대응하도록 만들고자 했네. 그것을 위하여 성주는 그동안 기존의 정과 마의 대립 구도였던 무림을 정마가 공존하는 무림으로 변화시키기 위해 노력했고, 또한 그런 가운데 모두가 함께 부강해질 수 있도록 유도해 왔네. 성주의 그런 입장에 대해서 정파 측의 불만이 결코 작지 않았으나, 이십 년이 흐른 지금 무림은 과연 과거에 유래를 찾아볼 수 없을 만큼 최고의 번성기를 구가하게 된 것은 분명한 사실이지. 또 한 가지, 노제가 방금 지적한 것처럼 작금에 이르러 성주는 스스로의 권위를 포기하고 굴욕까지 감수하는 지경에 이르러 있는데, 노부는 그 이면에 또한 성주의 어떤 포석이 깔려 있는 것으로 짐작을 하고 있네."

그 대목에서 말을 멈춘 허종은 사뭇 심각한 표정으로 자신에게 귀를 기울이고 있는 등평을 잠시 바라보고 있다가 다시 말을 이었다.

"자신이 정상에서 밀려남으로써, 지난 이십여 년간 축적되었으나, 또한 상당 부분 숨겨져 있는 무림 실세들의 힘들이 온전히 다 드러나고, 또한 그럼으로써 곧 다가올 난세에 그 힘들이 자연스럽게 전면으로 나서게 만들 생각인 게지. 허허허! 어떤가? 노제가 보기에는 노부의 이런 생각들이 그저 하릴없는 늙은이의 괜한 공상에 불과하다고 여겨지는가?"

등평이 대답하는 대신에 약간의 격동이 비치는 눈빛으로 물었다.

"무림 실세라면… 대표적으로는 이대무존가, 그리고 구파일방과 오대세가를 이르는 것일 텐데, 그 힘들을 수면 위로 끌어내어 선봉으로 세우기 위해서 정작 그들 전체를 이끌어야 할 무황 자신은 뒷전으로 물러나 난세의 도래를 방관만 한다는 것입니까?"

그러나 허종은 오히려 느긋한 심정이 되었는지 담담하게 웃으며 말을 받았다.

"허허허! 그렇게 여기는가? 하지만 내 생각은 다르네. 그것은 방관이 아니라, 보다 큰 의미에서의 적극적인 대처라고 생각하거든?"

"음?"

"이십 년 전의 정마대전은 치열하기 그지없었고, 무림은 지금까지 알려진 것보다 훨씬 더 커다란 희생을 치렀었네. 그럼에도 불구하고 그 희생의 규모가 그다지 크지 않았던 것으로 전해진 것은 바로 각 대문파의 수뇌들이나 이름난 고수급들의 희생이 생각보다 크지 않았기 때문이지. 희생자들의 대부분은 이름없는 군소방파에 소속되었거나,

그나마도 아무 곳에도 소속되지 않은 평범한 무인들과 낭인들이었네. 그들은 무림패권 따위에는 애초부터 아무런 욕심을 부리지 않았으며, 오로지 자신들의 가문이나 사문의 명예를 위해, 그리고 기껏해야 자신들의 이름 몇 자를 알려보고자 하는 작은 욕심밖에 가지지 않았던 사람들이지. 그들은 그토록 무의미한 희생을 당할 이유가 없는 자들이었네. 희생을 당해야 한다면 보다 큰 욕심을 가진 자들, 바로 정마대전을 일으킨 천마궁과 무황을 비롯해 지금의 무황성을 만든 이대무존가, 그리고 구파일방과 오대세가가 당해야 마땅하지 않겠는가. 그 같은 맥락에서 노부는 성주의 진정한 의중이 도래할 난세에서 바로 그들 대다수 일반 무인들의 희생을 최대한 줄이고, 천하패권의 야욕으로 난세를 만드는 실질적인 주체들을 밝은 곳으로 불러내어 서로 맞붙게 하려는 것이라고 간절히 믿고 싶은 것이네."

그렇게 말하고 나서 허종은 문득 격한 감정이 솟구치는지 지그시 눈을 감았다.

그리고 다른 사람들 역시 제각기 가슴속의 놀라움과 격동을 추스르느라 석굴은 잠시 조용한 침묵 속으로 빠져들었다.

한참 만에야 눈을 뜬 허종이 묵묵히 생각에 잠겨 있는 고대릉을 보고는 문득 빙그레한 미소를 떠올리며 입을 열었다.

"허허허! 부질없는 얘기만 했네. 노부같이 하잘것없는 주제가 어찌 무황 같은 이의 심중을 제대로 짐작할 수 있을 것인가? 또한 노부의 짐작이 만약 맞는 것이라고 해도, 기실 노부는 그렇게 거창한 일 따위에는 별로 관심이 없는 늙은이일세. 노부가 다만 걱정하는 것은 노부 일신의 안위와 또한 그것을 위한 잠룡단의 안위뿐일세. 물론 노부가 고

공자에게 본 단의 단주를 맡아달라 한 것 역시 근래에 가시적으로 잠룡단에 가해지는 위협들에 대처하기 위해서이네. 성 내부적으로는 이제 위지천의 성주 대행 체제가 본격적으로 시작되면서 언제 잠룡단을 해체하려는 시도가 있을지 짐작할 수 없는 처지가 되었네. 따라서 우리로서도 스스로를 보호할 대책을 강구하지 않을 수 없게 되었으니, 우선은 제각각으로 흩어져 있는 잠룡단의 힘을 하나로 묶어줄 중심이 필요하게 된 것이네. 그런 이유로 우리는 벌써 전부터 여러 가지 측면으로 자네를 유심히 관찰해 왔었네. 허허! 솔직히 처음에는 자네가 성주와 석여령 소저, 그리고 강호오공자들과 맺고 있는 관계에 보다 큰 관심이 있었지. 하지만 우리의 관심은 곧 달라졌네. 무엇보다도 자네가 그동안 보여준 놀라운 역량과 그보다도 폭발적으로 성장해 나가는 그 무한한 가능성을 발견한 것이지.”

허종이 잠시 말을 멈추고 고대릉의 눈을 깊숙이 응시하였다.

그러나 고대릉은 담담히 그 눈길을 받아들일 뿐이었다.

허종이 나직이 한숨을 불어 내쉬며 다시 말을 계속했다.

“우리 잠룡단은 무황성의 휘하로서, 그리고 대부분이 정마대전에 직접 참여했던 당사자들로서 다가올 난세를 군이 회피할 생각은 없네. 그러나 또다시 우리의 의지와는 상관없이 몇몇 야망을 가진 자들에 의해 아무 의미 없는 전쟁에 내몰리고 싶지는 않네. 만약 지난 정마대전의 당사자들로서 전쟁에 개입해야만 하는 것이라면, 차라리 우리 자신의 의지에 의해 주도적으로 참여를 하고 싶은 것이네. 그리고 가능하다면 살아남는 것이 좋겠지. 우리는 우리의 그런 바람을 위해서, 나아가 우리의 생존을 위해서 우리를 대표하고 중심이 되어줄 잠룡단의 단주로 자네를 선택하려고 하는 것일세. 그리고 노부가 짐작하기에 자네를 선택한 또 한 사람이 있네."

고대릉이 슬며시 미간을 좁혔다.

그 모습에 허종이 쓴웃음을 지으면서 말을 덧붙였다.

"바로 성주일세."

이번에는 고대릉의 미간이 확연히 찌푸려졌기에, 허종은 잠시 뜸을 들였다가 말을 이었다.

"지난번과 같은 상황에서 성주가 비록 명목상으로나마 자네를 우리 잠룡단에 맡긴 것은 분명 자네에게 뭔가 기대하는 것이 있기 때문일 걸세. 어쩌면 그는 난세를 대비할 주역의 한 사람으로서 자네를 선택한 것인지도 모르지. 과연 성주가 자네에게 거는 구체적인 기대가 무엇인지, 또 어떤 이유와 근거로 자네를 선택한 것인지에 대해서는 알 수 없지만 말일세."

그때 고대릉이 문득 침묵을 깨고 굳은 얼굴로 천천히 말을 뱉어냈다.

"다시 말씀드리지만, 저에 관한 선택은 저 스스로 합니다. 설사 무황이라 해도 저에게 어떤 선택을 강요하려 한다면, 저는 그것을 결코 용납하지 않을 것입니다."

고대릉의 그 말은 다시 한 번 사람들을 작은 경악 속으로 몰아넣었고, 좌중의 분위기는 대번에 딱딱하고도 어색하게 변해 버렸다.

등평은 다시 은근히 조바심이 나기 시작했다.

허종이 지금까지 말한 것이 진실이든, 혹은 그 자신이 말한 바대로 다만 그 혼자만의 엉뚱한 추측에 불과한 것이든, 그것은 지금 당장 중요한 것이 아니었다.

지금 중요한 것은 잠룡단이 고대릉을 단주로 영입(?)하겠다는 의지가 확고하다는 것이었다.

물론 눈치를 보아하니 그것이 잠룡단 전체의 논의를 거친 것은 아닌 것 같고, 다만 허종 혼자의 생각인 것 같기도 하였다.

하지만 또한 중요한 것은 아무리 허종이 스스로를 낮추고 있어도, 등평이 보기에 잠룡단 내에서의 그의 영향력은 거의 절대적인 것임에 분명하다는 사실이었다.

그가 판단하고 일단 의지를 가진 이상, 곧 잠룡단 전체의 의사로 보아도 크게 문제가 없을 것 같다는 것이다.

그렇다면 그 속사정에 어떤 내막이 있든 간에, 고대릉의 입장에서는 일단 그러마 하고 적당히 못 이기는 척 받아들여서 하등의 손해날 일이 없는 제안이었다.

아니, 손해날 일이 없는 것이 아니라, 곧 난세가 도래할 것이라는 예측에는 등평 또한 이견이 없는 만큼, 힘이 곧 정의(正義)가 되는 난세에서 잠룡단 같은 전위조직을 가진다는 것은 얼마나 든든한 일이며, 또한 얼마나 굉장한 이득이 되는 일인가.

'잠룡단이 비록 기껏 백여 명의 숫자에다 그나마도 백인백색의 오합지졸에 불과한 것은 누구도 부정하지 않을 사실이나, 그것은 다만 지금의 평가가 그렇다는 것이다. 지금과 내일은 다를 수 있는 것이고, 잠룡단이 가진 잠재적 가능성이라면 능히 다르게 만들 수 있다. 잠룡단에는 허종과 같은 기인이 있고, 이룡과 같은 걸출한 인재들이 있다. 그들이 진정으로 뜻을 모은다면, 아니, 뜻을 모으도록 만든다면 얘기는 달라진다. 지금은 비록 무질서하나, 그들이 중심이 되어 질서를 잡자고 한다면 금방 틀이 잡힌 알찬 조직으로 변모시킬 수 있

는 일이다.'

둥평의 욕심은 기실 그와 같은 것이었고, 그는 충분히 그렇게 만들 심산과 자신감도 가지고 있었다.

그런데 고대릉은 지금 자신에게 굴러 들어온 기회를, 그야말로 똥인지 된장인지도 모르고 무작정의 고집으로 튕기고만 있는 것이었다.

그러나 그런 조바심에도 불구하고, 둥평은 여전히 적극적으로 개입할 엄두를 내지 못하였다.

이해가 되지 않는 고집을 부리든 말든 간에, 그의 어린 가주는 이제 그가 마음대로 생각을 조종할 수 있는 그런 수준이 결코 아니란 걸 분명히 알고 있기 때문이었다.

더구나 그의 어린 가주는 허종의 부탁에 가까운 제안에 대해 이미 두 번씩이나 거듭 거부의 뜻을, 그것도 '강요한다면 설사 무황이라 할지라도 결코 용납하지 않겠다는' 사뭇 대책이 안 서면서도 살벌한 경고까지 선언한 다음이 아니던가.

하지만 한가닥 안타까움은 어쩔 수가 없는 것인지, 둥평의 얼굴은 어느새 불그레하게 달아올라 있었다.

자신이 만들어놓은 어색하고도 딱딱한 분위기를 깬 것은 역시 고대릉이었다.

"한 가지 청이 있습니다."

느닷없는 말에 허종은 물론이고 둥평마저 눈빛에 황당한 의문을 담았다.

'응?'

허종과 둥평이 누가 먼저랄 것도 없이 서로의 눈치를 살핀 다음에,

허종이 고대릉을 향해 가만히 말했다.

"허허! 자네는 노부의 청에 대해 그토록 박절하게 퇴짜만 놓더니, 이제 오히려 노부에게 청이 있다고? 그래 무슨 청인지 한번 들어나 보세?"

짐짓 어이없다는 투로 허종이 그렇게 말을 내놓자마자 고대릉은 곧바로 말을 받았다.

"저의 도전을 받아주십시오."

허종의 입이 딱 벌어졌다.

"허어?"

같은 순간에 등평은 차라리 황당한 경악을 느끼고 있었다.

'결국 가주의 내심에는 그런 욕심이 들어 있었던 것인가? 허허허허!'

그리고 등평은 미약하게 남아 있던 한 조각 기대마저도 완전히 포기를 하고 말았다.

'큭! 조직을 가질 것을 권유했을 때 스스로의 힘으로 세상과 부딪쳐 나가겠다고 하더니… 직접 세상의 강자들과 부딪쳐 나가면서 자신을 강하게 만들어 나갈 것이라고 하더니… 그것이 결국 이런 방식을 의미하는 것이었던가? 허허허! 방금의 그 길고 복잡한 이야기들을 들으면서 허종의 제안에는 전혀 관심이 없고, 다만 그동안에는 알지 못했다가 이제 허종이 무황성에서도 몇 안 되는 대단한 강자라는 사실에 귀가 솔깃하였다는 것인가? 그러나 아무리 그렇다고 하더라도 감히 허종에게 다짜고짜 도전을 하겠다니……?'

하지만 등평이 아무리 생각을 해보아도 이건 도대체 말이 안 되는 소리였다.

'허종이 어떤 인물이라고 감히 도전을 해……?'

생각할수록 어이가 없어지는 등평이었다.

이제 허종이 어떤 대답을 내놓을지는 모르나 만약 그가 고대릉의 도전을 받아들이겠다고 한다면, 어떤 이유로든 결코 일부러 져주지는 못할 것이었다.

비록 세상에서 잊혀지다시피 소외되었다고는 하나, 다만 한 사람의 무인 된 입장으로서도 결코 그런 불명예를 택하지는 못할 것이기 때문이었다.

'만약 그가 일신의 무공을 가감없이 펼쳐 낸다면……?'

그런 생각을 떠올리는 것만으로도 등평은 그만 고개를 절레절레 젓고 말았다.

아무리 고대릉이 욱일승천하는 기세로 일취월장의 무공 진전을 보이고 있다고는 하나, 지금 허종의 벽을 넘겠다는 것은 어불성설이라고밖에는 달리 표현할 말이 없었다.

자꾸만 고개를 가로젓고 있는 등평의 모습을 힐끗 바라보며, 허종이 실없어 보이는 웃음을 떠올리며 농담이라도 받는다는 듯이 고대릉에게 물었다.

"허허! 그래, 만약 노부가 자네의 도전을 받아주면, 자네는 그 대가로 노부에게 무엇을 해주겠는가?"

그러자 고대릉이 다시 추호의 망설임도 없이 단호한 어조로 대답했다.

"승부에서 진다면, 저는 노선배님의 그 어떤 요구도 다 수용할 각오가 되어 있습니다."

순간 허종의 표정이 묘하게 변했다.

'그토록 까다롭게 굴더니, 이건 또 너무 쉽지 않은가?'

허종이 짐짓 입매를 굳히며 다시 물었다.

"만약 노부가 진다면?"

역시 고대릉의 대답에는 주저함이 없었다.

"이미 말씀드린 대로 저는 조용히 이곳을 떠나겠습니다."

다시금 약간의 당혹감을 느꼈는지, 허종이 잠시 생각을 굴리다가 천천히 입을 열었다.

"음! 아무것도 바라지 않는다? 결국 자네는 나와의 승부만을 원한다는 것이로군. 그러나 그 조건은 결국 노부 혼자만 너무 손해를 보는 것이 아닌가? 만에 하나라도 노부가 질 경우에… 허허허! 노부는 그나마 한가닥 남은 자존심마저 무너져 버리는 셈이니, 향후로 어떻게 얼굴을 들고 다닐 것인가? 그리고 노부가 이길 경우에도 이 나이에 자네 같이 젊은 사람을 이겨서 무슨 영광이 있을 것이며, 자네를 얻는다 해도 그때 자네는 이미 우리가 필요로 하는 단주로서의 가치가 한참이나 떨어진 후일 테니 말일세. 허허허! 그렇지 않겠는가? 무릇 한 조직의 장(長)이라 함은 그 능력의 고하를 떠나 고고한 위엄이 있어야 하는 법인데, 수하에게 패한 단주가 어떻게 고고한 위엄을 세울 수 있겠는가?"

허종의 말에 대해 고대릉은 묵묵히 허종의 눈만 응시하고 있었다.

그 눈빛이 노려보듯 강렬하여서 슬며시 안색을 굳히던 허종은 문득 고대릉의 눈빛에서 뜨겁고도 강렬한 한가닥의 열정을 느낄 수 있었다.

그것은 바로 승부에 대한 무인으로서의 열정이자, 투지였다.

한동안이나 당혹스러운 얼굴로 등평과 고대릉을 번갈아 바라보고 있던 허종은 문득 무슨 생각을 하였는지 굳어 있던 안색을 풀었다.

"으음! 역시 자네는 쉽지 않군. 일견 단순해 보이는데도 막상 마주하면 결코 생각을 짐작하기가 쉽지를 않아. 어쨌든 자네의 그 승부욕은 참으로 대단하군. 좋아. 자네의 그 청을 받아주지. 노부는 한 사람의 무인으로서 자네의 도전을 받아들이겠네. 그러나 그전에 조건이 있네."

"말씀하십시오."

여전히 생각하는 기색 없이 곧바로 내놓는 고대릉의 대답에 허종이 빙그레 웃었다.

"우선은 승부의 결과에 관계없이, 자네는 본 단의 단주 직을 수락하게."

순간 고대릉의 표정에 숨길 수 없는 당혹감이 스쳤다.

그리고 같은 순간 등평의 얼굴로도 묘한 기색이 서렸다.

'응? 이건 또 무슨 귀신 씨나락 까먹는 소리인가?'

등평의 머리가 급하게 돌아가기 시작할 때, 허종은 기왕에 내친김이라는 듯 다시 말을 잇고 있었다.

그런데 지금 그의 눈빛과 표정에는 지금까지 비치지 않았던 기이한 열기가 떠돌고 있었다.

"자네가 단주 직을 수락한다고 가정하고 다시 두 가지의 조건이 또 있네. 첫째는 자네가 단주로 있는 기간에 대한 조건일세. 우리가 원하는 것은 난세의 시기 동안만의 결집이네. 우리는 그 기간 동안의 생존을 위한 최소한의 결집과 구속을 바라는 것이지. 따라서 자네가 우리들의 단주가 되더라도 영속이 아닌 유한한 기간 동안의 단주가 되는 것일세. 즉, 잠룡단에 속한 사람들 모두가 원한다면 자네는 언제라도 단주 직에서 물러나야 하는 것이고, 그로써 잠룡단은 다시 자유로 돌아가는 것이지. 후후후! 사실 그동안 우리는 자유롭지 못했었네. 다만 자유로운 척을 하고 있었을 뿐이네. 우리들 모두가 무법자요, 성의 규율과는 거의 상관없이 살아온 터라, 그것이 사람들에게는 소외나 방종, 혹은 자유로 비춰질 수도 있었겠지만, 결국 우리들은 성주의 명령에 대해서만은 결코 자유롭지 못했네. 그것이 간섭이나 통제가 아닌 보호였다고 해도 말일세. 또한 아무리 거칠고 망가진 인생들이라고는 하지만, 그래도 칼을 잡은 사내들인 이상 각자가 지금까지 살아오는 동안 맺었던 인간관계에서 결코 자유롭지가 못하였네. 편룡의 경우처럼 말일세. 그래서 우리는 바라는 것일세. 난세가 끝난 다음에 우리는 그 모든 통제와 간섭과 인연에서 벗어나 완전한 자유를 누리게 되기를 말일세."

허종이 격해지는 심정을 추스르는 듯 잠시 숨을 돌리고 난 다음에 다시 말을 이었다.

"둘째는… 방금 한 얘기와 같은 맥락이 되겠지만, 우리는 주군으로서가 아닌, 대표로서의 단주를 원하네. 다만 결속의 중심이 되어주고 필요할 때 우리를 대변해 줄 수 있는 존재로서의 단주를 원한다는 말이지. 즉, 자네가 단주가 된다고 해도 조직의 운영에 관한 주요한 결정 사항은 적어도 여기에 있는 우리 세 사람과의 협의를 거쳐서 결정되어야 한다는 것이네."

허종의 말은 그렇게 마무리되었다.

이어 그는 늙은이 특유의 허물거리는 미소를 노골적으로 떠올려 놓고서 느긋한 눈빛으로 고대룡의 대답을 재촉하고 있었다.

이미 고대룡의 눈빛 깊숙이 자리한 그 한가닥의 강렬하기 이를 데 없는 열정과 동경을 본 이상, 허종은 자신이 칼자루를 잡은 것이나 마찬가지라고 생각하는 것이었다.

'흐흐흐! 까다롭고도 특이한 성격이기는 하나, 그래도 절실하게 원하는 것에 대한 조급함을 쉽게 이기기에는 너무 어린 나이이다'

그러나 허종은 자신의 그 느긋한 생각이 속단임을 금방 깨달아야만 했다.

"후후후! 재미있군요."

고대룡의 입에서 돌연하게 웃음 섞인 말이 흘러나왔을 때, 등평은 질겁을 하며 화들짝 놀라고 말았다.

고대룡의 기세를 보아하니 또다시 망설이지 않고 무슨 말인가를 쏟아낼 기세가 분명하였기 때문이다.

"가주님! 잠시만……!"

다급한 심정으로 등평이 눈짓을 해가며 끼어들었으나, 그 모습에는 사뭇 조심스러운 데가 있었다.

어쨌든 일단은 시간을 벌고 나서 좀 더 숙고해 보자는 뜻이었다.

승부 자체는 이미 돌이키기 어렵게 되었다고 하더라도, 승부의 조건 또한 단순히 감정적이거나 간단한 논리로 생각할 일은 아닌 것이다.

더구나 허종 같은 노회한 노강호를 상대하는 일임에랴.

이제부터라도 등평은 고대룡이 어떤 생각을 하는지에 대해서, 그가 그 생각을 입 밖으로 내놓기 전에 먼저 알아야만 하였다.

그러나 고대룡에게서 돌아온 답은 부드러우면서도 단호하였다.

"괜찮습니다, 의숙!"

그 한마디에 등평의 얼굴이 확 일그러지고 말았다.

그러나 그는 감히 뭐라고 다시 말을 꺼내지는 못하였다.

그도 이미 어렴풋이는 인정하고 있는 사실이었지만, 지금의 그는 고대룡의 단호한 말에 대해 웬만해서는 이의를 제기하지 못하는 처지가 되고 만 것이었다.

'저놈의 고집!'

속이 탔지만 어쩔 수 없는 노릇이었다.

고대룡이 원래 가졌던 유약한 모습을 벗고 '좀 더 강하게… 또 좀 더 강하게'를 표방해 온 장본인이 바로 등평 자신이 아니었던가?

그의 바람대로 고대룡은 본래부터 가지고 있던 우직한 고집에다, 근래에 들어 변화한 주관적 사고로 무장을 하여서, 이제는 등평으로서도 그를 제어하거나 설득하기가 실로 용이하지 않게 되고 만 것이다.

등평은 이제 온 신경을 곧추세워 고대룡의 입을 주시하는 수밖에는 전혀 다른 도리가 없었다.

"노선배님의 의지는 정말로 대단하시군요."

그렇게 말머리를 여는 고대룡에게서 허종은 좀 전에 자신이 발견하였던 젊은이 특유의 조급한 열정을 다시 찾아보기 어려웠다.

다만 그가 처음에 느꼈던 대로, 단순해 보이면서도 한편으로는 너무나 담담하여 무슨 생각을 하는지 짐작하기 어려운 청년 고대룡의 모습만이 있을 뿐이었다.

허종이 다시금 약간의 당혹스러움으로 바라보고 있는 중에, 고대룡은 여전히 담담한 표정으로 말을 잇고 있었다.

"한데 기왕에 노선배님께서 몇 가지의 조건을 거셨으니, 저 또한 몇 가지 조건을 거는 것을 양해해 주시리라 믿습니다."

허종이 이윽고는 내심의 탄식을 금할 수 없게 되었다.

'허! 노부의 몇 가지 조건에 대해 다시 몇 가지의 조건을 걸겠다고?

양해해 줄 것을 믿는다고? 허허허! 이거야 원, 십 년 동안 방 안에 틀어박혀 죽어라 책만 판 책상물림 같기도 하고, 또 어찌 보면 능히 십 년은 강호바닥을 굴러먹은 눈치 같기도 하니… 하긴 요지부동으로 제안을 거부하던 때에 비하면 그래도 조건을 달겠다는 것만으로도 어쨌든 상당히 고무적인 발전이 아닌가?

어이없는 심정이나 과연 그가 무슨 말을 늘어놓는지 들어나 보자는 마음으로 허종은 기가 찬다는 표정을 숨기지도 않고서 고개를 끄덕이고 말았다.

그런 허종에 대해 고대릉은 미미하게 미소까지 떠올렸다.

"저 또한 귀 단의 단주가 되었을 경우를 상정하고 두 가지의 조건을 제시하겠습니다. 첫째! 잠룡단 전체가 원할 때는 물론이고, 제가 원할 때 역시 언제라도 저와 잠룡단과의 관계를 청산할 수 있어야 합니다. 그렇게 하는 것이야말로 서로 공평하다고 할 것입니다."

그 말에 당장 허종과 이룡의 표정이 묘하게 변했다.

참으로 묘한 말이 아닌가.

허종이 이미 제시했던 조건과 같은 말인 듯하면서도 사뭇 다른 뜻이었다.

덕분에 좌룡 같은 이의 심정은 이제 더 이상 복잡할 수 없을 정도로 마구 뒤엉켜 가고 있었다.

사람의 마음이란 참으로 이상해서 사실 좌룡은 처음에 고대릉이 잠룡단의 단주가 되는 경우에 대해서는 조금도 상상을 하지 못하였다.

그러나 허종이 그같이 상상 못할 제안을 하였고, 또한 그 제안의 타당성에 대해 길게 설명을 하는 과정에서 자신도 모르게 상당 부분 설득이 되어버린 감이 있었다.

더구나 뜻밖에도 고대롱이 거듭 거절을 하는 과정에서는 오히려 조바심까지 느끼게 되었던 것인데, 이제 다시 고대롱이 쉽게 이해 못할 조건을 내걸자 갈피를 잡기 어려울 정도의 혼란이 일고 만 것이다.

한편 등평의 얼굴은 조금 펴져 있었다.

'호오? 절묘하지 않은가? 해석하기에 따라서는 단주로서의 직책은 취하되, 책임은 지지 않겠다는 말로도 해석될 여지가 있는 것이니……'

그러나 사람들이 내심으로 어떤 생각들을 하든 그에는 상관없이 고대롱의 말은 계속 이어지고 있었다.

"둘째! 비록 잠시간 동안의 단주라 해도 이름만 걸어놓는 단주는 싫습니다. 물론 중요 사안에 대해서는 내부적으로 합의를 거치겠지만, 내부적으로 원만하게 합의가 이루어지지 않는 사안에 대해서는 단주가 결정할 수 있어야 합니다. 또한 정황상 내부적 합의를 거치기 어려운 긴급한 사안일 때 역시 단주의 결정으로 일을 우선 처리할 수 있어야 합니다. 지휘 체계에 있어서 무엇보다도 분명히 해두어야 할 것은, 제가 잠룡단의 단주가 된 이후로 잠룡단은 외부의 그 어떤 단체나 개인의 명령도 듣지 않아야 합니다. 오로지 잠룡단 내부적으로 결정된 바만 따라야 한다는 것입니다."

"으음!"

이번에 허종과 좌룡은 동시에 신음과도 같은 소리를 뱉어내고 말았다.

그도 그럴 것이 지금 고대롱이 말한 것은 참으로 엄청난 의미를 지니는 것이었다.

단적으로 말해, 자신이 잠룡단을 맡는 이상에는, 잠룡단은 무황성과는 완전히 별개로 되는 것이고, 성주인 무황의 명령까지도 듣지 않아야 한다는 의미가 아닌가.

등평은 이제 자신도 모르게 슬금슬금 웃음이 나려고 하였다.

억지로 표정을 굳히고 나서 슬쩍 옆을 보니, 흑요는 아예 입매를 일그러뜨리고 엉뚱한 곳에다 시선을 돌려놓고 있었다.

그녀 또한 억지로 웃음을 참고 있는 기색이 역력하였다.

어쨌거나 등평은 이제 마음이 더할 나위 없이 편해졌다.

이제는 고대릉이 무슨 말을 하든 느긋하게 지켜볼 마음의 여유가 생긴 것이다.

그의 그런 마음을 알기라도 했는지, 고대릉은 다시 거침없는 기세로 말을 꺼내고 있었다.

"셋째. 저는 이미 무영가의 가주 신분이니 향후로 무영가와 잠룡단은 전혀 무관하다는 것이 전제되어야 합니다."

등평은 이제 안심하는 정도를 넘어서 아주 놀라고 감탄하는 심정이 되어 다소 멍한 눈빛으로 고대릉의 얼굴을 쳐다보고 있었다.

이건 마치 미리 준비라도 하고 있은 듯하지 않는가.

그러나 허종의 제안 자체가 미리 예측하지 못했던 것인데, 언제 그 대응까지를 준비해 둘 수가 있었겠는가.

등평은 문득 고대릉의 새로운 면모 하나를 발견한 느낌이었다.

바로 사고의 자유로움과 순발력이었다.

지금까지의 고대릉은 늘 등평이나 주변에서 의견을 말하기를 기다렸다가 자신의 의견을 더하여 말을 하거나, 혹은 제반 상황을 충분히 관찰한 다음에 한두 박자를 쉬었다가 자신의 의견을 말하곤 하였었는데, 지금의 그가 대화를 이끌어 나가면서 상황을 주도하는 방식은 이제까지와는 완연히 다른 새로운 면모였다.

'가주는 끊임없이 진화하고 있다. 무공뿐만이 아니라, 그 사고의 능력까지도 말이다.'

등평은 문득 그런 생각을 하였다.

어쨌거나 고대릉의 세 가지 조건을 들으면서 등평이 내린 결론은 한가지였다.

'결국에는 단주 마음대로 하겠다는 소리다.'

그런 결론에 도달하기는 허종이나 이룡도 마찬가지였던 모양이었다.

고대릉이 자신의 할 말을 다 했다는 듯 묵묵히 입을 닫고 있음에도 불구하고, 그들은 한동안이나 아무 말도 하지 못하고 그저 물끄러미(?) 고대릉의 얼굴에다 시선을 던져 두고 있었다.

"그게 다인가?"

침울하게까지 들리는 허종의 물음에 고대릉은 문득 등평과 흑요에게로 눈길을 돌렸다.

등평은 가만히 고개를 가로저었고, 반대로 흑요는 엷은 미소를 떠올리며 가볍게 고개를 끄덕였다.

그들의 고갯짓은 서로 달랐지만, 그 의미는 같았다. 더 이상 할 말이 없는 것이다.

이윽고 고대릉의 고개가 끄덕여졌다. 허종을 향해.

허종이 잠시 고대릉을 지켜보고 있다가 더할 수 없이 무거운 표정과 목소리로 말했다.

"알고 보니 자네에게는 그토록 치밀한 심산이 숨겨져 있었군."

고대릉은 대답없이 가만히 허종을 응시하고만 있었다.

그런데 허종은 문득 담담한 표정으로 자신을 직시하고 있는 눈앞의 어린 소년에게서 그 나이와 몸집 이상의 어떤 커다란 무게 같은 것을 느껴야만 했다.

'허어! 또다시 새로운 면모란 말인가?'

순간 허종은 자신을 짓누르는 어떤 중압감에서 힘겹게 벗어나기라도 하듯 길게 한숨을 내쉬며 말했다.

"휴우! 참으로 쉽지 않군. 노부에게 생각할 잠시간의 시간을 좀 주게."

허종의 생각은 그다지 길지 않았다.

그는 다만 좌룡, 그리고 우룡과 한차례 눈길을 교환하고 난 다음에 한결 느긋해진 기색으로 입을 열었다.

"자네의 조건을 받아들이기로 하겠네. 단, 승부에 걸린 조건이니만큼, 자네가 노부를 이겼을 경우에만 유효하다는 것은 굳이 말할 필요가 없는 것이겠지?"

허종의 말에 대해 고대룡은 담담한 미소를 떠올렸다.

그리고 다른 사람들 역시 놀라거나 굳이 이견을 말하고자 하는 기미를 보이지 않았다.

사실 좌룡이나 우룡 역시 승부의 결과를 조금도 의심하지 않았기에 별다른 동요를 보일 이유가 없는 것이었다.

고대룡의 그 세 가지 조건이 아니라 그 어떤 조건을 더 내건다 하더라도 그가 승부에서 이기는 것은 조금도 가능성이 없는 일인 이상, 그저 공중에 뜬 조건에 불과한 것이다.

반대로 등평 역시 별 불만이 있을 것이 없었다.

져도 손해 볼 일이 없는 것이다.

물론 승부의 과정에서 고대릉이 다칠 우려가 다소간 있기는 하나, 허종이 고대릉을 필요로 하는 것이 명백해진 이상, 그의 절대적인 일신 무공으로 어린 고대릉을 크게 다치게 하지는 않을 것을 믿었다.

그리고 비록 그럴 가능성이야 희박한 중에서도 또 희박하다고 등평 스스로도 생각하는 바이기는 하나 고대릉이 이길 만약의 가능성도 아주 배제할 수는 없는 일이 아닌가?

그의 어린 가주 고대릉의 가능성은 지극히 논리적이고 치밀한 그에게 그런 근거없는 기대를 가지도록 만드는 놀랍고도 기이한 가능성이었다.

이윽고 등평의 입가로 한가닥 묘한 웃음기가 맺혔다. 등평 자신도 모르게.

● 第四章 ●

심형지경(心形之境)

심형지경(心形之境)

이른 아침.

동녘이 흐릿한 빛으로 발갛게 밝아올 무렵이었다.

평상시 같으면 사람을 찾아보기 힘든 때임에도 불구하고, 잠곡의 분지에는 사람들이 모여 있었다.

사람들은 분지의 삼면을 둘러싼 석벽 아래쪽으로 빙 둘러서 있었고, 외부로 향하는 입구 쪽 역시 마치 봉쇄라도 하듯이 일렬로 사람들이 늘어서 있었다.

그러나 붐비거나 소란스러운 기운은 전혀 없었고, 오히려 은근한 긴장감이 느껴지는 가운데 적막감마저 감돌았다.

마치 일부러 만들어놓은 듯 제법 넓게 형성된 분지 가운데의 공터에는 지금 두 사람이 이 장여의 거리를 두고 멀찍하니 마주 보고 있었다.

바로 허종과 고대룡이었고, 그들은 지금 승부를 위한 대치에 들어가

심형지경(心形之境) 255

있는 중이었다.

승부에 들어가기 전, 허종은 잠룡단 전체를 소집하였다. 그리고 그 자리에서 개략적으로 이 승부가 가지는 의미에 대해 설명을 하였다.

그에 대해 비록 놀라움은 있었지만, 잠룡단의 아무도 이의를 제기하지는 않았다.

그런 배경에는 허종의 설명이 사뭇 선언적이었고, 또한 좌룡과 우룡마저도 이미 뜻을 함께하고 있다는 것이 크게 작용했을 것이다.

그러나 보다 큰 이유는 바로, 비록 스스로 돋보이는 것에 인색하기는 하나 기실은 무황성을 통틀어서도 몇 손가락 안에 꼽히는 절대고수 허종과 무명의 어린 나이로 채 일 년도 안 되는 사이에, 적어도 무공으로는 강호오공자보다도 높게 평가될 만큼의 신성으로 급부상한 무적공자 고대릉의 대결이라는 점이었다.

각자 특별함을 지닌 그들 두 노소의 대결은 잠룡단의 사내들에게 무엇보다도 커다란 흥미를 불러일으켰다.

그 대결의 결과는 분명 그들에게 엄청난 변화와 여파를 몰고 올 것이지만, 흥미를 느낄지언정 막상 긴박하게 긴장을 느끼는 사람은 없었다.

그것은 역시 그들 모두가 이미 이 승부에 대해 조금의 의심도 없이 분명하게 그 결과를 예견하고 있기 때문일 것이었다.

그들의 관심은 승부의 결과가 아니라 그동안 명성으로만 듣고 있었던 허종의 절기를 직접 자신들의 눈으로 견식하는 데 있었으며, 또한 그 절기에 대해 고대릉이 어떻게, 얼마나 버텨내는지를 지켜보는 데 있다고 할 수 있었다.

허종은 일부러 해가 뜨는 쪽을 마주 보는 위치를 택하여 섰다.

거기에 승부의 유불리(有不利)나, 혹은 연장자로서 상대에 대한 배려가 있는 것은 아니었고, 굳이 무슨 이유가 있어야 하는 것도 아니었다.

그는 오늘 사람들이 보기를 고대하는 대로 자신의 절기인 환보(幻步)를 선보일 작정을 내심 하고 있었으니, 처음 대치시의 위치를 어디로 하느냐 하는 따위는 어차피 조금도 의미가 없는 것이었다.

다만 이 승부가 만약 빨리 끝나지 않는다면, 솟아오르는 해를 마주 보기에 그 위치가 좋겠구나 하는 한가닥의 느긋한 감상 같은 기분 때문이었다.

그럴 정도로 그는 조금도 긴장하지 않았다.

아니, 도무지 긴장이 되지 않아서, 승부가 당연히 주어야 할 긴장감마저 느끼지 못하게 된 자신의 처지에 대해 섭섭하고 안타까운 심정이 들 정도였다.

그는 비록 피를 좋아하지는 않지만 그도 무의 길을 택하고 일생을 그 길에 매진해 온 한 사람의 무인인 이상에는 승부가 주는 그 짜릿한 긴장과 그 긴장의 사이사이에 때로는 주체할 수 없을 정도로 온몸을 타고 흐르는 뇌전과도 같은 극렬한 쾌감이 있다는 것을 모를 리 없었고, 더구나 싫어할 수는 없는 일이었다.

'허어! 이미 다 잊은 줄 알았더니, 이 늙은 몸뚱이는 아직도 그런 느낌을 그리워하고 있었던 것인가?

그러나 그립더라도 기대하기란 결코 쉽지 않다는 것은 누구보다도 허종 자신이 잘 알고 있었다.

진정한 승부란 호적수를 만나야 가능한 것이나, 아무리 도산검림의 무림에 몸을 담고 사는 처지라 해도 호적수를 만나기란 결코 쉽지 않은 일이었고, 실제로 허종 자신도 젊었을 때 경험한 겨우 한두 차례의 승부를 제외하고는 호각의 승부를 벌일 기회를 다시는 갖지 못하였다.

'후후후! 젊은 시절에는 만나는 상대가 모두 다 강자로 여겨졌지. 승패를 떠나 대결을 통하여 뭔가 하나라도 배우려는 욕심이 있었기에, 아무 상대라도 일단은 맞붙어보려 하였었다. 지금 저 아이가 내게 무작정 도전을 하고 있는 것처럼……. 훗! 그것이야말로 젊은 한때의 특권이요, 행운이라고 해야 하지 않겠는가.'

그러나 그의 젊은 시절은 행운으로만 채워지지는 않았다.

'언제부터인가 나는 승부에 대해 무감각해져 버렸고, 다만 승리가 주는 말초적인 쾌감과 이름을 높이는 것에만 집착하게 되었지. 그러다 정마대전에 뛰어들게 되었고, 곧 대의와 목적을 앞세운 무조건적인 증오와 살의에 빠져들고 말았다. 아아! 그것이 나에게 독(毒)이 되었다. 어떤 이유에서든 살육과 증오는 무인의 정신을 자신도 모르는 사이에 파괴시키고 마는 극독(極毒)인 것을…….'

허종은 가만히 고개를 저었다.

이십여 년 만에 상대를 눈앞에 두고 감상에 젖다 못해, 가슴 깊숙한 곳에 묻어두었던 아픈 기억들마저 들추어내고 있는 자신을 문득 발견하고 만 것이었다.

'허허허! 어쨌든 지금 저 아이가 느끼고 있을 가슴 벅찬 느낌과 긴장만으로도 이 승부는 충분히 의미가 있는 것이리라.'

허종은 한가닥의 엷은 미소를 떠올리며 눈앞의 어린 상대를 바라보았다.

하나, 둘, 셋…….

그것은 환영(幻影)이었다.

그러나 단순히 환영이라고 여기기에는 사람들의 눈에 그 형상이 너무나 또렷했다.

이미 날은 완전히 밝았는데, 점차로 그 개수를 늘려가는 허종의 분신(分身)들을 어떻게 환영이라고만 할 수 있겠는가.

아홉, 열, 열하나……

그리고 환영의 숫자는 이윽고 열둘에 이르렀다.

환보(幻步)였다.

보법으로서는 이미 전설로 올라 있다는 환보, 그것의 최고 경지였다.

"아아!"

"오!"

그 놀라운 장면에 사람들은 마침내 경악과 감탄을 금치 못하고서, 저마다 나직한 소리로 탄식과 탄성들을 흘려내고 말았다.

'엄청난 속도다. 가히 극쾌(極快)다.'

자신의 주위에 출몰해 있는 열두 명의 허종을 보면서 고대릉 또한 내심의 감탄을 금치 못하기는 마찬가지였다.

그것은 눈과 느낌의 차이였다.

눈으로 보고도 믿지 못한다는 말은 바로 지금과 같은 경우를 두고 하는 말일 것이었다.

열둘의 허종 중 열하나의 허종은 실체가 아닌 환영임에 분명하였다.

그러나 그 열둘 모두가 자신의 외단 내에 있지 않았다면, 그래서 기감으로 느끼지 못하였다면, 고대릉은 아마도 허종의 실체를 전혀 느끼지 못하였을 것이다.

지금도 그의 눈은 여전히 열둘의 허종을 보고 있었다.

'음?'

어느 순간이었을까?

고대릉은 문득 스스로의 마음속으로부터 한가닥의 안타까움 같은 감정이 솟아오르는 것을 느꼈다.

허종의 신형들이 한순간 미미하게 멈칫거리며 그 또렷하던 형상들이 약간씩 흐릿해지는 것을 보는 순간이었다.

그것은 마치 완성에 가까이 다가서 있는 어떤 하나의 아름다움에 대해, 미처 자세히 감상하기도 전에 그것이 흐트러지고 마는 것을 볼 때와도 비슷한 안타까움이었다.

허종의 환보.

그것은 고대릉에게 보법으로서 이루어낼 수 있는 쾌의 궁극에 거의 가깝게 다가서 있는 경지를 보여주고 있었다.

'외단 때문이다.'

문득 외단으로부터 전해져 오는 묘한 느낌을 경각(警覺)하면서 고대릉은 직감적으로 그 느낌이 바로 허종의 신형들에 그 미미한 변화를 일으키도록 영향을 준 원인이라는 것을 알 수 있었다.

본래 그러한 느낌은 허종의 환보가 시전되고 난 직후 그의 환영들이 생겨날 때부터 생겨난 것이었는데, 고대릉이 환보의 놀라운 묘용에 경탄하고 있느라 미처 그 느낌을 구체화하지 못하고 있었던 것이다.

같은 순간.

허종은 적지 않게 당혹스러워하고 있었다.

뭐랄까?

군이 표현하자면 그것은 하나의 이질감과도 같은 것이었다.

기류(氣流)의 이질감이었다.

원래 사방은 그냥 텅 빈 공간일 뿐이었는데, 어느 순간 갑자기 그 공간의 밀도가 높아지는 듯하였다.

그리하여 그 공간은 그냥 텅 빈 공간이 아닌, 보이지 않는 가운데 무엇인가가 있는 듯한 존재감이 느껴지는 것이었다.

이 시간대의 잠곡에는 기껏 분지를 휘돌고 사라지는 산들바람이나 있을 뿐이었다.

그런데 지금의 잠곡은 그게 아니었다. 뭔가 그가 모르는 기류가 존재하고 있었다.

물론 그가 환보를 시전하고 있는 이상 주변 허공에 일정한 기류가 만들어진다는 것은 지극히 당연한 현상이었다.

그의 몸이 엄청난 속도로 주변 허공을 쏘아 다니고 있기에 자연히 기류가 생기는 데다, 또한 그의 환보가 지니는 비밀스러운 특성에 의해서 인위적인 기로(氣路), 말 그대로 기의 통로가 만들어지는 것이다.

사실 허종의 환보는 쾌에 지나치게 중점을 둠으로써 경중(輕重)과 쾌변(快變)의 적절한 조화를 이루어야 할 보법으로서는 편향되었다고 할 수 있었다.

보법에 있어서 쾌의 묘라는 것은, 상대의 공격을 용이하게 회피하고, 또한 가장 효과적으로 상대를 타격할 수 있는 수단임에는 분명하다.

그러나 너무 쾌에만 치중하다 보면, 종국에는 보법을 시전하는 본인이 그 빠름을 감당할 수 없는 지경에 도달하고 만다.

우선은 스스로의 중심을 잡기 어려우니, 움직임이 어지러워지는 것을 피할 수 없다. 그러다 보면 상대에게 틈이 있어도 공략을 할 수 없게 될 뿐만 아니라, 오히려 스스로의 빈틈만 만들고 마는 꼴이 되는 것이다.

쾌의 묘를 극대화하면서도 그러한 문제점을 보완한 것이 바로 환보의 기로이다.

처음에 기로는 보법이 펼쳐지는 범위에다 일정한 기의 통로를 만들어놓고, 그 통로를 통해 지극의 쾌와 안정성을 동시에 구현하겠다는 기상천외한 생각으로 시도가 되었다.

허종이 그 생각을 현실화시키기까지는 목숨을 건 실로 험난한 과정을 거쳐야만 했으나, 마침내는 나름의 비법을 발견하여 환보라는 새로운 형태의 보법을 창안하였다.

기로는 단적으로 기를 일정 시간 동안 허공에다 붙잡아두었다가 다시 거두어들이는 데 그 요결(要訣)이 있었다.

원래 기란 것은 일단 한번 체외로 방출하고 나면 오래 붙잡아둘 수 없을뿐더러, 그 이후에 다시 거두어들인다는 것은 더·더욱 어려운 법이다.

내가고수라면 어느 정도의 내력의 수발(受發)이 가능은 하지만, 그것도 수발의 시간 간격이라든지, 그 가능한 거리를 따지자면 극히 제한적일 수밖에 없었다.

호신강기의 운용이 가능한 절정고수급이라고 해도 그 범위는 기껏 촌(寸)의 단위를 넘지 못할 것이고, 세상을 놀라게 할 만한 경세고수라고 해도 그 거리가 척(尺)의 단위를 넘기지는 못할 것이다.

그러나 허종은 놀랍게도 그 범위를 장장 몇 장(丈)의 범위로 대폭 확장시켜 버렸다.

바로 내력의 수발에 보법의 극쾌를 기상천외한 방식으로 접목시키는 데 성공한 덕분이었다.

그럼으로써 허종의 십이 환영이 존재하는 범위 내에서라면 허종은 가히 절대자로 군림할 수 있었다.

더욱이 그 열둘의 환영 각각의 손에 열두 자루의 비도가 들려 펼쳐지는 십이비도술은 그 존재를 아는 사람이라면 감히 두려워하지 않는 사람이 없을 정도였다.

'대체 뭐란 말인가?'

허종의 당혹스러움은 어느새 분노로 화해가고 있었다.

지금 그의 기로는 어떤 보이지 않는 존재에게 간섭을 받고 있었다. 그것도 기로가 형성되어 있는 방원 사 장여의 공간이 모두 다 그 간섭에서 자유롭지 못하였다.

보이지 않는 그 존재는 은근히 엉기어오기도 하고, 때로는 슬쩍슬쩍 밀거나 당기기도 하여 마치 스스로 살아 있는 어떤 공간 생명체인 것만 같았다.

한순간 허종은 내력을 최대한으로 끌어올렸다.

어떤 존재인지는 모르겠으나, 기로의 내력을 강화함으로써 그 미지의 존재를 흩어버리려는 의도였다.

그때 고대릉은 막 외단을 거두고 있었다.

아니, 사실은 외단 자체야 그 자체로 존재하는 것이니 그가 임의로 거두고 말고 할 것도 아니었다.

하여 그가 거둔 것은 다만 외단의 힘이었다.

외단의 힘은 고대릉 자신도 모르는 사이에 놀라울 정도로 성장해 있었다.

지금까지 작정하고 일부러 그 힘을 발동해 본 바가 없기에, 그 크기가 과연 얼마나 될지에 대해서는 고대룡 자신으로서도 미지수였지만, 지금 외단의 공간 내에 존재하는 또 다른 기공간(氣空間)의 존재에 반응하여 자연적으로 생겨난 이 은근한 힘만 보더라도 외단의 성장을 짐작할 만하였다.

어쨌든 고대룡은 환보에 대한 호기심을 포기하기가 어려웠다.

환보의 최고 경지를 견식해 보고자 하는 욕심도 있었지만, 환보를 접하는 순간 머리 속으로 아련하게 스쳐 지나가 버린 한가닥 흐릿한 심상(心想)에 대한 안타까움은 그를 더욱 간절하게 만들었다.

'신법이라… 몸을 쓰기 이전에 마음이 움직여야 한다… 어디에나 존재하면서도, 어디에도 존재하지 않는다… 아아! 분명 무엇인가가 더 있었는데. 한때는 확연히 이해가 되었던 부분이었거늘, 왜 이렇게 흐릿하고 아련한 것인가?'

그러나 그런 안타까운 마음으로 인해 고대룡은 자신이 지금 그처럼 자유롭고도 능숙하게 외단을 제어하고 있다는 사실에 대해서는 조금도 이상하다는 생각을 하지 못하였다.

이제는 뚜렷이 느낄 만큼의 힘이 외단에 생겼다는 사실과 또한 그 힘을 자신의 의지로 능히 제어할 수 있다는 것은, 그동안 그의 금강부동신법에 괄목할 만한 진전이 있었다는 것을 의미하는 것이었다.

어느 순간 허종의 열두 개 환영은 고대룡의 눈앞에서 다시 또렷한 형상을 회복하였는데, 그들은 어느 사이엔가 각기 다른 자세로 열두 개의 비도를 들고 있었다.

"아아! 십이비도다!"

구경하던 누군가가 숨차게 탄성을 뱉어냈다.

환보에 이은 십이비도.

자신의 공간을 간섭하는 미지의 존재로 인한 노화가 허종으로 하여금 환보를 극성으로 펼친 데 이어 십이비도까지 등장시키게 만든 것이다.

그러나 그런 중에는 서로의 무공 차이가 어떻다는 것을 극명하게 보여줌으로써, 적당한 정도에서 못나지 않은 모습으로 고대릉이 승부를 마무리할 수 있도록 해주려는 허종의 속셈이 있는 것이었다.

'대단하다. 그는 지금 기로 이루어진 몇 개의 통로를 따라 극쾌의 속도로 움직이고 있다.'

고대릉은 허종의 기로를 보고 있었다. 정확하게는 보는 것이 아니라 느끼고 있는 것이었지만.

'기의 통로라……! 만약 나라면? 기의 통로가 아니라 외단의 공간을 저와 유사하게 활용한다면?'

그러다가 고대릉의 뇌리 속으로 어떤 생각 하나가 갑자기 불쑥하니 솟구쳤다.

그것은 방금 전 그가 그토록 떠올리려고 애를 썼어도 떠오르지 않아, 그를 안타깝게 만들었던 바로 그 흐릿한 심상의 실체였다.

순간 고대릉은 자신도 모르게 나직이 부르짖고 말았다.

"아아! 심형(心形)이다. 심형이었어!"

그 느닷없는 부르짖음에 허종의 환영들이 일시 이채를 띠었으나, 이내 희미하게 미소를 떠올리고 있었다.

그리고 열둘의 허종은 보다 빠르고 다양한 모습으로, 그리고 보다 위협적으로 고대릉의 주위를 맴돌았다. 마치 일부러 시위라도 하는 듯이.

그러는 중에 고대룽의 머리 속으로는 마치 번개가 치듯 어떤 대화의 기억들이 빠르게 스치고 있었다.

그것은 언젠가 그가 무황과 나누었던 대화의 토막들이었다.

이미 반년이 훨씬 넘게 지난 그 대화의 내용들이 어떻게 그처럼 선명하게 떠오르는지, 또한 누군가와 승부를 벌이고 있는 이 긴박한 순간에 어떻게 마음을 나누어서 그 대화의 내용에 깊숙이 빠져들 수 있는지에 고대룽 스스로도 신기하게 생각이 될 정도였다.

마치 허종의 절기를 상대하는 고대룽이 있고, 혼자만의 생각에 깊숙이 빠져들어 있는 다른 또 하나의 고대룽이 있는 듯하였다.

"몸과 마음을 아울러 쓰는 방법이라 했느냐? 신법은 몸을 쓰는 방법이다. 몸을 쓴다는 것은 그 이전에 마음이 움직여야 한다. 그런 의미에서 네가 말한 몸과 마음을 아울러 쓴다는 것은 이해가 될 수 있는 부분이다. 그럼 어디에나 존재하면서도, 어디에도 존재하지 않는다는 의미는 무엇이냐?"

"심형(心形). 그래, 심형이라고 하면 되겠다. 너의 신법이 추구하는 경지가 바로 지금 여기에 있으나, 또한 지금 어디에라도 있는 것이라고 했으니, 바로 심형이라고 할 수 있는 것이 아니겠느냐? 으하하하하! 참으로 통쾌하구나. 심형이라……! 그래, 마음이 이르는 곳에 몸이 동시에 이른다. 흔히들 신법의 최고 경지를 말하면서 지극의 빠름과 지극의 은밀함을 얘기한다. 그러나 그 어떤 빠름도, 그 어떤 은밀함도 결국 사람의 마음보다 빠르고 은밀하지는 못할 것이다. 검에 있어 그 어떤 쾌검도 능가해 버리는 지극의 빠름이 바로 심검이듯이 말이다. 그러니 마음이 가는 곳에 형(形), 즉 자신의 몸이 이미 이르러 있다면 그것은 더 이상 오를 수 없는 신법의 최고 경지이며, 그 이

전에 최고의 무학이 아니겠느냐?'

"심형은 진정 무엇입니까?"

"그것 역시 네가 가장 잘 알고 있을 것이나, 기왕에 네가 물었으니 내가 생각하는 바를 말해주겠다. 심형은 아마도 무애(無碍)일 것이다. 거칠 것 없는 자유로움 말이다."

"어찌하면 거칠 것 없이 자유로워질 수 있습니까?"

"궁극은 언제나 자신의 안에 있다. 부단히 자신을 채우다 보면 궁극이 보일 것이다."

대저 깨달음이라는 것은 찰나의 순간에 오는 것이라고 하더니, 고대릉은 문득 머리 속 깊숙한 한구석이 짜릿하게 저려오는 듯했다.

그에게 갑자기 찾아온 이 깨달음은, 사실은 이전에 그가 이미 한번 깨달았던 것이다.

그러나 그때는 마치 번개가 치고 지나가는 듯한 순간의 깨달음이어서, 그때가 지나고 나자 본래부터 그런 순간이 없었던 듯 그 깨달음은 그의 뇌리 깊숙한 곳으로 묻혀 버리고 말았던 것이다.

그런데 지금 다시금 찾아온 이 깨달음의 순간은 보다 분명하고 환하게 그의 뇌리를 울리고 있었다. 마치 각인이라도 시키려는 듯이.

'절대의 빠름은 이미 쾌 그 자체의 의미를 뛰어넘는 것이어야 한다. 진정한 절대의 빠름이란 시공마저도 지배하는 빠름이어야 한다. 심형이란 빠르다는 개념을 뛰어넘어 의지로 움직이는 개념이다. 외단의 범위 내라면… 나는 정말로 그렇게 할 수도 있을 것이다. 아마도 나는 움직이지 않고서 움직인 것과 같이 될 수도 있을 것이다. 그것이 바로 심형의 시작일 것이다. 그리고 외단의 범위가 무한대로 확대된다면…….

그 무한의 범위와 나 자신을 일치시킬 수 있다면……. 아아!'

거기까지였다.

거기에서 고대릉의 생각은 멈추어야만 했다.

그러나 그 뒤의 생각이 무엇인지 능히 짐작할 수는 있었기에, 그다지 조급하거나 안타까운 생각이 들지는 않았다.

다만 고대릉 스스로가 자신이 아직 그런 경지에까지 진입할 준비가 되어 있지 않다는 것을 너무나 잘 알고 있기에, 더 이상 생각을 진전시키지 않은 것뿐이었다.

그러나 이제 고대릉은 자신이 나아가야 할 길을 확연하게 그릴 수 있게 되었다.

'우선은 심형이다. 심형의 길에 들어서 보는 것이다. 그리고 언젠가 심형의 극에 도달할 수 있다면, 그때 나는 진정한 금강부동의 경지에 대해 다시 생각을 진전시킬 수 있을 것이다.'

고대릉의 입가로 희미하게 지극히 만족스러운 한가닥의 미소가 피어오르고 있었다.

쉭!

파공성을 내며 비도 하나가 공간을 가르며 쏘아왔다.

그러나 고대릉은 마치 넋을 잃은 사람처럼 그저 물끄러미 그 비도를 바라만 보고 있었다.

날카로움을 과시하듯 광채를 번뜩이며 날아오는 비도를 보며, 고대릉은 묘한 느낌에 빠져 있는 중이었다.

그것은 한가닥의 자신감이었다.

비도를 끝까지 볼 수 있다는 자신감.

그리고 정말로 마지막 순간에는 능히 비도를 피해낼 수 있다는 자신감이었다.

그러나 그런 자신감은 아마도 그가 지금 심형에 대한 생각에 몰입해 있는 중이기 때문에 드는 것일 공산이 컸다.

하지만 생각만으로 혹은 깨달음만으로 모든 것이 이루어지지는 않는 법이다.

고대릉의 경우 심형에 대해 실제적으로 시도해 본 적은 단 한 번도 없었다. 그런 점에서 지금 그의 시도는 무모하기 이를 데 없는 시도였다.

그러나 고대릉은 스스로의 마음이 시키는 대로 따라보기로 했다. 비록 그것이 근거없는 자신감이고, 다만 젊은이들이 빠지기 쉬운 호기(豪氣)라는 다분히 비현실적인 감정에 불과할지라도.

그리고 그로 인해 그의 몸으로 비도를 맞아야 하는 한이 있더라도, 그는 그렇게 한번 해보기로 하였다.

허종은 한순간 짧은 갈등을 겪지 않을 수 없었다.

'내력의 심후함에 비해 전반적인 무공은 오히려 단순한 수준이라고 하더니, 피하지 않고 힘으로 맞받아볼 요량인가? 검도 빼 들지 않고 맨손으로……?'

허종으로서는 군이 피를 보고, 또 상처를 입게 만드는 상황을 만들고 싶지는 않았다.

다만 고대릉이 어려움을 알고 스스로 물러서도록 만드는 것이면 충분하였다.

핏!

비도는 한 치도 안 되는 간발의 틈을 두고 고대릉의 뺨을 스쳐 지나
갔다.

"헉!"

급하게 헛바람 들이키는 소리는 흑요에게서 흘러나왔다.

그런데 허공을 쏘아간 비도를 잡아챈 열두 허종 중 하나의 눈빛에
문득 이채가 서렸다.

'저 아이, 눈빛조차 흔들리지 않았다.'

가볍지 않은 내력이 실린 비도였다.

비록 스쳐 지나갔지만, 비도에 실린 기세는 고대릉의 뺨에 가벼우나
직접적인 자극을 줄 만큼은 되었을 것이다.

그럼에도 불구하고 고대릉은 꼼짝도 하지 않았을뿐더러 눈조차도
깜빡이지 않았다.

그런 모습은 마치 비도가 그렇게 스쳐 지나갈 줄을 미리 짐작하고
있기라도 했다는 듯 보이는 것이었다.

'허허!'

허종은 내심 쓰게 웃고 말았다.

고대릉이 어떻게 다만 위협만 하려 했던 자신의 마음까지를 미리 짐
작할 수 있었겠는가?

더구나 비도가 스쳐 지나간 그 정도의 틈이라면, 그가 마음을 바꾸
기만 했다면 언제라도 비도는 비궤적(飛軌跡)을 바꾸어 고대릉의 얼굴
에 그대로 꽂히고 말았을 터인데…….

"자네는 왜 피하지 않았는가?"

날아온 비도를 잡아채었던 열두 환영 중의 하나가 그렇게 물었다.

고대룽이 잠시 그 환영을 유심히 바라보다가 대답했다.

"저는 피하였습니다."

그러자 허종이 웃으며 말했다.

"허허허! 자네는 혹시 내가 자네를 다치게 하지는 않을 것이라 믿고 있는 것이 아닌가?"

"그렇지 않습니다. 저는 분명히 비도를 피하였고, 또한 방금의 그 한 수로 노선배님의 십이 비도를 능히 피해볼 수도 있겠다는 생각을 가지게 되었습니다."

고대룽의 그 단호한 대답에 허종은 결국 무거운 침음성을 흘리고 말았다.

"으음!"

허종은 문득 속으로부터 솟구쳐 오르는 한가닥의 선명한 반발을 느꼈다.

'그래……?'

예상치도 못하게 자신의 마음 어느 한구석에서 '톡' 하고 갑자기 튀어 오른 반발이었다.

순간 허종은 당혹스러움을 금치 못하였다.

'이건 오기인가? 이 나이에 이르러 기껏 약관도 되지 않은 어린아이에게 오기를 느낀다는 말인가?'

그러나 묘하게도 그다지 불쾌하지는 않은 느낌이었다.

뭐랄까? 약간의 화난 감정이 섞여 있기는 하지만, 한편으로는 흥분과 열기를 동반한 신선한 느낌이라고 할까?

은근히 기꺼운 기분이 들기도 하는 것이었다.

'흐흐흐!'

남몰래 혼자서 뭔가를 즐기는 심정이기라도 하듯이 가슴 한구석은 벌써 저 혼자서 음흉스러운 웃음소리를 내고 있었다.

그러나 곧,

'흥!'

허종은 짐짓 차갑게, 그리고 스스로 유치하다 생각하면서도 내심으로 짧은 비난의 콧방귀를 뀌었다.

'모든 것은 네가 자초한 결과이니, 몸에 칼자국이 남는다 해도 스스로 감수해야 할 일, 결코 노부를 원망해서는 안 될 것이다.'

그렇게 허종은 자신의 마음 한구석에서 점차 그 강도를 더해가고 있는 묘한 열기의 탓을 전적으로 고대릉에게 돌리고 말았다.

쉬익!

다시 한 자루의 비도가 날았다.

이번에 비도는 완만한 곡선을 그리며 마치 회선도(回旋刀)처럼 휘어져 날아왔다.

그런 덕에 비도의 속도는 처음에 비해 한결 느려 보였으나, 대신에 목표를 명중시키고야 말겠다는 분명한 의지와 위협을 담고 있었다.

그러나 비도가 바로 눈앞에 근접할 때까지 고대릉은 여전히 물끄러미 바라보고만 있었다.

한순간 허종의 입에서 나직하면서도 날카로운 호통이 터져 나왔다.

"놈! 살초(殺招)다!"

고대릉에게 경각심을 일깨우려는 호통이었으나, 고대릉은 듣지 못한 듯 피하려는 기색이 조금도 보이지 않았다.

찰나의 순간, 막 고대릉의 왼쪽 가슴으로 꽂히려던 비도가 미세하게 방향을 바꾸어 그의 왼 어깨로 파고들었다.

"아악!"

흑요의 짤막한 비명 소리가 울렸다.

그러나 그때 비도는 이미 고대릉의 어깨를 관통하였으며, 그러고도 그 기세를 멈추지 않고서 힘차게 허공을 쏘아나갔다.

"으음!"

연이어 누군가 침통한 신음 소리를 흘렸고, 장내는 순간적으로 질식할 듯한 무거운 고요와 침묵 속으로 빠져들고 말았다.

고대릉은 피할 생각도 못하고 속수무책으로 비도에 맞고 만 것이다.

분지 내에 둘러선 모두는 비도가 고대릉의 어깨를 관통하고 지나가는 장면을 선명하게 보았다.

그리고 지금 고대릉은 꼼짝도 하지 못하고 땅에 못 박힌 장승처럼 우두커니 서 있었다. 마치 선 자세 그대로 혼절이라도 한 것처럼.

넋이 빠진 사람처럼 망연자실한 얼굴로 흑요가 비틀거리며 고대릉을 향해 한 걸음을 내디뎠다.

그때 등평이 가만히 그녀의 소맷자락을 잡았다.

흑요가 망연한 가운데서도 등평의 눈길이 향하는 곳을 보았다.

장내에는 모든 환영이 사라지고 허종의 실체 하나만이 남아 있었다.

손에 든 한 자루의 비도를 들여다보고 있는 허종의 표정은 사뭇 심각하였다.

그러나 결코 그의 얼굴에 서린 표정은 당혹감이 아닌, 눈앞의 사실을 도저히 믿지 못하겠다는 불신과 경악의 빛이었다.

비도는 분명히 어깨를 관통하였건만, 고대릉은 멀쩡하였고 비도에는 조그만 혈흔조차도 보이지 않았다.

"자네는 어떻게 한 건가?"

떨어지지 않는 입을 억지로 떼는 것처럼 허종이 물었다.

우두커니 서 있던 고대룡이 무덤덤하게 대답했다.

"노선배님의 비도는 저를 명중시키지 못했습니다."

"허허! 자네는 진정으로 비도를 피한 것인가?"

"그렇습니다."

허종은 다시 할 말을 잊은 사람처럼 묵묵히 고대룡을 바라보았다.

허종은 자신의 내부에서 문득 솟구친 한가닥 뜨거운 열기가 온통 가슴을 헤집고 다니는 기이한 느낌에 그만 가늘게 어깨를 떨고 말았다.

그것은 애매한 오기 따위가 아니었다.

더 이상 유치한 흥분과 열기도 아니었고, 기껍거나 즐기려는 신선한 느낌 따위는 더 더욱 아니었다.

그것은 도저히 부인하지 못할 선명한 투지였다.

무인으로서의 승부에 대한 욕심, 그리고 투지.

그런 것들에서는 이미 오래전에 멀어졌다고 여겼고, 그것을 자유롭게 된 것으로 자위하고 있었지만, 지금 이 순간 허종은 주체하지 못할 뜨거움으로 솟구쳐 오르는 맹렬한 투지를 경험하고 있었다.

자신의 그 같은 투지에 대해 이제 허종은 조금도 당혹스럽지 않았고, 부인하고 싶은 생각도 들지 않았다.

그것은 바로 그가 일평생 자부심을 가져왔던 단 한 가지의 가치가 이제 심각하게 부정당하려는 데 대한 반발이었다.

그의 일생 심혈이 녹아 있고, 그 분야에 대해서라면 누구에게도 자부할 수 있는 환보와 비도가 통하지 않는다는 데 대한 본능적인 반발이었다.

물론 그는 환보와 비도가 당대의 무적이라는 생각까지는 해보지 않았고, 그것이 지나친 욕심이라는 것에 대해서도 너무나 잘 알았다.

만약 절대의 내력을 지닌 상대가 철벽같은 호신강기를 두르고, 역시 무궁한 내력을 바탕으로 하여 넓은 범위를 한꺼번에 지배하는 초식으로 방어와 공격을 병행한다면, 그로서도 마땅히 대응할 방도를 찾기가 어려울 것이라는 것은 분명한 사실이었다.

그러나 상대가 그 누구든 신법이나 보법의 빠름과 변화로는, 혹은 내력의 차이를 배제한다면 그 어떤 초식의 변화로도 그의 환보를 능가할 수는 없다는 점에 대해서는 분명히 자부할 수 있었다.

그것은 설사 무황이나, 천하의 그 누구 앞에서도 결단코 당당할 수 있는 그의 자부심이었다.

그런데 지금 약관의 어린 청년 고대릉이 검조차 뽑아 들지 않은 맨몸으로 그의 비도를 피해낸 것이다.

도무지 믿을 수 없는 일이었지만, 지금 그의 손에 들린 깨끗한 비도가 말해주듯이 그것은 분명한 사실이었다.

또한 분명한 사실은 고대릉이 비도를 피한 수법이 바로 어떤 종류의 보법 혹은 신법이라는 것이다.

상대는 다른 어떤 무공도 아닌 오로지 신법만으로 자신의 환보와 비도를 피해낸 것이다.

비록 그가 전력을 다하지 않았고, 또한 극성의 십이비도술을 전개하지 않았다고 해도, 문제는 상대가 시전한 신법의 실체에 대해 그가 도무지 감조차도 잡지 못하였다는 것이다.

'혹 최고 경지에 달한 이형환위인가?'

그러나 허종은 이내 내심으로 코웃음을 치고 말았다.

'흥! 이형환위가 되었든 무엇이 되었든, 일단 나의 환보가 펼쳐진 공간 내에서는 결코 십이비도를 막을 수는 없다. 환보의 극쾌와 신묘함을 능가할 보법이나 신법이 이 세상에 존재한다는 것을 나는 결코 믿을 수 없다.'

"반갑네! 이제부터 노부는 전력을 다할 것이니, 자네는 부디 조심하게."

허종의 반갑다는 말에 숨기지 못할 흥분이 담겨 있었다.

그는 이제 적수로서 고대릉을 보게 된 것 같았다.

미세한 떨림마저 느껴지는 허종의 흥분은 그대로 지켜보는 사람들에게까지 번져 나갔다.

"휴우!"

몇몇의 끝내 참지 못하고서 내뱉고 마는 탄식성 속에 허종의 신형이 뿌옇게 흐려졌다.

그리고 고대릉의 주위로는 제각기 비도를 든 열두 개의 환영이 다시 생겨났다.

쉬쉬쉬식!

쐐애애액!

곧바로 수십 수백 자루의 비도가 허공을 난무하기 시작했다.

비도의 숫자는 급속도로 그 숫자를 불려갔고, 그 숫자가 늘어날수록 기(氣)의 응집이 생기는지, 사람들은 은근히 허공을 떨어 울리는 힘의 존재를 느끼기 시작했다.

우우우웅!

고대룽은 강한 유혹을 느꼈다.

그것은 차라리 눈을 감고 싶은 유혹이었다.

지금 그가 눈으로 보고 있는 사물과 상황에 대한 정보는 그에게 전혀 어떤 분별력을 주지 못하였다.

판단에 도움이 되기는커녕, 오히려 혼란만 가중시키고 있었다.

차라리 눈을 감고 기감(氣感)에 의지한다면, 그는 이 극한의 혼란을 벗어나 단 한 사람의 허종과 열두 자루의 비도만 상대할 수 있게 될 것이었다.

눈이 주는 혼란은 공포를 몰고 왔다.

허공을 난무하는 수백 수천의 비도가 금방이라도 온몸을 벌집처럼 구멍 내고 말 듯한 절실한 공포였다.

파팟!

파파팟!

몇 자루의 비도가 그의 뺨 주변을 위협하듯 스쳐 갔다.

당장에 뺨이 얼얼해져 오는 것이 생채기라도 생긴 듯하였다.

그만큼 비도에는 강한 기세가 실려 있었다.

그것은 마치 '이것이 바로 환보와 십이비도술의 진정한 위력이다'라고 과시라도 하는 듯하였다.

허종은 그렇게 자신의 투지를 분명하게 나타내 보이고 있었다.

공포는 고대룽에게 또 다른 유혹을 불러일으켰다.

목숨이 위협받는 데 대한 반사적인 유혹이었다.

심형에 대한 깨달음을 얻었고, 이미 한차례 그 심득을 실제로 시현해 본 바도 있었지만 아직까지는 확신이 없었다.

깨달음이 있다고 곧바로 능숙하게 실용할 수 있다는 것은 결코 아닐 것이었다.

그 깨달음을 능숙하게 실제의 역량으로 만들기 위해서는 또 얼마의 고련(苦練)과 시간이 소요될지 알 수 없는 일이었다.

당장에 외단이 꿈틀거리고 있었다.

자신이 존재하고 있는 공간에서 그 세력을 키워가고 있는 이질적인 기의 존재에 대해, 외단은 강하게 반발하며 자신의 힘을 발동시키기를 고대릉의 의지에게 호소하고 있었다.

그러나 고대릉은 과감하게 그 유혹을 물리쳤다.

다만 그 대신으로 천중검을 잡은 그의 왼손에 불끈 힘이 들어갔다.

부르르!

그러나 또 한가닥의 절박함이 천중검을 잡고 있던 고대릉의 왼손 손아귀에서 힘을 풀게 만들었다.

'해보는 거다. 지금……'

그렇게 고대릉은 자신의 깨달음을 실제로 몸으로 익혀내는 방법으로, 고련보다는 지금 당장 익히지 않으면 안 된다는 절박한 위기의식을 선택하고 말았다.

목숨을 건 실전만큼 더 절실하고도 극렬한 자극이 또 있겠는가.

그러한 자극이야말로 오랜 고련을 대체할 수 있을 만큼의 훌륭한 수련이 될 것이라는 도박이었다.

그리고 심형이 결코 그의 마지막 목표가 아니었기에, 그 너머에 다시 금강부동신법이라는 궁극의 목표가 있었기에 내린 극단의 선택이었다.

'지금 하지 않으면 심형의 깨달음은 곧 다시 모호해질지 모른다. 그럴진대 금강부동의 경지란 더욱 요원해지지 않겠는가? 반드시 지금이어야 한다. 깨달음이 생생할 때, 그리고 좋은 상대를 만난 지금 이루지 않으면, 나는 반드시 후회하게 될 것이다.'

사실 고대릉이 순간적으로 이런 결심을 하게 된 데에는 역시 무황의 일깨움이 있었다.

그때, 심형을 말하던 때에 무황은 또한 말했었다.

"금강부동신법이 무공으로서는 이미 완성된 무공이라 할지라도, 대릉 네게 있어서는 미완성일 뿐일 것이다. 그것을 너의 무공으로 완성시키기 위해서 너에게는 역시 끝없는 도전이 필요하다. 실전만큼 좋은 수련은 없다. 부단히 노력하고 부단히 부딪쳐라. 그런 중에 끊임없이 자극을 받고, 또한 그 자극에서 무언가를 얻는 것이다. 강한 자와 부딪칠수록 너는 상대에게서 새로운 무엇인가를 배울 수 있을 것이다. 그런 중에 네 무공에 대한 새로운 의문을 끄집어내고 또한 그 답을 찾으려고 노력하여라. 그러한 과정을 반복하는 것이야말로 무학의 경지에 오르는 가장 효과적인 방법이다. 만약 어느 순간 네가 너의 무공에서 더 이상 끄집어낼 의문이 없게 된다면, 그때 너의 무공은 아마도 완성되어 있을 것이다."

고대릉의 평정은 깨어지지 않았다.

허종의 과시로도, 또한 위협으로도 그의 어린 상대는 조금도 겁먹지 않았고 흥분의 기색조차 보이지 않았다.

'네가 진정으로 자신이 있는 모양이로구나.'

이윽고 허종의 비도가 위협이 아닌 실질적인 살기를 띠기 시작했다.

피피핏!

두 개의 비도가 수십 개의 환영을 이끌고 고대릉의 상반신으로 쏘아 갔다.

그리고 그 순간 허종은 볼 수 있었다.

번뜩!

고대릉의 신형이 흐릿해졌다가 다시 또렷해지는 광경을.

허종의 마음속에 경악과 감탄이 동시에 일었다.

'으음! 사실이었구나. 저 아이는 과연 절고(絕高)의 신법을 연성하고 있었구나. 과연 이형환위인가? 그렇다면 나로서도 처음으로 보는 극성의 이형환위다. 좋구나. 나는 오늘 뜻밖에도 참으로 좋은 상대를 맞았구나.'

일순 허종은 더욱 뜨거워지는 투지와 함께 한가닥의 욕심이 불같이 일어나는 것을 주체하기 어려웠다.

그것은 허종 자신 역시 한 사람의 무인이었기에 어쩔 수 없이 일어나는 욕심이자 욕구였다.

허종이 스스로의 절기에 지극한 자부심을 가지고는 있으나, 한편으로는 그 절기가 아직까지 완성되지 않았음을 자각하고 부단히 연구하고 수련하는 과정에 있었던 것이다.

고대릉이 신법으로만 자신의 공격을 받아내려 하고 있다는 데 대해, 그는 감탄과 함께 갈증을 느꼈다.

'저 아이는 지금 내게 신법으로 승부를 걸어오고 있다. 당연히 나는 무조건의 승리가 아니라, 저 아이가 원하는 승부에서 승리자가 되어야 한다.'

고대룡은 최선을 다하고 있었다.

주변을 둘러싼 열둘의 허종에 가려, 그리고 허공을 빽빽이 메우고 마구 비산하는 비도의 그림자에 가려 사람들에게 잘 보이지는 않았지만, 그의 옷자락은 이미 수없이 베어져 너덜너덜해진 지 오래였다.

극도로 사나워지고 신랄해지는 비도의 공격에 대해 고대룡은 전력을 다해 피해내고 있었으나, 그 모두가 어느 것 하나 예외라고 할 것 없이 다만 간발의 차이였다.

그 험난하고도 절박한 과정을 반증이라도 하듯이, 그의 하얀 장삼 여기저기에서는 엷게 선혈이 비치고 있었다.

그러나 그런 상처에 대해서는 고대룡 자신도 느끼지 못하였고, 허종 또한 알지 못하였다.

두 사람은 오로지 승부에만 몰입해 있었다.

그리고 긴박한 순간이 연속되는 중에서도 두 사람은 서로에게 감탄하며 제각기 참을 수 없는 희열과 기쁨을 즐기고 있었다.

희열은 고대룡의 것이었다.

이제 그의 심형은 느껴질 정도로 익숙함을 더해가고 있었다.

생각의 깨달음이 몸의 움직임으로 녹아들고 있는 것을 실감하는 그 희열이야말로, 무인이 느낄 수 있는 최고의 희열이 아니겠는가.

허종 또한 고대룡의 놀라운 신법에 감탄하는 한편, 그 자신도 스스로의 무학을 성찰하는, 생애에 다시없을지도 모르는 일대의 기회를 만끽하고 있었다.

만약 그가 승리에 욕심을 부려 처음부터 좀 더 변칙적인 공세를 펼쳤다면, 아마도 고대룡으로서는 여기까지 오지 못하고 이미 도중에 견디지 못하였을지도 몰랐다.

강호에 나온 세월이 한 갑자(甲子)를 넘긴 허종이다.

정마대전을 포함하여 숱한 고난과 위기를 넘긴 그가 작정만 한다면, 상대를 이기기 위한 술수들이 어찌 한두 가지뿐이겠는가.

그러나 그는 지금, 다만 한 사람의 순수한 무인으로 돌아가 있었다.

두 사람 사이의 승부에서 승패는 이미 의미가 없어졌는지도 모르는 일이었다.

일단 시작하였으면 반드시 끝이 나게 되어 있는 것이 세상 만물의 진리이다.

마찬가지로 끝나지 않는 승부란 없는 것이다.

아쉽지만, 허종은 이제 승부를 끝내야 할 때가 왔다는 생각을 했다.

그는 이미 자신이 가진 모든 수법을 다 사용했고, 이제 마지막 한 수만을 남겨놓고 있었다.

물론 그 한 수를 아껴두고, 이미 펼쳐 내었던 수를 반복하거나 혹은 조합하여 응용하는 것으로도 능히 새로운 위력을 발휘할 수 있을 것이었다.

그러나 그것은 상대에 대한 도리가 아니라고 생각했다.

고대릉은 이제 나이 어려서 그가 배려를 해야 할, 혹은 그와 잠룡단에 이용할 가치가 있어서 적당히 상대해 주어야 할 필요가 있는 그런 상대가 아니었다.

고대릉은 그에게 진정한 투지를 느끼게 해준, 일생에 다시없을지 모를 최고의 승부를 맛볼 수 있게 해준, 말 그대로의 호적수인 것이다.

상대를 진정으로 존중한다면, 그는 이제 자신의 필생전력을 다하여 최고의 절기를 펼쳐 내야만 했다.

지금으로서는 그것을 제외한 그 어떤 것도 결코 정당한 이유와 명분이 될 수 없었으며, 승패, 혹은 자신과 상대의 생사를 따지는 것조차도 서로에게 모욕이 될 뿐이었다.

"십이비도진천하(十二飛刀震天下)!"

쩌렁하게 울리는 호통이었다.

허종은 그럼으로써 자신이 지금 최후의 절초를 펼쳐 낸다는 것을 고대룡에게 알리고자 했다.

그러나 결코 고대룡의 경각심을 일깨우고자 하는 배려 따위가 아닌, 서로가 최고의 전력을 다해 승부의 마지막을 맺자는 호기의 외침이었다.

수백 수천의 비도가 온 공간을 가득 채우며 마구 광란하였다.

피피피피핏!

와르르르릉!

태풍인 듯, 모든 것을 집어삼키고 말 거대한 해일인 듯, 엄청난 비도의 무리들이 마치 겹겹이 장막을 치듯 일어나 한순간에 공간을 완전히 장악해 버렸다.

"어헛!"

등평의 입에서 자신도 모르게 놀라 헛바람 들이키는 소리가 새어 나왔다.

그 옆에서 흑요는 비명 소리조차 내지 못하고 하얗게 질려 있었다.

어느 한순간 그처럼 거칠게 광란하던 환영과 비도들이 마치 거짓말처럼 일시에 사라져 버렸다.

그리고 장내에는 태풍 뒤의 정적처럼 비장한 고요가 내려앉았다.

두 사람, 고대룡과 허종은 서로를 마주 보며 못 박힌 듯 가만히 서 있었다.

둘 중 누구에게도 내외상의 흔적 같은 것은 보이지 않았으며, 다만 그들은 지금 각자 어떤 생각에 몰입해 있는 듯했다.

문득 허종의 나직한 목소리가 장내의 비장한 고요를 깨며 흘러나왔다.

"무엇이었는지 말해줄 수 있겠나?"

허종의 목소리는 진중하였으나 그다지 어둡게 느껴지지는 않았다.

역시 담담한 목소리로 고대룡이 대답했다.

"저 또한 분명하지 않습니다. 다만 이전에 무황께서 심형이라는 말씀을 하신 적이 있는데, 아마도 그것에 가까운 것이 아닌가 합니다."

허종이 탄식을 흘려냈다.

"아하! 심형이라······?"

그러나 그는 이내 한결 부드러워진 어조로 다시 물었다.

"노부에게 좀 더 상세한 가르침을 줄 수 있겠나?"

그 순간 승부의 결과를 살피면서 두 사람의 나직나직한 대화에 온 신경을 쏟고 있던 사람들에게서 소리없는 경악의 기운들이 떠올랐다.

가르침?

허종은 지금 손자뻘의 고대룡에게 가르침이라는 말을 썼다.

그러나 놀라움은 다만 사람들의 것일 뿐, 정작 두 사람은 자연스럽기만 했다.

그들 두 사람은 지금 각자의 명예도, 나이도, 배분도, 심지어는 지금 자신들이 처해 있는 상황조차도 잊고 있거나, 혹은 무시해 버리고 있는 듯했다.

그랬다.

지금 그들 두 사람에게 무엇보다도 중요한 것은 바로 그들이 방금 경험한 것에 대해 공감을 나누는 일이었다.

"무황께서 정의하시기를 심형이란, 마음이 가는 곳에 형(形), 즉 자신의 몸이 동시에 이르는 것이라 하였습니다."

"호오?"

"신법에 있어서 그 어떤 빠름과 은밀함도 결국 사람의 마음보다 빠르고 은밀하지는 못할 것이니, 검의 최고 경지를 심검(心劍)이라 한다면, 신법의 최고 경지는 심형(心形)이라 할 수 있겠다 하였습니다."

허종과 고대룡의 대화는 점차로 깊은 부분으로 흐르고 있었다.

사실은 쉬운 말인 듯한데도 막상 이해하기 힘든 말이었으므로, 사람들이 지레 깊다고 생각하는 것이었다.

한편 환보에 결코 못하지 않는 또 하나의 절세신법 무영은천비를 익히고 있는 등평과 흑요에게는 지금 허종과 고대룡이 나누고 있는 대화의 내용은 어쩌면 그 어떤 비결보다도 더욱 소중한 비결이 될 수도 있을 것이었다.

그러나 그들 두 사람에게는 그 귀중한 금과옥조(金科玉條)가 별반 와닿지를 않는 모양이었다.

아니, 그런 비결 따위(?)는 귀에 들어오지도 않을 정도로 두 사람의 가슴속은 격랑치고 있는 중이었다.

'아아! 산은 산이되 아직까지는 작은 산인 줄로만 여기고 있었더니, 가주는 어느새 태산이 되어 있었구나.'

등평의 가슴속으로 주체하기 어려운 뿌듯한 탄식이 흐를 때, 마침 허종의 자못 통쾌하면서도 은은한 기꺼움이 녹아 있는 대소(大笑)가 분지의 아침을 울리고 있었다.

"허허허! 자네가 이겼네. 고 공자! 아니, 고 단주!"

〈제5권 끝〉